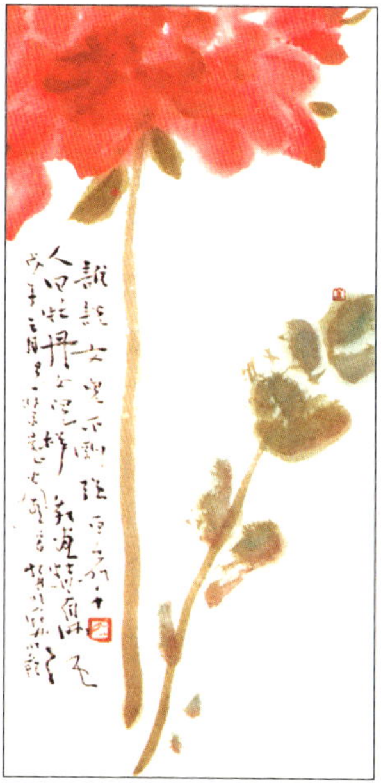

青草垛

铁凝 著

重庆出版集团
重庆出版社

图书在版编目（CIP）数据

青草垛 / 铁凝 著. —重庆：重庆出版社，2012.7
（月光之爱）
ISBN 978-7-229-05374-1

Ⅰ.①青… Ⅱ.①铁… Ⅲ.①中篇小说—小说集—中国—当代 Ⅳ.①I247.5

中国版本图书馆CIP数据核字（2012）第138698号

青草垛
QING CAO DUO

铁凝 著

出 版 人：罗小卫
策　　划：华章同人
出版统筹：陈建军
主　 编：贺绍俊
责任编辑：陈建军　张好好
特约编辑：黄卫平
责任印制：杨　宁
营销编辑：张　颖　魏依云
封面绘画：车前子
封面设计：奇文云海

重庆出版集团
重庆出版社 出版
（重庆长江二路205号）

投稿邮箱：bjhztr@vip.163.com
三河九洲财鑫印刷有限公司　印刷
重庆出版集团图书发行有限公司　发行
邮购电话：010-85869375/76/77转810
重庆出版社天猫旗舰店
cqcbs.tmall.com　直销
全国新华书店经销

开本：880mm×1230mm　1/32　印张：9.5　字数：185千
2012年10月第1版　2012年10月第1次印刷
定价：29.80元

如有印装质量问题，请致电023-68706683

版权所有，侵权必究

序

贺绍俊

月上柳梢头，古今中外多少爱情之花是在月光下绽放。月光无限，爱情永恒。这正是我们将这套书系命名为"月光之爱"的用意。月光还象征着女性的温柔，它表明了这套书系均出自女性作家之手。当我们浏览古今中外的优秀小说时，也许会发现这样一个奥秘：女性作家讲述的爱情故事更加美丽、更加打动人心。正是这一缘故，促使我们下决心来编辑这套女性作家爱情小说书系。

社会意义和经典意义，是我们编辑这套书系的两大目标。

这套书系主要以新时期以后的小说为收录对象。新时期文学开启了中国当代文学的新纪元，中国社会从此也开始了以改革开放为标志的新的历史时期。新时期初始，女作家张洁的一篇

《爱，是不能忘记的》，曾经引起全社会的关注，人们从作品中感受到了作家对美好爱情的向往。但伴随着社会的变迁，我们越来越感到这篇作品的寓意深远，张洁仿佛是一位预言大师，当她在社会复苏的时刻，就预见到了富裕起来的人们逐渐会把爱情遗忘，因此她告诫人们：爱，是不能忘记的。事实印证了作家的预见，经济的发展带来欲望的膨胀，物质主义盛行，爱情越来越不被人们珍惜，但唯有文学始终与爱情相伴，作家始终在为爱情呐喊。作家们以富有魅力的叙述，保存着爱情这一人类最美好、最神圣的情感。那些在现实中迷失了爱情又渴望寻找到爱情的年轻人，或许能够从文学中获得勇气和力量。我们尤其不能忽略女性作家对爱情的书写，她们是爱情最真诚的守护人。因为正是从新时期以后，女性意识得到空前的觉悟，女性作家可以走出过去的思想迷津，对爱情被亵渎、被消费、被欲望化、被商业化的现实困顿看得更加清楚，批判也更加有力，她们凭着女性特有的敏锐和细腻，能够发现在恶浊的现实环境中爱情是如何顽强生存的。女性作家新时期以来对爱情的书写，不仅真实地记载了在社会大变迁中爱情的遭遇，而且对爱情做了现代性的思索。这恰好是我们编辑这套书系的出发点，我们力图使这套书系彰显其社会意义，读者阅读这些爱情小说，或许能够对当代爱情有更形象和更深切的理解，或许会对爱情更加充满信心。

我们的第二个目标是追求其经典意义。新时期以来的三十余年，女性作家所创作的爱情小说，经过岁月淘洗，逐渐形成了不少经典性的作品，如王安忆的"三恋"，铁凝的"三垛"。有的还介绍到国外，融入世界文学的谱系之中，如徐小斌的《羽蛇》。我们希望这套书系能成为一套打造经典、激发原创的书系。我们想以选编这套书系的方式促成经典的成型，同时也以这套书系集合女性作家的智慧，激发女性作家的原创力，不断推出新的以爱情为主题的作品。因此，从经典意义上说，这应该是一套承前启后的书系。"承前"，就是要把当代女性作家已有的成果集中起来，展现在读者面前。承前也是为了启后，"启后"，意味着这套书系注目于女性作家在当下和未来的写作，为女性作家的原创性提供实现的平台。因此我们同时还要期望女性作家们思索爱情所面临的新问题，为这套书系写出新的作品。而新的经典也必将在这种承前启后的不断积累中锻造出来。

海上明月共潮生，当女性作家对于爱情的优美叙述会聚到"月光之爱"时，一定是"激滟随波千万里"的壮丽景色，我们更期待，女性作家共同建构起的爱情的理想家园，能够成为每一个人的心灵栖息之处。让爱的月光照进每一个人的心灵，也许这才是古人所憧憬的"何处春江无月明"的真正含义吧。

目录

序（贺绍俊）/ 1

青草垛 / 1

棉花垛 / 68

麦秸垛 / 144

午后悬崖 / 226

青草垛

……
正月里说媒二月里娶,
三月里生了个小儿郎。
四月里会爬五月里走,
六月里会叫爹和娘。
七月里进京去赶考,
八月里中了个状元郎。
九月里领兵去打仗,
十月里得胜回朝堂。
十一月得了个拉塌子病,
十二月蹬腿见了阎王。
这就是来得容易去得快,
起名儿就叫两头忙。

——河北鼓书唱段

一

　　我们村在县城以西，离城四十里。这四十里的路走起来四种模样：一出县城是柏油路，叫你以为这路就这么一马平川地走下去了。可不是。柏油路只有十里，过两座土窑，过一个小尾寒羊配种站，就变了土路。这两座窑一座烧灰瓦，一座专烧花盆。我们县里花盆有名，外地行人过我们县都要捎些花盆。有时连坐高级车的干部路过，也常常对司机们说：停停，捎俩。那时，锃明瓦亮的轿车和土窑摆在一起很不相称，可花盆还是被司机装进后备箱。小尾寒羊设起配种站，是因为这两年它成了山区推广的好羊种。它耐寒，毛长，杀了以后肉鲜嫩，皮毛在市场上也成了抢手货，肉和皮都能卖好价钱。我们县还产什么？出产镐把儿，锨把儿。有的地方叫镐柄儿，锨柄儿。镐把儿也罢，锨柄儿也罢，一根一米左右的木头棍。别小看这一米长短的木头棍，农村离不了，城市也离不了。干庄稼活儿的使它，盖高楼、修公路、铁路的也使它。镐把儿、锨把儿就出在我们县的山上。我这个人说话爱出岔儿，小时，我父亲说我说不成个话，一扯扯到二狗家。上学时老师说我说话跑题儿，说"打住打住"。我上过学。

　　刚才我说的是走路。一过土窑和小尾寒羊配种站，就上了土路。一上土路就遇到了一个接一个的"大浅窝"，那是车轮们碾轧出来的大土坑，每个坑都有二三尺深。车在这里走一走摇三摇，走完这十来里土路，还要走一阵铺天盖地的鹅卵石。其实这不是路，是一条故河道。河道里很少有水，有水也是一股涓涓细流。与鹅卵石并存的是蒿子：香蒿子，臭蒿子。夏天翠绿，秋天一过就变得枯黄。走出故河道才像上了正路，才是一个全新的天地。我们这里的人有把这地方叫仙人峪的，也有叫神仙峪的。总之还是那句话，那是一带全新的天地全新的路。要是你念过陶渊明的《桃花源记》，就不难想出它的风采了。这里路虽不宽，脚下伴你一路的却是清凉甘甜的溪水。这溪水有时明澈见底，有时深得瓦蓝。左右一两步开外，是陡立着的悬崖峭壁，峭壁上遍是青松和鲜花。海棠最多，杜鹃、悬崖菊都有，还有原始植物羊齿兰。有人说这羊齿兰本生在侏罗纪，和恐龙同生一个时代。今天在我们这里却能找到它的踪迹。还有蝎子草，它蜇人。不知它习性的人净挨蜇。蹚着走蜇小腿，蹲下解手蜇屁股。再往上看，是天空。天空干净得像每天都有人擦洗。你顺着这条河走吧，不知不觉就能走到我们村。我出门在外，不论是忍了饥，挨了饿，忘了形，一走进仙人峪，心就会"豁"的一下静下来，心里只剩下一个感觉：往前走，是我的家。

我们村叫茯苓庄。

我叫一早。

我死了。

我二十四岁了。

二

我们茯苓庄，是个几十户人家的小山村。从仙人峪岔出来往半山腰走，再走二里山路便是我们村。

茯苓庄周围山上真有茯苓。茯苓是药材，叶子像根达菜，入药的部分是它的根。那块状根像土豆，像白薯，发现一棵茯苓，就能刨出十几斤，刨二三十斤的也有。现时一斤干茯苓能卖五六块钱。可茯苓不那么容易找，它长在很高的地方，它对小气候，对土质的干湿要求也高。挖茯苓可不易。重要的在于发现，发现茯苓就成了我们村祖辈传下来的事业。就像我们都割草一样，割草也是祖辈传下来的事业。你进了茯苓庄立刻会发现，家家院里都晒着茯苓，家家房前屋后都有一两垛草。茯苓卖钱换粮米；烧火、铺炕、喂牲口乃至盖房都需要草。这茅草、荐草、星星草在青的时候被割下来晒干，垛成垛，直到这垛由青变黄，又是一年。草里也夹裹着蒿子、小胡麻、面姑娘，它们混在草里也叫草。有时我就想，本来人们割的不是它们，可谁让它们和草长在一起，才受了草的累。

青草垛垛起来，高过低矮的石头院墙，高过柴篱门、丝瓜架，有的还高过屋檐。从山上往下看，茯苓庄的房子倒成了草垛的点缀。草垛像一带绿色的丘陵绿色的云，早晨、中午和黄昏，家家做饭时，烟便从这丘陵里升起来，一会儿就笼罩了青草垛，烟散尽，青草垛再显出来。

茯苓和青草既是茯苓庄人的两大事业，村里的许多事就都关系着它们。大到人的生计、吵架、和好；小到给孩子起名，都离不开这两样。先前茯苓庄生下男孩都叫草：一草、二草、三草……老草、大草、小草……夏草、春草、冬草、秋草。那么女孩子该叫茯叫苓了：大茯、二茯、三茯……大苓、二苓、三苓……春茯、秋茯、冬茯……春苓、秋苓、冬苓……有叫十五苓的，有叫黑、白茯的。这是老年间的事。后来村里来了一位能人（有说南蛮子的），说，女的叫茯叫苓倒也文雅上口，这草可万万叫不得。官家将百姓形容成草民，百姓自己就不能把自己认作草。有人请教那能人今后起名要怎样把握方向，能人说，这样吧，把草字头去掉叫早也比叫草好。早也是个吉利——做事讲究赶早不赶晚，务农经商对自己也是个催促。于是，茯苓庄不知从哪代起，男孩起名都改成了早：一早二早三早……有叫十八早的，那是叔伯哥们儿论大排行排下的。我叫一早，我爹叫七早。村里人有叫他七早哥的，有叫他七早大伯、七早叔的。听我爹说，我爷爷叫八早。茯和苓没变化，延续至今。

我在县城上高中时，有位老师主张给我改名。另一位老师却说，一早这名字奇而不俗，像个大科学家，大文人，可不能改。茅以升、张恨水名字都具备这个特点。他说："茅以升，张恨水，冯一早，你听。"我姓冯。我没有坚持改名，不是为了我名字的奇而不俗，而是怕改了名字别人注意。我害臊，抬不起头。后来我没有成为大文人、大科学家，我是个收购镐把儿锨把儿的。关于我的上学，后面我还会说。现在我要说的是，关于我的死。

我死了，死在离县城更远的两省交界之地——马蹄梁上。当时我开着手扶小拖斗去收购镐把儿。

从仙人峪再往西四十里，翻过马蹄梁，是桦树峪。桦树峪不光有桦树，山上还有菜木、槟子木。菜木和槟子木都是做镐把儿的上等木材。我从那里收原木，交到石磨镇加工厂，一根能赚一半的钱，我在桦树峪漫山遍野地收，那里有我的关系户。

那天我起得很早，给小拖斗加上油。水不用加，走仙人峪一路都可以加水。我带够现钱，在我的帆布挎包里装上一张饼，两包干吃面，便上了路。我们这一带总算有了干吃面。我常想，这应该叫时代不饶人，时代到了这一步，有些东西你不吃也得吃——比如干吃面，有些东西你不玩也得玩，比如卡拉OK。我吃干吃面，也玩过卡拉OK。干吃面这玩意儿对于出门在外的人还是颇具些意义的，它带起来轻巧，可干嚼，也可以泡水吃。就像给小拖斗上水一样，在仙人峪泡面，随时也会有水。包里的小调料用凉水虽然泡不出什么滋味儿，可这东西还是不同于茯苓庄锅灶里炮制出的气味儿。你只要一打开那层印制精美的包装袋，一股外界文明便扑面而来。我出门常带着干吃面，在路上，在镇店，遇见这东西我都会毫不吝惜地买几包。

我装上干吃面，开着小拖斗，走出仙人峪，翻过马蹄梁，来

6

到桦树峪。我的老关系户们立刻就把我包围起来。这时我真的觉不出我是个做小买卖的，对于他们，我倒成了一个高人一等的救世主，一个达官显贵。那些扛着树棍子找我卖钱的本是和我一根同生的山民，现在倒成了我的臣民。我让他们挑最直溜的树棍子砍，我给他们把木棍子划出等级，我给他们按等级付款。一根一等菜木棍通常是三块五毛钱，一根一等槟子木通常是四块钱。槟子木是要高于菜木的。使出来的槟子木通红彻亮，像枣木擀面杖。枣木出不了镐把儿，枣木不直，骨节也多。那时，我让他们把手里的东西扔上我的拖斗，我把现钱立时付给他们。他们一五一十地数着钱，脸上露出满足的憨笑。他们一定在想，占便宜的是他们。这想法也颇有道理，一个长在山上的木棍子，没人收购就永远是木棍子长在山上。可是他们却很少想到占大便宜的是我，我跑一趟桦树峪少说也得收五百根。每根按50％毛利计算，便是一千五百元。再说我每次也不止收五百根，我的车能装多少我便装多少。小拖斗在路上开起来，山摇地动似的。

　　这回收的镐把儿我没细算，大约有七百根吧。我把木棍打捋好，两个卖主笑呵呵地帮我把车煞紧。有人看我装得太多，太贪婪，便说："早师傅，行哟，吃得住哟？"他说的是我的小拖斗。我云山雾罩地说："再有几百根也能装下。"又有人说："可不比走平路。"我又说："要的就是这山路。"又有人说："可得小心点儿，下回别看不见你了。"我没说话。这话说得太不吉利。我鼓着嘴用摇把将小拖斗摇着，小拖斗仿佛对众人宣布

7

着说:"得,得……别废话了,得……"我们上了路。

这一天是个假阴天,又已入冬,风一吹刺骨凉。出门时我在穿着上虽然也做了些准备,棉袄外边又套了件栽绒领子小大衣,车开起来还是觉得身上单薄。现在我把领子竖起来,再用围巾绑住脖子,就把车往马蹄梁上开。小拖斗"吭哧"着,遭难似的跟我往上爬。马蹄梁总算上去了。我停住车往后看,桦树峪已经不见踪影。这儿已经是个前不着村、后不着店的地带,今天行人稀少,还真有些瘆人。当我再往梁下看时,一团团黑云正往梁上涌。我知道这不是什么好征兆。有本古书上说"云生丽水",其实云有时也生恶水。比如现在,雨真下起来那就不是丽水。刚才我停住车本想吃包干吃面,看看我已被四周升起的乌云包围,还是打消了这个念头。我赶紧摇着我的小拖斗,妄想冲出这云的包围。小拖斗又腾云驾雾地摇晃着走起来,可是大雨点子还是噼里啪啦地拍了下来。可能还有冰雹吧。我在死以前,只觉得脑袋被砸得生疼,一时间马蹄梁上黑得伸手不见五指。要是风和日丽的日子,你坐在这海拔六百米的梁上,满可以大大欣赏一番这梁上梁下的美丽风光。且不说远处层层叠翠的山峰是何等迷人,单这近处红的土、白的石和遍地汹涌的黄紫相间的花们,就足够你享受一阵子。听说县旅游局也看中了这地方,给它起了名儿叫"花天酒地"。这名儿起得有学问,花是铺上了天,酒地是说地的颜色像葡萄酒。在县城,常听专等拉旅游客人的大小车司机冲游客高喊着:"哎,快上趟'花天酒地'吧,本县十大奇观之一!"

我真见过不少人在这儿照相,男女们搭着肩,"醉"卧花中。可是现在,我进入了黑夜,我想停住车等天亮。哪知我想停,车却停不住了,风逼着我非走不可。我的手紧攥着车把,像个醉鬼一样左冲右撞。不用说,这离出事就不远了。到底,我和我的小拖斗翻下了马蹄梁。先是我骑在我的座位上飘飘欲仙地向下飘,后来我便脱离了我的位置。我那些菜木的、槟子木的木棍们金箍棒似的朝我的脑袋上乱砸,小拖斗的轱辘也掉了一个,不偏不倚地拍在了我的后心。我们继续向下坠。我想起电影上那些慢镜头,现在我就是这慢镜头中的主演。后来梁上的石头也滚了下来,它们与镐把儿、轱辘、车底盘一起和我滚打,我觉得我先掉了一只胳膊,后来脚腕子也断了一只。接着,我的大胯脱了,我的肠子、肚子正和我一起飞。终于我散落在沟底。我想起古代有种刑罚叫"车裂",我是被我的车"裂"开的——我死了。我觉出我的心从体内飞了出来……虽然我的头还长在脖子上,脖子还长在肩上,可是我死了。我知道我的死,是因为我的魂还在。

人有魂,这是我大模糊婶给我讲的。虽然,后来我上学,我有了文化,相信无神论,可我也相信人是有魂的。不然为什么我还想到,一心一意地想到我应该用我这只长在身上的右手去捡拾我身上所失掉的一切呢。我在沟里滚爬起来,到处寻找。我找到了我的左胳膊,找到了我的左腿,找到了我的右腿,我的大胯也有了。我又把它们衔接在我身上。让人意外的是,我竟然把我的心也捧回来塞进了我的胸膛,肺也有了,脾、肝都有了,只有肠肚不见。我变成了一个空人。空就空吧，可我有心，有思想。肠肚算什么，有时也多余。过去，我和我爹就是受了这肠肚的拖累。它整日在我们腹内鸣叫，我们不得不找东西填充它。后来我们幸福了，不为吃喝发愁了，我吃干吃面，那是因为我有肠肚。要是失去了肠肚呢，干吃面也就失去了价值。

我攒好自己，在沟里坐一会儿，养养神。我站起来走走，我轻了许多，我知道，我虽然攒起了自己，我也站了起来，可我没活。那站起来的是我的魂。我大模糊婶说，魂儿轻，走起路来都不带风。

三

大模糊婶是谁？她是我这短短人生故事中的一个重要人物。她比我爹还重要。

我娘生下我的当天就死了。人们说是我憋死了我娘，我大模糊婶不这么看。她说，没有的事。那么小点儿，生下来还不如一只冻兔子大。那是他娘命不济，谁也没有惹她，在炕上就挺了腿儿。

没有人研究我娘的死因，反正她死了。

我娘怀的我，却是大模糊婶把我接到了人世。她一点一滴地从我娘肚子里往外拽我。要不是她一点点地把你拽出来，还不知谁会憋死谁？这是我爹对我娘生产我的评价。只有这时我才觉得我爹是个公道人,虽然他不公道的时候居多。他脾气暴烈,我刚一会走,他就开始打我,打得我从小就知道往青草垛里钻。我大模糊婶来给我喂奶,找不见我,就知道发生了什么事。她拍着大胯冲我爹高喊起来:"孩子呢?我那一早呢?"我爹坐在门槛上不搭腔。大模糊婶就说:"七早哥,我可先递说你,你要是给我找不回一早,我……我就……"大模糊婶说了半天什么也说不出来,就四处寻找:炕洞里,簸箕底下,空瓦罐里,草房里,都没有我。我爹也慌了,也哆嗦着两条腿赶忙到村外去找。他怕我跳河吧,他怕我跳井吧,他怕我被歹人拐带走吧。我从草缝儿里看见我爹走了,就从青草垛里爬出来,一头撞在我大模糊婶裆里。大模糊婶看看我满身沾着草节,知道了我是从哪儿钻出来的,便说:"就是不让他知道,嚣张死他!"大模糊婶一把将我抱起来就往她家走,进了家门坐在炕头上,把扣子解开说:"来,吃口。"我一头扎进她的怀里,叼住她的乳头,搂住她的大布袋奶,吃起来。说实在的,大模糊婶的奶个儿大,可嚼起来空洞。我三岁了。我抱着她的奶嚼,嚼完就往她的奶底下钻。她的奶像两个大被窝,足能遮盖我的全身。只要我能钻进她的奶底下,我爹有个什么可怕的?天底下还有什么可怕的?可是我爹来了,他站在院里喊:"他模糊婶子,小兔崽子呢?"我大模糊婶隔着窗户纸说:"不是叫你找去了?"我爹说:"生是不见个踪影呢!"说着我爹走进来,一坐坐在灶火坑。我大模糊婶露着奶也不避讳我爹,我爹也不往我大模糊婶的怀里看。我爹脾气暴，可他人缘好，他和我大模糊婶从来都是"相敬如宾"。"相敬如宾"这种文明事，不光发生在城市里，在我们这穷乡僻野，也有。我一生惧怕我爹，也敬重我爹，敬重他对我大模糊婶的分寸。我爹没了女人，我大模糊婶没了男人。我娘生我以前，她的孩子也死了。有人撺掇他们搬到一块儿住，他们谁也不同意。我也不同意，我不愿意我大模糊婶跟了我爹。可他们来往。

　　我在大模糊婶的奶底下藏着不出来。我爹在灶坑里坐会儿，掏出烟袋抽一袋，站起来拍拍身上的柴草灰走了。这时我大模糊婶才又隔着窗纸喊："七早哥，先回家吧，咱一早丢不了。"我爹在院里站住，想想，准知道是大模糊婶找着了我，头也不回地走出院门。我爹走了，我大模糊婶低下头对着自己的肚子和奶说："也不能光让你爹着急，咱还得回去。"我从大模糊婶奶底下钻出来，委坐在她的腿裆里打一会儿挺，就装哭。大模糊婶说："假哭，假笑，白胡子老道。"我还是哭，大模糊婶就给我说"两头忙"。她边摇着我边说："今天不把别的表，给早表表两头忙。"说：

东庄的闺女要出嫁，
来了个媒人就说停当，
正月里说媒二月里娶，
三月里生了个小儿郎。
四月里会爬五月里走，

> 六月里会叫爹和娘。
> 七月里进京去赶考,
> 八月里中了个状元郎。
> 九月里领兵去打仗,
> 十月里得胜回朝堂。
> 十一月得了个拉塌子病,
> 十二月蹬腿儿见了阎王。
> 这就叫来得容易去得快,
> 起名就叫两头忙。

我听着"两头忙"止住哭,她把我扛在肩上就往外走。

我爹为什么打我,至死我都解不开这件事。我尽量把理由多往自己身上想:我个儿小;我在他面前不说话(问十句也不回答一句);后来,我还不爱吃他做的饭。他做的那些饭使我终生难忘,那饭使我和他都忍受着极大的难堪。

我终于不再吃大模糊婶的奶了,改吃我爹做的饭。我们一道吃玉米面,玉米碴,玉米粒;一道吃玉米秸,玉米轴;吃高粱粒,高粱皮;吃杨叶、榆叶、桃叶、杏叶。对这些,我吃得倒香甜,可这些总是有限的。到了春天,到了青黄不接时,我们茯苓庄的人连泡在缸里的桃叶、杏叶都吃完了,就到公社去买返销粮。那返销粮不是玉米,不是高粱,大多是清一色的豌豆。每年我爹把这半口袋金刚石样的东西扛回来,难堪便也笼罩起我们了。做饭时我爹在锅里添上水,从青草垛上抱把干草,点火把水烧开,把大半碗豌豆豁唧唧地倒入锅中,再烧一阵火,这就是一天的饭了。他先为我盛出半碗这仍在豁唧唧响着的豌豆,也给自己盛出半碗。他坐在灶坑,我靠住门框,我们背靠背地吃起来。我爹吃豌豆好像永远吃得津津有味,这东西却让我难以对付。到底我不知道我的牙、我的食道、我的肠胃怎样接受它们。可我必须半真半假地连汤带水地咀嚼一阵,因为我的肠胃正在鸣叫,它们鼓动着我,号召着我,要我替它们咀嚼、下咽。有时我还真得为它们吃下半碗,而我爹早开始盛第二碗、第三碗了。他看我对眼前的碗仍然面有难色,站起来劈手夺过我的碗说:"不吃,还给我省出半碗呢。去吧,快到县革委会当主任去吧,当主任保险不吃豌豆,要不当个公社里的也行。"他喊一阵,替我把碗吃干净,从缸里舀瓢水,潦草地把锅碗冲刷一下便不再和我说话。许久,屋里也不再有声音。只待晚上我们父子并排在炕上躺下时,一种声音才从炕上油然而升,刹那间我们便被这声音和气味所包围:那是我爹和我那一股股冲出肛门的气。我知道这气和这声音都是由那坚硬的豌豆转化而成,自然,食量的差别使我们肚子里这种转换的分量也就不同,存在于我爹肚子里的这种转换大大高于我。整整一个晚上,他都在炕上鸣响有声。直到天亮,当这种转换在肚子里再转化成另一种物质时,我们就都迫不及待地起来了。接着是我爹和我分别在茅房里的一阵喧闹。我们依次走进茅房,又走出茅房,互相低头朝茅坑里看看,才发现原来这种坚硬的东西仍然完整而坚硬，我们的肚子好比倒腾豌豆的容器。我常想，或许就因为这完整的堆积，这不停的倒腾，我爹的脾气才越来越暴烈了。直到他夺过我的碗，把碗扔出院墙，然后用脚把我踢在当院。我七岁了，我爹踢我也不会感到有多么重。

大模糊婶终于又来找我爹了，她让我去上学。她说，离茯苓庄十五里的马家河开了学，也收茯苓庄的人，茯苓庄有人去了，叫孩子也去吧。我爹说："就他？"大模糊婶说："就他。""走十五里，还要翻二道梁，他也能？"我爹说。大模糊婶说："你要说个行，就行。我要的就是你的一句话。"可我爹就是不说行。我大模糊婶说："你不说我也做主了，全茯苓庄的孩子，又有谁比一早伶俐？"说完扛上我就往外走。

我上学了。每天天不亮，大模糊婶就在村口等我。我扛个板凳走出家门，走到大模糊婶跟前，大模糊婶就把我扛在肩上。一走十五里，我扛着板凳，大模糊婶扛着我。天黑时，大模糊婶一走十五里，再把我从马家河扛回来。我扛着板凳，大模糊婶扛着我。来去的路上都有男人和大模糊婶打着招呼，开着没深没浅的玩笑。大模糊婶也不示弱地跟他们对答着。这时我只是低着头。我知道这玩笑不高雅，这时我就有点怨恨大模糊婶本人，更怨恨三茯和四苓。

三茯和四苓都是茯苓庄没出嫁的大闺女，先前我叫她们姐姐，后来就不叫了。

有一次三茯、四苓和我，跟着大模糊婶到后山挖茯苓，她俩也不找,也不挖,单跟大模糊婶胡闹。她俩好疯闹,一闹闹个没完。到后来,大模糊婶也跟她们没深没浅地闹起来,说:"你俩别逞强,咱看谁闹得过谁。有件事我做得到,你们俩可做不到。"

三茯说:"什么事那么难?生是能难倒俺们。"

四苓说:"你先说说,让俺们也试吧试吧。"

大模糊婶说:"别着急,有你们俩遭难的时候。一个一个来,谁先来?"她问她俩。

三茯说:"我吧,谁叫我挂三呢,三在四头里呀,你说是也不是?"

大模糊婶说:"也行,可我一说,你就得真做,好歹这儿都是女的。"

三茯说:"一早呢,他可不是个女的。"

大模糊婶说:"他呀,不能算。树桩子高,背过脸去就行了。"

我知道眼前将要发生男人不能看的事,便把脸一扭。这时我就只听她们说话了。

大模糊婶让三茯往坡上走,走着走着又让三茯站住。三茯就说:"叫俺站在这儿干什么,猴模作样的。"

大模糊婶说:"脸朝前,脊梁对着俺们,褪下你那裤子来,叫俺们看看!"

"这像个什么,俺不!"三茯说。

"不敢了吧？"大模糊婶说。

"也得看什么事，"四苓说，"敢情你给俺们使坏呀。"

"女的看女的，使的什么坏。谁没当着谁褪过裤子呀。"大模糊婶说。

"脱就脱，我可脱下来啦。"三茯嚷着。

"屁股蛋子挺白，撅起来！"大模糊婶也嚷着。

四苓在后面就吃吃笑，我猜三茯正撅着屁股哩。

"四苓你先别笑，我问你，你看见什么了？"大模糊婶问四苓。

"什么也没看见，白乎乎，像个棉花包，别的什么也没有。"四苓说。

"还是吧，我说你们也做不到吧，还犟。"大模糊婶说，"四苓，你上去，你也试试。"

我听见三茯咯噔噔地从土岗上跑了下来，四苓又咯噔噔地跑了上去。

大模糊婶又叫四苓照着三茯的样子做了一遍，又问三茯看见了什么，三茯也说什么都没看见。

四苓也跑了下来，俩人便一块儿撺腾起大模糊婶。她们说，你说俺们做不成，准是你能做成。你上去，也叫俺们看看。

大模糊婶上去了，她摆出了那个姿势让三茯、四苓看。

我就在这时回了一下头。我看见土岗上撅起了一座山，我知道那山就是大模糊婶的屁股。我转回身就紧紧闭住了眼。

我听见大模糊婶大声问她们:"看见什么啦?"
三茯说:"看见那个地方了。"
四苓说:"看是看见了,就是有点模糊!"
三茯也跟着说:"黑乎乎的挺模糊!"

大模糊的外号就是这样叫起来的。我猜这一定是三茯和四苓说出去的,一时间不光茯苓庄人都知道了这件事,三里五乡、十里八里都知道了,连外县也知道了。他们说,西县有个茯苓庄,茯苓庄有个大模糊屄——这是大模糊婶的全称,叫不出口才省掉了最后那个字。

我大模糊婶却不在乎,仍然大模大样。有人问她那地方为什么模糊,大模糊婶说,不是我模糊,是她们眼不强,看不清。

大模糊婶扛着我,我扛着板凳去上学。遇到人,我就低下头。人们说:"哎,大模糊过来了,叫俺们也看看模糊不模糊。"

大模糊婶就说:"看你那样儿,肉眼凡胎的,配么!"

四

我在马蹄梁下把自己的胳膊、腿捡齐,攒起来,坐下养了会儿神,就往沟上爬。我想,我的小拖斗横竖是攒不起来了,即使攒起来我也无法把它开上马蹄梁。我看见我那镐把儿、锹把儿们在沟里四散着,我的心很疼。这就等于把千八百块钱扔给了"花天酒地"。我只捡了一根槟子木的锹把儿拄着往梁上走。现在我轻巧得一步能跃上一块巨石，一步能跨过一棵红荆，这红荆每棵都有半人高。我就在石头上红荆间跳跃着前进，原来我是这样轻巧。一个轻巧的身体还要什么棍子，棍子倒成了累赘。我扔掉了我的槟子木，不大一会儿就跃上梁顶。风雨都停了，可是，真的黑夜降临下来了。这使得我突然辨不清方向了，再想走路，只有搭车问人。我看见梁下的公路上有两盏灯正盘旋而来，听声音是一辆大卡车。卡车哼哼叫着，缓慢地向梁上开着，车上想必是装满了煤炭。大凡装满煤炭的车都是由西向东；由东向西的车，空车居多。我的家在马蹄梁以东，车显然是朝我家的方向开。我想回家。

卡车开过来了，辗轧着白天下雨时积下的雨水，水溅得很高。我来不及躲就去喊司机停车，可是这司机像没听见一样继续开他的车。我又赶上去喊："哎，劳驾，借个光吧，我要回家，回茯苓庄。这前不着村后不着店的……"我和他站个对脸，又和车并排跑，这司机还是目若无人似的。我也顾不得计较什么了，回家心切啊。我紧跑两步扒住车帮就往上蹿，没费什么劲就蹿上了车，车上果然装的是煤，我趴在了碎煤堆上。夜风从身边嗖嗖而过，冷风像刀子似的削着我的脸。我在碎煤上颠簸一阵，抬头看看北斗星的位置，时间已近半夜。这卡车还在不停地开，看来他是决心要开出马蹄梁的。车又是一阵向下的盘旋，终于停了，停在一个车马店门外。这店灯火通明，门口挂只笊篱做幌子，幌子以下站着一位五大三粗，梳大菊花头，很是花红的女人。这女人没等司机下车便近了上去,拉住司机的胳膊就拽。原来这是个黄米店,司机遇见了一个小黄米。黄米本是北方的一种粮食作物,因为它黏,所以人们把操这种行业的女人叫黄米。这司机对黄米一点也不发憷,一看就知是个老手。这黄米半拉半架地把他往店里架,司机也半依半就地往这黄米身上靠。

车停了,我坐在车上还有个什么用,下来算了,再说,我冷。

这店的三间土坯店堂毗连公路,堂屋后面是个大院子,专容过夜的卡车、马车。院里还有一排厢房,供司机投宿。这种店我经过不少,也深知它们的营业范围,可我还从来没有进去过。

我跟司机进了店,那位花红女人便给他摆菜、上酒、点烟,和他平起平坐地吃喝起来。我靠墙立定,原来谁也没有发现我的存在。

我身上冷,但不饿,才想起我是少了肠胃的。现在一闻见酒气和油腥气,还有点恶心。原来从这天起,我再不思饮食;从这天起再没有人能看见我;从这天起我再不必说话,因为我说话,人们也听不见我的声音。难怪我喊司机停车,司机什么也听不见。

这黄米陪司机也吃了,也喝了,余下的事,不说大家也明白了。遗憾的是,即便有人知道这种事,说什么你也不会知道这种事在这里怎么做。

黄米陪司机吃完喝完,勾肩搭背地走出店堂,穿过院子来到那排厢房。为了取个暖,我也跟了进来。原来这厢房里只有一盘炕,炕上头朝外已经躺着几个男人。黄米一进门就拉开了灯,睡着的男人不约而同地露出膀子抬起头,冲黄米露出难以抑制的笑。其中也有人跟这司机打着招呼,问他为什么这么晚才赶到。司机说给他们晚到的缘由,原来他们都是老相识。

黄米指给司机一个位置说:"睡吧,嗯?明儿见。"话是普通话,带出东北味儿。说完要走,司机却把她的脖子一搂说:"别呀,别扔下爷们儿呀。"黄米说:"那儿有人正等着你呢。"她指指一个被窝。谁知这司机也不看那被窝,却把黄米的脖子箍得更紧了,说:"我可不就热锅,我要的就是你这×。"说着就扒黄米的裤子。那黄米只跟他敷衍着亲了个嘴还是挣脱了出去。这司机无奈,就去掀黄米指的那个被窝。一掀,露出两个人,一男一女。这女人的膀子很白,脸却挺黄。司机撩着被窝端详一阵,没有留恋,去找自己的位置。他找到自己的被窝钻进去,我也溜边儿找了个空位置。不一会儿,那位白膀子探出身子关了灯。接着,我就听见有人从那边一步一跨地迈过来,钻进了司机的被窝。不用问,这正是那个白膀子……

一炕的人都静听起这边的事。有人在那边发了话,说:"伙计,时候可不算短,老搭档一样。"司机在这边回话说:"今天算他妈受了委屈。下回,谁要再就热锅谁是他妈王八蛋,一样的挨剃头。"这时白膀子也发了话:"还嫌鸡巴热锅,谁嫌你啦,一身煤面子。"她和司机又鼓鼓捣捣一阵,听见那厢又有人叫她，才又跨过几个人到那边去了。

有人打起呼噜，有人又问司机："伙计，十三苓呢？怎么说不见就不见了。要讲'办事'，还是十三苓，那是啥滋味儿。"

"办事"就是性交，这说法不知别处有没有，反正我们这儿都这么说。那么黄米店不该叫办事处吗？不这么叫，想必不是一个概念。

司机一听有人提十三苓，便说："我也净想她。咱也是走遍天下的人啦，没有比上十三苓的，一办事，瘫在你身上一般。""听说，十三苓离此地不远。"有人说。"不远，还有人见过她，现时可是个疯子，就知道捡好吃的物件吃。胖得一晃荡一晃荡的，像一座山。先前什么样儿，那屁股，那腰，还有那儿……"又有人说。

我只想搭车回家，只想来此取暖，做梦也没想到遇见这种事。我说的不是他们的"办事"，我是说在这里我竟然听见了十三苓这三个字。他们不提她的"疯"，我还以为有人和十三苓重名重姓呢，天下重名重姓的有的是。可他们提到了她的疯，我像是挨了当头一棒。

天蒙蒙亮，炕上的人都起来了，白膀子也穿上衣服打着哈欠到堂屋忙前忙后去了。店老板（一个半老不俏的女人）走过来，要司机们"剃头"。剃头，就是从煤车上扣他们的煤。他们和黄米"办事"，老板就扣煤，煤代替现钱。几个黄米都来了，男伙计也来了，手持铁锨爬上煤车就往下铲，这院里已经有个煤山了。司机们心痛地喊着说："行啦，手下留情吧！为鸡巴个黄米，非让我倾家荡产呀！"煤还是往煤山上飞扬着。

这里的黄米店都卖煤，据说光卖煤一项就够全店的开销。

现在我想说十三苓。

十三苓是我的女友，我们俩很是青梅竹马过一阵。我在马家河上小学时，十三苓也上。我刚去上学时，大模糊婶背着我，扛着我。后来我大了，大模糊婶就把我托给了十三苓。十三苓比我大一岁，总是比我高一班。我和她从马家河小学一直上到县中。后来，她初中毕业了，她不上了，她走了。走时，穿戴得很洋气，照着歌星的模样化上妆，头发在脑后一绑一大把，穿上高跟鞋。告别的地点就在我们家的青草垛旁。

那天月色很好，她说，她必得晚上离村，天亮了她怕别人看见她。我问她为什么怕看，她说因为仙人峪里有一个人等着她。我问她，那人是你什么人，朋友？她说，不能这么说，可也是个依靠。她说人要想在社会上混事，就得人托人。我又问她走是什么意思，要到哪儿去，去干什么。她冲我把头一歪，把捆住的头发往脑后一甩，说，目前这尚是个秘密。说，仅是一种人生追求吧。她说，她从小报上看过好几个歌星的历史，她们今天还在家里摆摊卖货呢，明天就进了京，七闯荡八闯荡，就闯荡出来了。我怎么了，有哪儿比她们少一块儿吗？我对十三苓说，她们有嗓音，你不行，你在学校唱歌还有人笑你呢，就不用说进北京了。她说，人也不一定都去唱歌，还有别的事呢。比如公关吧，歌星们就不一定如我。对，我很可能去干公关：披肩发一留，小胸脯一露……我要戴一手金戒指，没有真的就先戴假的。你不愿意？到那时候我就给你发个电报，让你去看我。我带你去下馆子，咱什么好吃要什么。咱故意要得多多的，故意吃不完剩一桌子，走时故意把钱往桌上一摔，也不用让他们找零儿了，咱抬屁股就走。出了饭馆上哪儿去，我得好好想想，还有你哪。以上就是我的人生计划。也许这一切都实现不了，咳，顶不济还有劳务市场哩，劳务市场都兴到了咱们县里。你同意吗？

　　我不看十三苓也不说话，只觉着血净往头上撞。心想，一个不知不觉，怎么就变成这个样？她看我不说话，就说，我看出来了，你不同意是不是？你要不同意咱俩就绝交。反正我是决心已定了，有这青草垛作证，我十三苓一不做二不休。我说都要分别了，还有我什么说的，要是青草垛会说话就好了，它听见过咱俩说过的话，你那么聪明。十三苓说，哎，就为了这个，我是不笨。来，咱俩接个吻吧，都九十年代了。她扬着头闭着眼，把胸脯一挺，就等我去亲她。我觉得她是在模仿一个电影，并不是到了非跟我接吻不可的时刻。可我还是凑过去用我的嘴对了一下她的嘴。我觉得我的嘴和她的嘴都很麻木，很像两只鞋底子。她说，完了？我说，就这样吧。她说，没有别的要求了？我说，没了，就是有你也做不到了。她说，你说说我听听。我说，你非得走？她说，算了算了，咱就拜拜吧，嗯。这时我才看见地上还有一个绣着小洋人的双肩背，她提起双肩背，一扭身跑下了仙人峪。她的背影立时就被一垛青草影住了。我还听见有辆摩托发动起来。

十三苓走了,我一头扎进青草垛,心想,就这么一辈子扎下去算了。

……

我和十三苓都在青草垛里扎着,青草垛里有我们俩的房子。我先给自己掏了一间,又给她掏了一间,当中隔着一堵墙。我在这边跟她说话,我说:十三苓你几岁了?她说:你几岁了?我说我五岁。她说你五岁我就六岁,我永远比你大。过了一会儿她说,一早你几岁?我说刚说过。她说,你想娶个大媳妇还是娶个小媳妇。我说,我想要个大媳妇。她说大几岁哩?我说大一岁哩。她说,早知道你说的我,都要娶我了还不拆墙。我说谁大谁拆,她说谁是男的谁拆。我说拆个墙还不容易。我把"墙"一捅捅了个大窟窿,十三苓钻进了我的房子里。她直挺挺地往我旁边一躺说,娶了,睡呀。我也挨着她直挺挺地躺着说,睡呀。外面月光很亮,可月光照不着我们,只有萤火虫在我们"屋"里飞。我说,你看还有人给咱们点灯呢。后来,我们真睡觉了。那一夜,茯苓庄谁也没有找到我们,都说我俩丢了。

……

我和十三苓又在青草垛里掏了一间大房子,这回没有隔墙,因为我们早就是一家子了。十三苓坐在房里捡蒿子拧火绳,我就假装歇晌。十三苓说,一早你几岁了?我说我七岁了,你呢?十三苓说你七岁我就八岁，你说咱俩怎么长不大呀，我都娶了两年了。我说我大了，不大怎么能到马家河上学呀。十三苓说，那你也没长大，看你，在学校里一站队你就站第一，最数你矬。要不你怎么光在家里歇着，看你那样儿。我不说话了，我怕人说我矬，我怕人用偏低的眼光往下看我。现在我一定撅起了嘴。十三苓见我不高兴就说，矬怕个什么，我不嫌；我高，我干重活儿。她放下火绳就在"屋"里遍找起来，后来从"墙上"东揪西揪揪下一把面姑娘说，给你，快吃了吧，吃了面姑娘长个儿。我嚼着面姑娘，很涩，很酸，可我吃。

……

每年我们都有青草垛，青草垛里每年都有我们的一间房，我们在房里待着，我问十三苓，今年你几岁了，十三苓说我十三了，你哪？我说你十三我就十二，给你爹商量好了吗？十三苓说什么？我说上中学的事。十三苓说，不是递说你了，我爹还能管了我？你要上我就上。我说，这可不是去马家河，这是去县城，要走出仙人峪，还要背上被子。十三苓说，那我也得去。我说，这一回你说咱俩长大了呗？十三苓说没长大。我说，八岁那年你说是大人啦。十三苓说那时候是那时候的事，现在是现在的事。

从前我俩在青草垛里说话，净躺着挨着，现在净坐着。后来我和十三苓都上了中学，我们再也没有在青草垛里盖房子。可是我们都愿意闻青草的味儿，中学放假时，我们就约好时间在草垛跟前偎一会儿。我闻着青草味儿，闻着十三苓的味儿，醉着。我们家紧把着茯苓庄村头,四周有柳子和荆条树包围,僻静。

有一次我和十三苓倚着草垛说话,她说,我看出来了,你在学校功课拔尖,我老在中下游混搭着走,咱俩距离是越来越远,有女生喜欢你呗?咱不是一个班,不好发现。我说有,真有那么一个。十三苓一惊,说:她什么样儿?找一天指给我看看行呗,叫咱也见识见识。我说行,现在就指给你吧。她听懂了我的话,倒显出自自然然地说,真没有别人啦?我说,咱俩都这些年啦,你让我对着草垛发个誓吧。她说,你发我也发。我嘟囔着草呀草呀,你就听见我说句话吧,我要娶非十三苓不娶,我要是变了心,走路就绕着你走。十三苓嘟囔着说的什么,我不知道。

后来十三苓初中毕业了,她说她准考不上高中,就在城里跟她一个舅舅摆起了衣服摊。我上高中时,常见她在街上那一排排新潮衣服底下钻来钻去。她卖新潮衣服,穿新潮衣服,还时不时拿给我一件"新潮"也让我穿。我说我穿新潮不合适,她就说我守旧。她说现时高中生不光穿新潮衣服,抽烟的喝酒的搞性实验的什么样的没有?咱在外头上学一上几年,就得和茯苓庄拉开距离。

十三苓真要和茯苓庄彻底拉开距离了,就来找我告别了。

十三苓一走三年。开始给我写信,说在京城一个大人物家"帮忙";不久又来信说,给韩国一家公司推销商品;不久又来信说,在一个服装学校学剪裁;不久又说是一个大款的"关键人物"。最后一封信上说又换了工作,工作说得不具体,只说,即使如此，她也决心要混一混，她不信这天下竟没有她的位置。再后来就没了信息。那时我高中毕业，考大学分数不够，也干起了收购镐把儿的生意。

　　一天我正在街门口修理我的小拖斗，大模糊婶坐在草垛旁看着我。这时从仙人峪走上来一男一女，那男的一身乡村打扮；女的穿着潦草，不似乡下，不似城市，一路走得东倒西歪，腿脚不把稳一般。这一男一女走到村口停住，男的说，这是茯苓庄不是。大模糊婶说，是呀，你打听茯苓庄有什么事。男的说，你们认识这个人不认识。大模糊婶说，走近点叫俺们看清楚点儿。男人把女人趔趔趄趄地拉到我们跟前说，你们认识这个人不？大模糊婶仔细看看说，看不出来。我一眼便认了出来：这是十三苓。十三苓的手、脸、露着的半个胸和腿脚都被汗泥覆盖着，头发一绺绺地赶着毡；两件新潮的软质衣裳被山里的荆棘裂挂得已不成形。她眼光涣散着看看天，看看太阳，看看我和大模糊婶，就去揪路边的花。她揪下花，冲我们笑着说，这遍地鲜花莫非就等我来采？看你们那模样，土猴似的。说完大笑一阵坐在路边。大模糊婶这时也认出了眼前的十三苓，倒退几步向前紧跑几步，又倒退几步又向前紧跑几步。我像是钉在了路边。

　　大模糊婶问来人是谁，来人说，他是个烧花盆的，离这儿不远。早晨起来听见有个摩托车停在门口，就开门去看。开了门，摩托不见了，只见地上坐着这个女的。这女人口袋里有一张纸，上面写着：遇到此人者，请把她送到茯苓庄。

十三苓走了,十三苓又回来了。十三苓不认人,就认好吃的。她不吃当地饭,吃火腿肠,吃康师傅,喝健力宝。吃完喝完就守着鸡屁股等鸡下蛋。现在她胖得真像一座山。十三苓的爹娘光发愁,谁也不知道她这一走三年的真正经历。

十三苓回到茯苓庄,我们也给她请过先生,住过院。院方说,这病不可能治彻底,也就是个时好时坏的事。坏时,她打爹骂娘,光着身子追猪羊;好时,就一言不发地等吃食。

我大模糊婶经常遮挡着十三苓给她穿衣服,穿着说着:可怜见,生是把个孩子给毁了。

五

黄米店的伙计给煤车"剃头",我就在一边等着搭车。这时候我想问问老板娘,这店是不是有过一个叫十三苓的。我和老板娘站个对脸,她嘴上叼着烟卷,烟直往我脸上冒。我实在憋不住了,就说你是这儿的店老板吧?店老板嘬了口烟,冲着"剃头"的伙计说,行啦行啦,饶他们一条小命吧,家里老婆孩子都有。我那个司机说,老婆孩子是小事,这是给公家拉的,这教育部门又穷。老板娘说,穷不穷的回去也没人过秤,他要是过秤你就给他们撂了,让局长、校长去开车。有个司机说,谁开车也过不去这黄米店,架不住往里拽你。店伙计停止了"剃头",煤山高了许多。有人在发动车。我找了个空儿赶快又去问老板娘,我说你是店老板吧？你这店里是不是有一个叫十三苓的？老板娘却对另一个司机说，你再过来得哪天？我这儿想你的人可是不少。那司机说，出车得上边派，我想来顶个屁用。

我在一边儿插不上嘴，再一次证实了活着的人谁也听不见我的话。我们那辆车也发动起来了，我又东钻西钻地钻到车跟前，扒住车帮赶紧上，车上的煤果然少了许多。我坐在一个煤坑里等开车，我还得回家。

所有的车都开出了店门，黄米们站在门口，向司机招着手嚷：好人一路平安！有的司机也冲她们摆手，有的司机就骂骂咧咧地说，生是把你给浪的。

车们各奔西东。我坐的这辆车果然是朝东开的。我向前看，太阳晃得我睁不开眼，我的家就在东边。我认识这条路，这是2188国道。这里的山不高，很陡峭，山上还蜿蜒着石头长城。待走到一个长城垛口跟前，我就能找到去仙人峪的路。这段长城是明代长城，地图上不标，可它的历史价值却不下于八达岭长城。垛口以下有四个大字：万仞天关。听说是明代一个名叫贾三进的武官写的，那是魏碑。我就练魏碑。老师们说我身上存在着多种细胞，书法也是我的强项。若有机遇，没准儿我也能成为一个举足轻重的书法家。有一次我的一张魏碑在县文化馆展览，有位过路的游客出五百块钱要买，可惜掌管展览的人说，五百就行了？五千还差不多。那游人一听不买了，走了。我听说了这事儿很是后悔。心想挂起来两张草纸，摘下来拿回家还是草纸两张。可掌管展览的人心气儿高，为的是显示我们县人才济济。人才不可轻视。

　　车到哪儿了？再走十几里该是"万仞天关"了吧。我困倦起来。算一算我也有两天两夜没睡觉了。前天晚上我死，昨天晚上在黄米店又遇上了那种事。听人办事，莫非还能睡得着（我也是个二十四岁的男人）？我死了，可我那个地方还好好的，连一点磕碰都没有挨。到现在，那个白膀子还净在我眼前晃。一想起她的白膀子，一想起她和司机们鼓鼓捣捣的那种事，我的心就突突跳。我活了二十四年还是第一次遇见有人在你眼前干这事。我生前对这事也想过，也干过（没干成），可我想得单一。白膀子和这些个开车的实在是能，人间摸不透的事实在太多了。都大同小异，又都存在差别。

　　我闭着眼，迷糊着，看见白膀子正在我眼前逗我。她说，我知道你在心里叫我什么，叫我白膀子。我不光膀子白，肚子也白，给你看看哟。说着她就往下褪裤子，一褪褪到肚脐以下。我赶紧把脸一扭。白膀子就说，其实我不是白膀子，我是十三苓。咱俩等的不就是这一天？你才刚看见了我的肚子就臊了，就冲你这么怯场我也得走。她一边说着走，却又在我眼前扭起来。屁股一左一右地甩得很远。她问我，你见过脱衣舞呗？我在北京大人物家净看录像，看我给你跳一个。她边扭边把背心脱掉一扔，又扭着把奶罩摘掉一扔，把裙子也扭着一扔，把最后的一条三角裤一脱一扔，眼前就剩下一个干净利索的十三苓了。她越扭越急越花哨，说，要是给一般的客人看，现在是该掏钱的时候了，钱要塞在这儿。她把大腿根一拍：这儿有条松紧带儿，掖钱用。可你不是一般人，你是一早，咱俩是一家子，就不必给了。你不喜欢我这样儿，是吗？那你喜欢什么？喜欢玩真格的？咱俩办事呀，你娶我一场，还没有办过事呢。来，来呀，你看这儿，清等着你哪。她指了指她那个地方说，我可不是大模糊，我一点儿也不模糊……现在我看见了从来没有见过的那个地方，不模糊。我被惊吓醒了。

车还在忽忽地开，风还在我耳边忽忽地过，我想"万仞天关"就要到了，我就要下车了。我想着却又睡了过去，眼前还是十三苓。她穿戴整齐，就像和我在青草垛前分手的时候一个样。她不停地梳理着她那一大把头发说，我知道你不喜欢刚才我那个样，那是我对你的试探。原来你还是你。你要还是你我就还是我，咱俩跳舞吧，不跳那种怪模怪样的了，咱跳正经的，跳十六步跳二十四步，好不好？谁不知道你是咱全校的舞星？来，来呀！十三苓邀我跳舞，才勾起了我的兴致。全县人都说我是舞星，一点不假。我会跳，不单十六步、二十四步，更高级的霹雳、摇滚、太空我也会。还有"国标"，那算什么，我都不屑一跳。

六

我上的县中叫二中。一听二中你就知道还有个一中，对，二中比一中年轻，历史短，这是一般规律。不过我们这二中比一中教学质量高，升学率也高。虽然它称不上贵族学校，可上二中的大都不是一般人的孩子，他们的家长趁的不是权就是钱，连钱、权都具备的人，送子女上学也得人托人地走门子拉关系。县领导不能叫达官显贵，一个小小农民企业家也不能叫亿万富翁。可具备以上两个条件的，在我们这儿还得算他们。我上二中纯属偶然，全靠了马家河小学校长的热心眼儿。他说冯一早你上县二中是咱全校的光荣，我不把你送到县二中我就辞去校长的职务。这校长说得到做得到，我也不知他到底用了什么法子，反正我进了二中。当时，我还不识时务地对校长说，你送我进二中，我得有个条件。校长说，说来我听，我说，我要上，十三苓也得上，就个伴儿。校长一听沉吟一阵，面有难色。我赶紧说，校长要遭难，我就上一中吧，反正都是县办的。校长截断我的话忙说，别急别急，试试试试。后来暑假未过，校长便一路风尘地来到茯苓庄，他直奔我的家中对我说，成了成了，有你，有十三苓。不过，十三苓，今后你常帮助她。

我上了二中，成绩果然常在一、二、三名之间，可好心情并不属于我。我常觉得我仍然低人一等。这不是我无端的自卑，是环境所迫。比如，我常常挨打，挨同学的打。那挨打的原因又是多种多样的。比如，第一次期考我考了全班第一，便有几位同学把我叫住说，站住，跟我们走一趟。他们模仿着侠客、强人的口气，不容我问个究竟，便架住了我的胳膊。我随他们跟头骨碌地走到校外的荒郊僻野，便有人说，知道为什么叫你出来吗？我说不知道。他们说告诉你，就是因为你考了第一。揍！有人扬起手朝着我的脸就是一个耳光；又有人冲着我的后心口就是一拳。又一个耳光，又一拳……我竭力想挺立在他们面前，可还是东倒西歪地倒在地上。我被他们打完，他们当中有人就说，这是向你祝贺，记住。他们有说有笑地走了，我爬起来摸着发烧的脸，在他们后边也往学校走。

　　有时候他们对我的打，是因为我在课堂回答提问时回答得正确；有时候他们对我的打，是因为我在黑板上演算得流利。也有什么都不为的时候，有一次我在自来水龙头跟前洗脸，有位同学走过来照着我就是一个耳光。我说这又是为什么，他说就为了想打你。后来我的挨打大半是关于我的跳舞。

　　我跳舞，就像上帝跟我开了一个玩笑：不知他为什么要赐给我这样一种灵性，使我对这玩意儿能无师自通，能跳得高人一等，能使我陶醉自己而忘我，能让别人（包括那些惯舞者）目瞪口呆。他们在我面前，多精彩的表演都成了拙劣的自惭形秽。我的跳舞实在不能用跳舞这两个字来形容，这么形容反倒像是离题万里了。那时我是个什么我在做什么，我也不知道。我就是风吧，我就是雨吧，我就是飘浮的彩云吧，我是鸟吧，我是龟吧，我是狼虫虎豹吧。要说霹雳，我才真是霹雳。那时我才觉得，只有用我的舞才能去对付那一切给予我的不平事，跳舞就是雪我之耻。我跳起来实在不知怎样停止，假如人的生理没有心力交瘁一说，我肯定会不停地跳个终生。

我的跳舞也像我上学一样偶然。一次，我们二中要举行一个非常特别而又意义重大的庆典，这便是二中要更改校名，二中要改为雪芹中学。谁听到这件事都会问，西县二中和雪芹（曹氏）有什么关系？曹氏家族故址目前虽然仍存争议，可再争也轮不到西县呀。但，雪芹中学偏就要在西县挂牌诞生了。我只能说这是西县有能人的缘故。能人存有的能量你不信也得相信：一个农家院子能造出"高级"轿车、没有鳖的厂子专门生产鳖精，这已算不得稀罕。雪芹中学诞生在我们县，是因为我县已考证出曹雪芹的妗子（舅母）本是西县人。或者又有人问：即使妗子是西县人，和雪芹中学又有什么关系？能人的能量大约就在于此。据称，我县城南三十里半山区的五福庄，平整土地（有材料写成基建）时发现一个木头匣子，这木头匣子里有个小黄包袱，小黄包袱里有个黄信封，黄信封里有张黄纸，黄纸就是一封曹雪芹写给他妗子的亲笔信。信中说：人皆云吾少年聪慧，吾之聪慧皆因妗子大人的乳汁相济也……就是说，曹雪芹幼时吃过他妗子的奶，这才使他得以成为大文豪曹雪芹。至于这信怎样辗转于曹氏雪芹妗子的娘家——五福庄，也许就不必深究了，想必是他妗子晚年"告老还乡"吧。总之，依据这个盘根错节的现实，上边批准了西县建立雪芹中学的请示。后来，二中的所有土木建筑（除厕所外）全部拨款更新，还新建了一座全县绝无仅有的礼堂。我说的这庆典，便是雪芹中学挂牌庆典。

那次学校来了不少大干部，单凭停在校园里那一排排汽车，就知道他们是有别于县级乃至地区级领导的。县里的车往校园一摆显出的只是寒酸，虽然这些车平时在县城嘟嘟一跑也风驰电掣一般。现在这些车只剩下了委靡不振，外来的那些车显出的才是虎视眈眈。

那天校园遍是彩旗，我们穿起新衣，庆典在礼堂开得隆重。不过事情到此并没有结束，高潮在于当晚。晚上，还是这些车，这些人，当那被称做演出节目的节目结束后，作为娱乐节目的舞会开始了。看来为首的一位领导的兴趣也在于这舞会。为迎合这干部的兴趣，县里还专门为晚会配备了舞伴。这舞伴们自然不是由我校女生中选出，我也不知她们来自何处，一个个粉面朱唇很是不凡，服装也奇异。露出来的是闪亮的胳膊，闪亮的腿。

舞曲响起来，以这干部为首的客人拥进舞场。有转的，有走的，有挪的，男女之间有挨得近的，有离得远的。我虽是首次身临其境地观赏这真人真舞（电影、电视里有过），但我却感到，这男女宾客们走得都不对头。这时我正在一个黑暗角落里站着，双脚竟不自主地移动起来。音乐频繁地更换着，我的节奏也频繁地变着样儿。又有一种奇特的音乐传来，鼓点敲击得像雨点，乐器拨打得零而不乱。听着它，你简直就不知如何是好，你必得跺脚，你必得扭胯，你必得转圈，你必得甩膀子，你必得驱赶着你自己往舞场里跑。有几个男女下了场，面对面地扭起来，接着，不知怎么的舞场里就多了个我。我只听见一阵喧哗，后来就再也听不见什么了。我在这男人女人之间穿插着，我沿着人墙的包围旋转。我颠簸着自己，我翻腾着自己，原来这音乐就是为我的存在而作，我就是这音乐。我的跳变成了跑，我的旋转已然化作了旋风，我觉得我已不在地面，我实在是翱翔于那男女宾客们的头顶。

我听见有人在鼓掌，有人在呐喊，掌声一阵接一阵。当音乐停止，场内只剩下我一个人时，我心中的音乐还在继续，我心中的我还在继续。终于我心力交瘁地坐在地上。

有人走过来扶起我，把我一直领到那位领导面前。领导问了我一些话，可我一句也没有回答完全，连我的茯苓庄也没说清楚。过后十三苓埋怨我，说我都替你着急，可是你也真让我意外，你怎么一下子就跳成这水平了？你没看见那些人的眼光哟，那个羡慕呀！

当音乐再次响起时，不再有人下场，所有人都把眼光转向我，他们专看我的表演了。

可是第二天我还是挨了打，挨了几位新打手的打。他们又把我架到荒郊野地，问我，知道这回为什么打你吗？我心里知道，我不说话。"就因为你跳得比我们好。"他们上手了，冲我左一个耳光，右一个耳光……我旋转起来，我的旋转就像我的跳舞一样灵活。然而耳光还是不断落在我脸上，我觉得他们足足打了我几百个，也许几千个耳光。他们打，我就转，耳光催我起舞，我的脸涨得有斗大，我把自己舞成了一个火轮。面对我这个怪物，那些打我的人倒吓破了胆，他们撒腿就跑。他们跑了，我才止住我的旋转，倒在当地。

　　挨打归挨打，我到底成了一个舞星。后来县城里各类舞厅多起来，营业性的，非营业性的。遇见上边的干部来了要跳舞，我便成了被邀请做表演的贵宾。我也给自己做了必要的装备，根据自己的经济能力，我给我买了双假皮练习鞋，十三苓给了我一个盖过臀部的大背心。有人说我像武大郎，可人们离不了我。

　　我一场一场地做着表演，每次跳完都像大病一场。有人说我缺乏营养，我也觉得这和小时候吃豌豆有关。

　　我一场一场地做着表演，一场一场从心里挑剔着别人。收镐把儿时，对于山民，我像个高高在上的救世主，在舞场里，对于那些或红脸豪放，或白净斯文，或热情外露，或显出城府的各级领导，我也成了他们高高在上的救世主。有干部显出平易近人对我说："来来，快教教我，快教教我，这事儿还得好好向你学习哩。"那时我就在前边走，他们就在后面跟。我实在不忍心回头看他们，因为这时我只有一个想法：舞蹈和音乐本是属平民的吧，是平民对此就无所顾忌。这使我越发觉得，那些干部一在我后边走起来，考虑的净是这舞以外的事——他们顾忌太多，走着，考虑着领导形象。也有走对了步子的，可惜步子刚对，他们就在心里向众人宣布了：你看，我是个多面手，你们的领导是个多面手，你们需要的正是这样的领导。于是，干部又成了干部。

　　有一次一个大腹便便的领导和一位明光光的小姐跳所谓"探戈"，跳完问我，哎，小伙子，说说，怎么样？我说，挺好。他说，说说缺点么。我说，再随和点儿更好。他说，你说我跳得不随和？我说，是有点不随和。他脸沉下来像在逼问我：我怎么不随和？我说，别生拉硬拽。他脸更难看，抛开我，便去喊他的秘书说，小王啊，明天的会议布置下去了没有，让本县干部发言简练点儿。他甩开了我，甩开了关于跳舞，他立刻找到了高于我的位置。

又一次，一位女宾，一位很有身份的女宾（退下来的老干部吧）把我叫过来，让我坐在她身边，问我，你知道我刚才跳的那种舞叫什么舞吗？我说，我没看准（其实我看准了，像走步）。她说，我跳那种舞的时候，新中国刚诞生。我们那时候没有这么好的舞厅，有块平整地方就行；乐队也简单，有把二胡、月琴就是乐队。可是我们跳，为新中国而跳。我那舞属于苏式，看出来有什么特点吗？我说，没发现什么。她说距离你们太远喽，也有技巧在里面，你看，你看。她站起来颠了几个碎步，竭力显出轻巧，坐下，喘着。

还有一次，一位领导用车把我接进宾馆，让我单独对他进行教练，说他的外事任务太多，要应付各种场合。我问他想学会什么舞，他说先学个三步吧。我说，行。我拉着他的双手一二三、一二三走起来，他走得很僵，好像忘记人的腿还有移动的功能。这时正巧有个服务小姐敲门送茶，他赶紧把我推开去开门。服务小姐进来看看在场的我，觉得挺蹊跷，这干部就显出十分尴尬。服务小姐一出去，他就对我说，你先回去吧，我马上要开会了。

我听懂了他的话，也深知我一身汗腥气，头发竖着像刺猬。

也有教与学都很尽情的时候。一次有个大款的小秘吧，让我教她二十四步。她学得非常忘我，只一会儿就跳得特别自如。我和她对着跳，好像受了她的吸引，第一次对女伴这么着迷，大有异性相吸之感。我转她跟我转，我跑她跟我跑，我飞她跟我飞。那一天整个舞场成了我们两人的舞场，全场人都为我们鼓掌。跳完一场她就挽住我的胳膊到吧台去喝饮料，我们喝可乐，喝雪碧，吃冰淇淋，她一次又一次从小包里往外掏着钱。散场时她和我一块儿走出舞厅，她一把将我拉到黑影儿里说，你知道吗，你要是长得再英俊点儿，今晚我就要你了。说完低下头，弯过脖子还在我脸上亲了一下。她跑上了一条碎石甬路，甬路被她的高跟鞋敲打得很响。我看着她的背影，不难过，更不委屈。因为和她相比我实在太不英俊了，何止是不英俊，我的高度才在她夹肢窝以下。我和她对跳时，她胸前那颤颤着的两只尖奶，时而撞击在我的脑门上，时而撞在我的脸上，弄得我一阵阵眩晕。

这时我很想十三苓。

第二天我就把这件事告诉了十三苓，在她的摊儿上。十三苓冲着远处高声骂着："他妈臭×样儿！"就好像她看见了那个小秘。

七

　　十三苓回来了，我盼着她好，盼着她像从前一样。可她越来越不认得我。有一次我来看她，她又蹲在鸡窝前等鸡下蛋。我说，十三苓，咱俩上青草垛跟前坐会儿吧。我想用青草垛引她想起从前，可十三苓只是神情专注地盯住窝里下蛋的母鸡，丝毫不理会我的存在。我就在她身后和她一起看鸡下蛋。一只芦花母鸡先是卧在一个破筐里红着脸沉思，沉思一会儿就站了起来。它头朝里，屁股对着我们，不一会儿便有一个扣子般大小的白点从鸡的肛门里显露出来。这白点越来越大，就变成了半个乒乓球，鸡的肛门被这球撑得很圆很紧张。我想，鸡这时一定很疼，从这肛门里诞生一个蛋简直是一件不可能的事，蛋和肛门实在存在着难以协调的矛盾。我便想起我的诞生，我和我娘到底谁憋死了谁。看来谁死都是必然，谁活下来倒成了偶然。我又接着想下去：人和鸡蛋的诞生又有什么两样呢，不同的只是鸡蛋撑开了鸡的肛门，人撑开了人的阴道，都残酷。可人都是这样残酷着把母亲的阴道撑个满圆来到人世的，这一点不论大人物还是小人物都一样。大到二战胜利者的三巨头，斯大林、丘吉尔、罗斯福；大科学家达尔文、爱因斯坦；小到无赖、小偷和我。

　　后来蛋还是从鸡的体内滚出来，滚在一小把青草上。鸡立刻就欢唱着飞走了。十三苓跑过去，双手托起鸡蛋，一脸难以控制的惊喜。她把那只攥着蛋的手在我眼前一晃，跑进屋去立刻煮鸡蛋。我没有跟进去，只默默地站在院中，看着她的背影，看着她往锅里添水，看着她蹲在灶坑里笼火煮蛋。她能清醒地判断出煮熟鸡蛋所需的时间，鸡蛋一熟，她就歘欹着把它磕开，靠住门框朝着太阳吃起来。她显得很满足，不时把碎蛋皮故意往我眼前抛，以显示对我的藐视。

十三苓不管对谁都存有藐视，现在她轻易不跟人说话，即使说，你也难以听清。有一天她独自坐在我家青草垛前看仙人峪，我走过去对她说："十三苓，你看今天天气多么好，你看仙人峪……"十三苓回头看了看我说："一天没有，两天是一年，豆芽烩饼吧，一块儿给吧……"说着好像发现了什么，抬腿就往仙人峪跑。她跑得很吃力。有人硬说她那是看见了漂亮的男人，她那是幻觉。

许多方面都证实着十三苓没有治好的希望，她越来越胖，所有的衣服扣子都紧绷着。先前她那明确的胸脯现在胖得没了形，衣服在胸前裂成一排括弧。她的双腿有檩梁粗。

大模糊婶来了，来找我爹。她说，七早大哥，十三苓既是没个盼头儿，就不如再给一早张罗一个，不能让孩子就这么空等下去。咱一早也是二十三四的人了。我爹说，谁看得上呀，一个收镐把子的，长得又不济。大模糊婶说，也不一定就没有，人矬文化高。收镐把儿怎么了，也得账码儿清，没有文化你让他受受？我爹说，莫非你这是哑巴吃饺子，肚里早有数了？大模糊婶说，说说五茯吧。我一听大模糊婶要给我说五茯，就从里屋奔出来说，婶子，不用。大模糊婶说，怎么个不用？我说，是她家的人我不要。大模糊婶说，她家的人怎么了？我不说话了。我爹就说，你是他妈的香饽饽呀！要不，你还娶十三苓吧，茯苓庄最数你趁，什么香你给她吃什么，吃烧饼，喝香油。我还是不说话，大模糊婶说，别跟孩子拌烦了，爷儿俩动不动就犯克似的。听我的吧，一早，走，给我挑担水去。

我跟大模糊婶去挑水，其实大模糊婶是跟我个别谈心。她还是那两句话，十三苓已成残疾，她劝我娶了五茯。

开始我拒绝娶五茯，因为她是三茯的妹妹。五茯人长得虽说比三茯斯文，可三茯给大模糊婶传过名，那件事给过我刺激，我始终耿耿于怀。大模糊婶却坚持要我娶五茯，说，你也先别把这条道儿堵死。就这，我还得先试探拭探人家的口气，咱长得也不是没挑儿。光棍好当，你愿意？这话倒说进了我心里。光棍好当，可我实在不愿意。茯苓庄不乏光棍，西头的四早、五早、六早，哥儿仨的岁数加起来有九十多岁，至今还睡一条炕，什么日子哟。昏天黑地，大年三十连饺子都没心思包，馅儿和面一块儿下锅吃疙瘩汤。想到这儿，我就对大模糊婶说，婶子，你看着办吧，就当是我孝敬你一次吧。其实我心里是说，就让我遭遇一次这没有爱情的婚姻吧。文明社会向来都是把婚姻和爱情分别对待的，我怎么啦？姑且就先完成一次婚姻。至于爱情，想想先前的我和十三苓，精神也就满足了。为了大模糊婶，为了我爹，也为了我做一个完整的男人，我同意让大模糊婶去给我说五茯。

从大模糊婶家出来，我倒担心起五茯的态度了，五茯到底比三茯端正，人也稳当，在人前人后也不多嘴多舌。有一次我从外边收镐把儿回来，在仙人峪碰见五茯一个人往茯苓庄走。那天我的车不满，小拖斗嘟嘟地开过来。要是三茯见了，肯定会截住我让我捎上她，可是五茯不这样。我从她身边开过时，她就往路边一闪，低头给我一个脊梁。我开了过去，心里不知为什么有一个念头，希望她能叫住我，坐上我的车。可她没叫。我也没有往回看，错了过去。这件事过后，我心里七上八下了一阵子。后来在村口碰见十三苓，便有些不是滋味。我觉得我那七上八下还是为十三苓，我停住车，在她面前站会儿。

从大模糊婶家回来，我爹问我五茯的事，我却又说，什么五茯六茯，别哪把壶不开单提哪把壶了好不好？我爹就说，行，一个老光棍一个小光棍，咱就这么鞴吧。谁知当晚大模糊婶就来到我家，把五茯的消息带了回来。大模糊婶说，成了，五茯家里就图我目前所从事的事业——收镐把儿。大模糊婶还对五茯家里说，我离个农民企业家也着实的不远了。就这样，我们家要过事（结婚）了。

我的结婚在我死的三天之前，那时我们一心一意受着大模糊婶的安排。她一定要把这件事办得像模像样：凡是人家有过的，我们一定要有。花轿、吹鼓手、杀猪、宰羊、酒肉管够自不必说，连我的打扮也上了最高档次。我按照古时遗风穿起长袍马褂，十字披红双插花。我穿上借来的长袍，戴上灰呢礼帽，礼帽两边各插一枝金花。我穿戴齐全学磕头，学作揖。迎亲时，我先在吹鼓手的簇拥下沿街向众长辈行礼行了个遍，然后又进入专为新郎设置的蓝轿绕村一周去迎亲。吹鼓手不时被乡亲截住作吹打表演；一班同辈兄弟不时把我从轿里拖出来开着我的玩笑。我自知我的衣着和我的自身形象难以协调，但事已至此，也只好听凭人的摆布。我那借来的过长的长袍，不时被我的脚踩住，有一次我险些跌在轿杆上。后来吹鼓手在五茯家门口停住，我从轿缝里终于看见一个红人进了红轿。

蓝轿和红轿又走走停停，停停走走。我和五茯总算在我家青草垛前下了轿，从贴有"钟鼓乐之"的门楣上走进我家，迈过马鞍，拜过天地，至此礼成。

然而我这结婚仪式的高潮并不在此，高潮当是晚上的闹房，按照我们这一带的风俗叫三天不分大小，意思是新婚三天之内，不分辈分的大小，你尽可找新娘来闹。这闹带着极大的自由色彩，凡你能想得出的一切关于闹的方式，尽可在这里实现。没有人挑剔你，没有人指责你，更没有人干涉你。

这晚，当宴席散尽，果然就迎来了闹房的开始。一屋子男人，尽情发挥着自己的才能，实践着对这闹的各种道听途说。有个叫十一早的远门哥哥，是这场闹剧的核心人物。他跟五茯碰撞着亲嘴自不必说，还把五茯的腰带解开，压住五茯模拟性交。他在五茯身上模拟，众人就在炕上炕下喝彩。他们吆喝一阵，就有人出来让五茯说"好"。五茯不说，十一早便再压下去模拟一阵。众人又让五茯说"好"，五茯说了"好"，又有人想起了新招。他们抓个家雀生是往五茯裤裆里塞，还问五茯钻进去了没有。鸟儿在五茯裤子里扑棱，惊得五茯提着裤子绕炕转。家雀到底飞了出来，立时又有人压住了五茯。人压人，人㩼人，㩼成一㩼。我爹在这时通情达理地走了过来，倚住里间（我的新房）门框，向众人作着揖说："饶了她吧，饶了她吧，也让她动转动转，要出事的。"我爹说一阵，便把一盒盒"佳宾"烟往人群里扔。扔烟起了些作用，众人放开五茯去抢烟，五茯得到解脱。

很难说清这闹房人的真正动机。我是新郎，就更不便对这闹房发表见解。因为当别人家的炕上出现新人时，我本也可以由着我的兴趣大闹一番的，只要我有力量拨开众人挤上前去。面对别人家的新娘遭受这闹的磨难时，我也有过趁火打劫的蠢蠢欲动，我缺乏这种勇气，我却分明从那气氛中享受过愉快。

夜深了，闹房的人终于吸着佳宾烟散尽了。我爹把我叫过来说，一天了，俩人都累了，该歇了。说完他就放下自己的门帘吹了自己的灯。我迈进我的新房，看看五茯还在炕角坐着，便也学着我爹的口气说，一天了，你也累了，该歇着了。五茯只是坐着不动。我觉着她很委屈，受了那么多人的挤压。我又说，这人们也真能闹。五茯还是不说话，一赌气从被垛上拉下一床新棉被，把自己和衣蒙住就滚到了墙根。这时院里有动静，是大模糊婶。我出去迎她。大模糊婶在外屋悄没声儿地问我，睡了？她是指五茯。我说，嗯。大模糊婶撩开新房门帘，正好看见个被窝团，就把我拉到院里说，不能让她这么睡，别将就着。你是她女婿，是个男的。我说，这闹房的也真是。大模糊婶说，怨不得这个，自古传下来的。我娶的那工夫，你可不知道，闹房的人走了，我和一个男人办了半天"事"，生是别人冒充的。真女婿正在别处让人哄骗着喝酒呢。黑灯瞎火的，谁知道呀，你这儿，好歹还是个你。这事该怎么着就得怎么着，我惦记的就是这件事。

大模糊婶嘱咐了我，走了。我掩上柴篱门，回屋把门插好，撩开新房帘，见五茯还在被窝里团着。我在她旁边铺了一个被窝，吹灭灯，脱干净衣服钻了进去。我躺了一会儿，隔着被窝用胳膊拱拱五茯说："五茯，别委屈了，老辈传下来的，谁也制止不了的事。"五茯不说话也不动。我又说："你说句话吧，这是咱俩第一次说话。"五茯还是不说话。我说："你嫌我哟？"五茯还是不说话，翻了个身，又团成一团。我不知怎么办了，就在黑暗里看房梁。房梁很黑，只见有个篮子在梁上吊着。这篮子自打我小时候就在这儿吊着，里头有时放东西，有时什么也不放，像是这建筑的一部分。现在有一缕月亮照在上面，我觉得离我最近最亲的就是这个黑糊糊的篮子。什么时候一看见这篮子，我就知道这是在我家。现在我又看见了篮子，知道我是这家的新女婿。我想起大模糊婶对我说过的话，决定再去找五茯。我仰着脸说："五茯，你看咱俩都睡在一个炕上了，你看下一步该怎么办？"五茯这回说话了，从被窝里露出头说："一个闹就闹呗，倒不是为这。我知道你心里有谁。"我知道五茯指的是十三苓，就安慰她说："那是多咱晚的事，现时人都成那样啦。"五茯说："要是不成那样呢？"我说："也许咱俩躺不到一条炕上。"五茯又把头捂住说："那你还跟我说话。"我挤住她说："咱俩是两口子呀。"现在我觉得我应该挤她一下。哪知她又在被子里赌着气唔哝着说："不是，不是。"她越说"不是"我越挤她，我也不知我是打哪儿来了这么一股劲。三挤两挤我把我挤进了她的被窝里，用我的光身子盖住了穿着整齐的五茯，我说："你看我。"五茯还是不动，我的手就不自主地往她腰里摸。她火了，使出平生之力把我一搡搡出好远。我在远处躺了一会儿，就用自己的被子盖住了自己。自此，我和五茯一夜未动。

第二天五茯起得很早，她从青草垛上早早抱回柴火，笼火做饭。大模糊婶也来了，我们四个人吃白馒头，吃昨天的剩菜，喝棒子碴粥。吃完饭，五茯刷锅，喂猪，一家人似的。大模糊婶又把我拉到一边悄悄问我："有那事了没有？"我说得很含混，竭力让大模糊婶听不出有还是没有。大模糊婶又去院子里问五茯，我猜问的也是这事。我不知五茯说的什么。

这一天我竭力装出很忙的样子，处处显出我的计划和能力。

黑夜又降临了，又有人来闹了一阵，比昨天闹得要温和。五茯也跟他们搭了话，骂十一早"没成色"。人散了，我爹没再催我们早歇着，大模糊婶也没有再来嘱咐什么，仿佛他们早有约定一样——一切都看我们自己了。

五茯在炕上铺了两个被窝，并排放了两个枕头，匆匆地就吹灭了灯。今天她不再和衣而卧，我听见她在窸窸窣窣脱衣服。很快我就了解到她是要和我"细"睡了。

　　在黑暗中，我们各自都有准备地躺在各自的位置上，这回五茯先向我开了口，她问我："你娶了我哟？"我说："还能有谁？"五茯说："那你还不过来。"我说："这回可是你说的。"五茯没说什么，我只觉出她把她的被窝支开了一个口子。我顺势摸过去，摸在她身上一个什么地方，挺光滑，挺热乎。我滚了过去，五茯掩上了她的被窝。五茯说："你来干什么？"我说："你说干什么咱就干什么。"五茯说："至死我也不说。"我觉得她仰面朝天躺得很平坦，谨谨慎慎地出着气。我想起大模糊婶的话，鼓足勇气就往她身上爬。现在我不知我身下是五茯还是一团梦。我按照我对那件事情的理解一点一滴地做起来……我猜五茯也是按照我对那件事的理解由着我去做。我不停地忙活，但我知道还没做成。我继续忙活，五茯又说："嫁汉嫁汉，怎么就嫁了你这么个人。"她一说这，本来还好好的我就觉出疲软。我下来在她身边躺了一会儿，她拿她的小臂遮盖着脸。我上去再做，又没做成，便觉出我的没意思。五茯说："我知道你是怎么回子事。"我唔哝着说："怎么回子事？"五茯说："准是还想十三苓呢，快去找她吧。"我说："你想得真多。"五茯说："明摆着的事。"

　　我又滚进了我的被窝。我们各自睡了各自的觉。我想着明天的计划。

第三天，没有人来闹房。大模糊婶来了，见我正往挎包里装烙饼，装干吃面，就问我，你这是干什么？我说，明天去桦树峪。大模糊婶说："明天就走？"我说："明天就走，卖主都等急了，当天打来回的事。"大模糊婶一听当天打来回，没再说什么。只待我送她出门时，她又问我："行不行呀？"她指的是昨天晚上。我说："行。"大模糊婶说："我这就放心了。明天可千万赶回来，头两回不能算数。五茯清等着你哪。"

晚上我没再过五茯那边。我只对她说："早睡吧，赶明儿要早起哩。"五茯把身一翻翻了个脸朝里，直到早晨起来时，她都没挪地方。我猜她是装睡。

早晨天不亮，我点上灯收拾东西。五茯看我往腰带上系我的搪瓷缸子，走过来亲手替我系好。我忘了什么也不能忘我这个搪瓷缸子，喝水、泡面都离不开它。

八

我在煤车上打瞌睡，睡过了"万仞天关"，睡过了走上仙人峪的路。我醒了，发现我正在雪芹中学。学校放假，空荡荡的教室都锁着门，只有几位勤杂师傅从屋里出来进去。

卡车停在伙房旁边，这时我才知道，这车是属于雪芹中学的。我上学那时候没有这车，也没有这司机师傅。那时学校买煤用马车。时代在前进。我从车上跳下来，围着卡车转两圈，不知到哪儿去，心说，去趟厕所吧。厕所没有门，里面也有几分亲切。我在厕所蹲下，打算排泄一下自己，蹲了半天才又想起，原来我已经用不着排泄，就像我再也用不着吃饭一样——吃喝与排泄本是一个范畴的两件事。我愿意蹲着，蹲着想我与这厕所的过去，寻找过去我在这里遗留下的痕迹。

我看见厕所墙上写着许多"王八看"，这是我们给厕所留下的纪念。每个时期的学生都写，我们用粉笔写，用瓦片在粉墙上刻画。现在我像个考古学家一样分析着它们各自的创作年代。时光流逝，厕所的顾客一代代地交替，厕所外边的世界也风云变幻，可学生们写"王八看"的习惯却一直延续着。由此再上溯一百年一千年，识文断字的青少年也许都少不了这一习惯，这大约属于精神胜利法的一种吧：你写了，别人看了，那么你胜利了。阿Q的"儿子打老子"论是鲁迅赋予他的精神胜利法；人们写"王八看"却比阿Q的理论更普遍、更具操作性。有人曾经企图用一个最普通的道理批驳这个行为，说：你写，是为了让别人看，但你写的时候就没有看吗？你看了，那么你首先就成了你希望别人是的那种动物。这道理很浅显，很有说服力。可人们还写，还看。世间有多少深入浅出的道理呀，人自己却还是不管不顾地弄出些自欺欺人的小聪明。

我分析着这字们的年代，努力寻找着我的笔迹。在我的学校，大概谁也不会想到我也干这种事，我这老实巴交的人也会蹲在厕所写"王八看"？人们想错了，我找准时机经常写。我写得快，闪电似的。由此推断，人类世界有多少类似老实人写"王八看"的行为啊。你经常听见这样的话："像我这老实人"，或者"我最老实"，或者"咱这老实劲儿"……原来就是这种自称老实的人正闪电般地做着不老实的事。换句话说，世间一切不老实的事，也许大都出自标榜自己老实的人。我就最会找准时机溜进厕所，捡块瓦片噌噌就写。写完把裤子一解装作拉屎，起码也得装一会儿撒尿。有同学进来了，我正一本正经地拉屎。我尽量拉得真实，尿得合理。等别人先走了，没准儿我还得再写一条。那时我兴奋不已。有一次我写了"王八看"，还故意在下面写上"冯一早书"。就有人要打我，我说，你们错了，这分明是有人想栽赃陷害。假如真是我写的，我还能写"冯一早书"么？我竟然逃过了一顿打。这点子属于调虎离山计吧，古人常用，雕虫小技而已。这时我找到了我的笔迹，依然兴奋。我看了一会儿，信手捡起一块砖头，在墙上找块干净地方又写，噌噌的，有位师傅进来撒尿，我一惊。他却根本看不见厕所有人，撒完尿径自走了。我这才站起来。我想，重修雪芹中学那工夫，为什么单留下了这座一个坑挨一个坑的厕所呢，弄得它像历史遗迹一样留在了世界上。很难说留下的是文明还是野蛮。和男厕所毗连的是女厕所，先前我常想：女生也有这种书写的习惯吗？我始终没有机会去作这种实地调查。现在机会来了，我出了男厕所，做贼心虚地溜进女厕所，四壁看看，墙上却很清白。由此我想到女性终归不同于男性，她们不忍心去捞取这种损人利己的精神胜利，当然，她们肯定也有不同于男性的精神胜利法的表达方式。这时进来一个红头涨脸、腿脚不灵便的老女人（先前在食堂卖饭票），我看见她很费力地解开裤子往坑上蹲，却又难以蹲下，她就那么似蹲非站地撒了一大泡尿，尿得热气腾腾。尿完，用手捏住鼻子，擤了一把鼻涕甩在身后的墙上，走了。我来到鼻涕前，从我的外衣兜里掏出干吃面的包装袋，把它抹了去。我愿意这个女生的厕所永远洁净。

我走出女厕所，来到我的教室门前，扒着窗户向里面望一阵，一下就找到了我的座位。先前我就是坐在那里或听讲或自习，坐在那里幻想我将成为一位大学问家（老师曾说过我的名字像个大学问家）。我也是从那里被人揪起来去挨打。假若我真的成了一位大学问家，我那个座位一定会被保留下来，永远去让人观瞻。在这座位旁的展牌上，也必会写上我挨打的经历。我写"王八看"的事自然不会在任何地方显示，因为这是个永远的秘密。

我离开教室来到礼堂门外。礼堂于我的意义更属不凡，我在这里学会跳舞，西县一颗舞星就是从这里升起。

跳舞对我仍然有着不可抗拒的诱惑，此刻我站在礼堂门外，仿佛就有音乐正从里面飘来。我不能自制了，便随着音乐试试我的步伐，原来我依然如故，我甚至比生前跳得还潇洒自如。不行，我必得去寻找一个真正的场合跳上一阵，也算我没有白来一次县城。茯苓庄是没有这个氛围的,我都三年不跳舞了。

音乐的旋律挟裹着我从雪芹中学跑出来,向一个地方跑去。夜幕降临西县,街上已经亮起了街灯。骑车的人、步行的人在街灯下穿插着,青年男女们打扮得很入时,比三年前要入时得多。他们的长短皮衣上都嵌着带毛皮的领子。女人的健美裤把大、小腿包得紧了又紧,男人的双排扣西服却很肥大。女人们化着浓妆,眼皮上涂着红、蓝或金、银;男人的两鬓修剪得明确。凭感觉,我知道我应该跟他们走。我在他们之间穿插奔走一阵来到一座闪着霓虹灯的厅堂前,我认识这个地方,这地方以前是县宾馆的对外舞厅,几年前我常被作为贵宾邀请来这里表演。现在这舞厅门前的灯像铺天盖地的星。现在这里叫什么,我须好好端详一阵。有一排从天而降的霓虹大字不断重复显现,我读了几遍,原来现在这里叫"大鸿运夜总会"。我一步一个台阶地迈上去,挑开一排珍珠玛瑙似的帘子走进大鸿运夜总会,嚄,这里灯光柔和,有些扑朔迷离。我看见屋顶上有个大球,忽闪忽闪地正在旋转,是它把五颜六色的光柱正投给它下面的男女。有几对男女正被这灯光照耀着走舞步,他们身后设有坐着人和未坐人的沙发。沙发后面有许多门,女服务员正端着酒水从那些门里出出进进,她们的裙子短得齐着大腿根儿。我知道她们现时不再叫服务员,叫小姐。有人在沙发上冲她们一招手说:小姐!便有小姐走过去,脸上堆起温文尔雅的笑容,听客人"白话"。吧台当然是少不了的,比过去那位小秘领我喝饮料时可大不一样了。这里吃的喝的数也数不清。我不知"人头马"是什么，只见货架上有条显赫的文字：人头马一开，好事自然来。乐队也有了，演奏员戴着红呢大盖帽，神气活现，他们和磁带、影碟交替着演奏。现在乐队正演奏一支"像雨像雾又像风"的曲子，这是一首探戈，节奏虽不分明，但那个打架子鼓的聪明能干，他的鼓点遮盖了一切。我对这曲子没兴趣，找了个位子坐下来，没注意正坐在一位领导身旁。天下正有这等巧事，这领导便是当年我在宾馆拉着他走一、二、三的那位，现时只听人们叫他马主任。那么他是主任。主任等级复杂，开始我尚不知他是哪个级别的主任，后来西县县长来了，躬下身去跟他握手，马主任也不站起，只微微地向他伸出一只手，他的手即刻就被县长的双手一颠颤就是半天。我懂了，马主任的级别要在县长以上。后来县长坐在马主任身边，一摆手就摆来几位小姐，说，陪陪马主任。这几位小姐立刻一字排开，等待马主任选择陪舞。马主任选出一位拉着便向舞池走，走着又扭过身对西县县长说："来个三步的。"县长便冲乐队一打手势，吆喝着："三步的。别光一个点儿地敲探戈。"乐队改奏了三步，马主任和小姐跳起来。我研究着马主任的舞步，到底比当初我教他时有了进步。到底踩在了点子上，还学了几个花步，把那小姐推一下拽一下的。小姐很油，面对马主任的拉拽，她的腰腿很会作出反应，并竭力显出自己的灵活和甜蜜。舞曲终了，马主任回来了，手拉那小姐把我的座位一指说：坐，坐坐。我怕这位小姐坐到我头上，就往旁边挪挪换了一个座位。这时县长从一个门里出来,把脸凑到马主任耳边说:"该来的都来了,等您哪,是不是可以开始?"马主任翻过手腕看看表说:"好吧。"他们站起来往那门里走,县长又就近挑了两位小姐说,你们也来吧。两位小姐跟了过去,出于好奇我也跟着进了那个门。

原来这是个饭局。桌上的餐巾正在杯中开着花,四周的食物也很灿烂耀眼。早到的人站起来,将马主任让到主宾的位置,他两侧安排了那两位小姐。还有个空位像是专留给我的,我坐下,一些帽子、大衣和手包净往我身上扔。我拨开它们,把它们压在我屁股底下。没有人发现他们的东西被挪动,他们正忙桌面上的事。

酒水、饭菜在桌上热闹起来,人们喝着自己该喝的酒,说着自己该说的话,县长的话最稠,似是向马主任汇报工作,并借机邀些功摆些好。他不时把这县的过去和现在作着对比,不住地说着"自打我来了",这县才如何如何。旁边有位秘书模样的人也帮着腔学着县长的口气说着,自打西县长来了这县才如何如何。原来县长姓西,西县长说:"以前这县乱得像一团麻,这不,自打我来了,才理顺了头绪理顺了关系。"秘书就说,自打西县长来了,人们的觉悟才有所提高,就说修门前这条路吧……西县长截过秘书的话说,自打我来了,人们才知道改革开放是怎么回事。先前一说修路拆房就像刨他们的祖坟,自打我来了……马主任这时又截住西县长的话说,这两年你们西县做了点事,要做事就得做群众看得见摸得着的。不过眼前还有许多事在等着你们做哟，可不能满足哟。西县长立刻就明白了，说，我正准备搞它几个大的，要搞就搞几个大的。自打我来了，我主张要吸引外资就吸引它几个大的。马主任说，你上次说的那几个协议签了没有？西县长说，有意向呀，我们有的是资源，要搞就搞它几个大的！小王，快给马主任满上，咱们有资源就不愁他不来，满上满上，小王。要搞就搞它几个大的……小王即是那两位小姐之一。小王就去给马主任满酒，满上又说，这一杯马主任得给我个面子。说完便一往情深地把自己的杯撞在马主任的杯上。马主任显出豪爽举杯一饮而尽，喝完对小王说，够意思吧？西县长又对另一位小姐说，小刘，还有你哪。小刘把嘴一撅撅得老高说，马主任，您要是看得起我，咱俩得喝个"二层楼"。马主任推辞一阵，还是放手让小刘给满上一杯又满上一杯。他们把两只酒杯重叠在一起，两杯酒像两股奔流而下的小瀑布，奔流在他们口中。之后才是西县长正式给马主任敬酒，西县长说，您看这杯，不大吧，自打我来了，我给这县定了个规矩，我把一两的酒杯换成了四钱的。一两的太大不文明，四钱的就不一样，也是精神文明建设吧。对这件事，马主任很是表示赞同，借题发挥地说，这就是看得见摸得着的事嘛，我常说，干部，特别是领导干部，随时都应该想到给群众留下点什么。你给西县把一两的酒杯换成了四钱的，好，人民会永志不忘。过后，任谁举起这酒杯都会说这是西县长留下的规矩。不也是个改革？不也是个革命？不也挺风光？什么叫他妈伟大？什么叫他妈渺小？千古遗风啊老兄……

马主任几杯酒下肚嘴就有些把不稳,西县长不失时机又发动了一次向马主任的敬酒活动,这回连西县长的司机也上了手。马主任彻底招架不住了,仰起脸就跟着安置在墙角的卡拉OK屏幕唱起夫妻双双把家还。唱着,让两位小姐一块儿和着。后来,就在夫妻双双把家还的歌声中,这个被称做雅座的单间里只剩下马主任和两位小姐。我也趁机离开雅座来到舞厅,我留恋的还是舞厅。但音乐仍然是那种不紧不慢的音乐,我便有些急躁。我三挤两挤挤到音响跟前,趁那里无人看管,我挑了一张印有黑人歌星的影碟。我知道一般印有黑人男女歌星的影碟都是我需要的那种节奏。我换上我的这张,人们停住舞步,议论一阵不知发生了什么事,只有少数人跟着我的节奏跳起来。我也就势飞进舞场,满场飞似的从这头飞到那头,又从那头飞到这头。我从谁的身旁飞过,谁都说,哪儿来的风?我跳完一曲,接下去的节奏更激烈,场内的人就更少了,便有对音乐不满意者高喊着说,怎么搞的,谁跟得上呀。有人关了音响,又换成那种四平八稳的音乐。我趁人不备跑过去又把音乐换过来。我越跳越得意,越跳越忘乎所以,便不由自主地想在各位朋友中弄出点热闹来。我先从这里抓起一顶帽子扔上空中,又从那里拽过一个女包扔上空中。围巾、大衣、高跟鞋、领带……我摸到什么就扔什么。人们不知发生了什么事,女人们尖叫着去扑捉她们的高跟鞋,男人们也蹦跳着去扑捉他们的衣物。我趁着乱劲儿,捆一下这个女人的脸,拍一下那个女人的大腿,再挠挠另一个女人的夹肢窝。最让我开心的是，我竟随随便便地扒掉了一位小姐的短裙。我把她的短裙抛到空中，她尖叫着、蹦跳着去够，我就势又拽掉了她的三角裤。我知道这玩意儿叫比基尼，还知道比基尼本是太平洋上的一个岛名，人类第一颗原子弹就是在比基尼岛制造出来的，后来人们就把女人的这点玩意儿叫做了比基尼，哗众取宠吧。我扒掉她的比基尼，立刻引起满场人的喝彩。人们连自己的衣服也不追了，都把眼光转向这个少了比基尼的屁股。后来我又扒掉一位小姐的长裙，这小姐更奇特，里面连比基尼都没有。立刻又引起了一阵喝彩。我也高喊起来：看呀快看呀，看这位小姐的屁一点也不模糊！这时我觉得我就像是专门雪我大模糊婶的耻而来。我觉得我还没有尽兴，大模糊婶的仇报得还不彻底，我又扒了两位小姐的裤子，便跑进有马主任的那个雅间去拖马主任。马主任正和小王小刘玩得火热、情深意笃。我从小姐们身上拉起马主任就跑，原来马主任的下身也正少一条比基尼。男人的当然不叫比基尼，叫什么我也不知道，短裤、裤衩、裤头，什么都行，反正现在他没有。我说，马主任，这次咱俩不走一、二、三了，我教你个高级的。我架起马主任满场飞起来，马主任趁着酒劲儿，竟跟上了我的步伐。我们像闪电一样闪烁一阵又一阵，此刻人们才真正地惊呆了。如果刚才人们是为那几位少了比基尼的小姐的屁股而开心，现在人们则是为马主任的形象而呆傻。后来还是西县长认出了马主任，用个大衣把他一裹就走。我还听见他把小王小刘大骂一顿，骂她们不该用人头马把马主任灌成这样。我知道人头马是什么了。马主任被架走了,人们也才纷纷找到自己的衣服,胡乱穿上,像躲避灾难一样朝外跑去。外面,西县长已把马主任架上了车。只有"大鸿运"的人留下收拾残局。然而音响仍由我操纵着,他们几次关掉又几次被我打开。我把音量放到最大限度,我的舞蹈也跳到了我身体的能量所能达到的最大限度。音乐和舞场独属于我和我的癫狂。突然我倒下了,我自觉我的胸膛裂了一个口子,有个拳头似的东西飞出了我的胸膛,我清楚地意识到那是我的心脏。我的心脏飞上天花板,又从天花板上掉下来就不见了。我少了心脏,便再也无力去寻找我的心脏。我不能站立,不能行走,我躺在"大鸿运",从深夜躺到天亮。

天亮时我听见两位上早班的厨房师傅在门口对话。一位说,你看这是个什么?那位说,这不是个猪心吗,准是刚才我进货时掉在门口的。那位说,快扔到冰柜去吧。这位说,行。

我想,他们说的一定是我的心脏,我的心脏总算有了下落。我从地上爬起来,努力往厨房爬,到冰柜里去找我的心脏。我爬进了厨房,爬到了冰柜跟前,打开冰柜的盖子,柜里有鱼,有肉,也有猪头、猪肝和猪心。它们都被冰霜模糊着,只有一颗心脏鲜血淋淋。我坚信这便是我的那颗了。我把我的心脏从冰柜里偷出来,摸摸,冰凉却还柔软。我捧着它就势在炉火上烤热,塞进了我的胸膛。我终于又可以站立行走了,我还可以回家。我站起来又守住炉火烤一会儿,从"大鸿运"走了出去。

九

当太阳升起时,我正走在去往茯苓庄的路上。这条路我最熟,也就不用再管什么四十里路分四段、过什么土窑和小尾寒羊配种站了。我走在大路上,仍旧为我昨日的行为而激动,而兴奋,而手舞足蹈。几个白花花的屁股仍旧在我眼前闪烁、显现。要是说我稍有遗憾,那就是我遗憾没有扒下所有人的裤子,只有那样才算真正抹掉了大模糊婶的耻辱。什么事都是过了这个村就没了那个店,这逻辑虽然有几分不讲理,因为大模糊婶的"大模糊"本是她的自我,但我总认为那是有人对她的捉弄。还有十三苓呢,十三苓的裤子又是谁给她扒下的呢?有人看十三苓的,我就要看别人的。遗憾就遗憾吧,在舞场只扒了五个屁股就五个屁股吧,反正看起来也不算模糊。可惜我蹦上蹦下的都是大车,小轿车我钻不进去。我还没有见缝就入的本事。听说有一种魂儿有这种功夫,针尖大的一个窟窿也能进去。也有个修行过程吧,我盼望能有这一天。

我走走停停,停停走走,一路上什么热闹我专看什么,看人间奇景才是人间一大乐趣。我信马由缰地朝茯苓庄走,走到茯苓庄太阳都落山了。

我在家门口站住,才发现冬天的青草垛已干黄,可门楣上"钟鼓乐之"的横批还鲜红,我这才想起家里还有个五茯在等着我。这两天我想到过大模糊婶，想到过十三苓，我为她们去扒别人的裤子，我唯独没有想过五茯。现在她就要出现在我的面前，我还真应该去郑重其事地对待一下这件事。我们已是夫妻，一日夫妻百日恩。想起我们那三个晚上的生活，想起我出门时她是怎样把我的搪瓷缸子亲手拴在我的裤带上，她对我还是存有无尽的期盼。现在我虽已不再是我，是一个看不见摸不着的鬼魂，却没准儿还能给她带来难以预料的好处。我既然能悄没声息地给人以奚落，也就能悄没声息地给人以帮助。此刻我站在我家的柴篱门前，面对院子出神。我一眼就看见五茯正坐在灶前烧火，现在正是茯苓庄人做晚饭的时候。茯苓庄人的晚饭做得早，大山早早就遮住了西下的太阳，其实山外还是阳光一片，茯苓庄人就以为天黑了。五茯烧一阵火，捂住锅，站起来将一盆脏水"噗"的一声泼在当院。我知道这是一盆洗菜水，也许是洗山药的水，每晚我们都吃山药粥、炒土豆。要是想换个样儿就往粥里放萝卜，放菜。五茯泼完了脏水，就提着盆看着山外出神。我爹也从屋里出来了，也站在当院看山外。看了一会儿就说，这个不死的兔崽子，一去就没了踪影，说是当天回来。五茯就说，爹，别骂他了，一个人出门在外的。我爹说，不骂他骂谁，谁让他是我的儿子呢。五茯说，也许是我的不好，我把他气走了。我爹说，没有的事，才来几天，你惹他了？谁惹他了？五茯低下头，半天不抬。我爹又说，看他回来我不把他再赶出去。说完转身回了屋。五茯又在院里站了一会儿，也提着瓦盆进了屋。灶烟又从屋里冒出来。

刚才的情形使我决心迈进家门，跪在我爹和五茯面前说，这事谁也不怨，谁也没有惹我，是我遭了不幸。常说天灾人祸，这便是人祸，你们就怨我吧。我打算说完之后就让我爹狠狠打我。现在我最最幻想的就是挨我爹的打。只有挨了我爹的打才能证明我真正回到了家。挨打所创造出的家庭气氛才是货真价实的家庭气氛。我还想单独对五茯说，五茯我真是对不起你，开始我真不打算娶你，没想到你对我这么好。我知道他们是听不见我说话的，那么我得想办法。我会写字，我的字别人能看见。我桌上的抽屉里有笔有纸，我就把我要说的话写在纸上给他们看。想到我还能在厕所里写"王八看"，我就能在纸上写字。自此之后，我就要把我的意见、我的主张、我的见解都写在纸上，我仍然是我家的人。

我把今后的一切都想好了，拔腿就往门里迈。可我迈不进去，双腿就像钉在地上一样。我很纳闷儿，心想刚才我还在路上奔跑过，昨晚我还在"大鸿运"满场飞，现在我这是怎么了？我低下头，看看我的腿，看看我的脚，我终于知道了：原来我穿反了鞋，脚尖对的是脚后跟。活着的人和死去的人谁都明白这个道理：一个反穿着鞋的灵魂是进不了家的，所以人们打发死人时都给他们把鞋倒过来穿，为的是让死人不能回家来捣乱。我不知人们为什么一想就先想死去的亲人要回来捣乱，为什么就不相信他们还会给活着的人以安慰以帮助。像我这种决心要给亲人以帮助的灵魂，我深信是大有人在的。可是他们都进不了家。

　　我想把我的鞋正过来，我决心把我的鞋正过来。可是我的手不听使唤，这件事我怎么也做不成。人生就是这样吧，你一生做成的也许全是丰功伟绩，你做不成的却往往是一些看似不费吹灰之力的琐事，比如把一双鞋穿正。现在我无法改正我对于鞋的穿法，鞋尖的方向与我的家背道而驰，我只能在门外游走。我看见我家窗上的烛光，我听见屋内琐碎的碗筷敲击声，心都要碎了。我这颗心本来已经两次飞出过我的身体，上面已是伤痕累累，我猜它是很容易破碎的。于是我决定调整一下我的身心，再作下一步打算。

　　我回不了家，我眼前却有青草垛。我坐在青草垛跟前倚住干枯的青草出神。大模糊婶走了过来，定住脚就往仙人峪张望。她张望一阵，唉声叹气地就进了我的家。我觉得她对我的盼望是要胜过我爹和五茯的。

　　晚饭后村里很静，有风正从仙人峪吹上来，透心凉，吹得我直打哆嗦。人的热量是从饮食里提取的，进饮食需要肠胃。从前我和我爹吃树叶吃豌豆，树叶和豌豆虽然热量少，但多少我们也可以通过肠胃摄取它们的热量，那时我们不冷，冰天雪地里找茯苓也不冷。人一旦失去了肠胃，不思饮食自然是件好事，但也就失去了摄取热量的可能。于是我就格外怕冷。这会儿我冷得实在难以忍受，我想起我可以往青草垛里钻。

　　钻进青草垛，果然身上暖和起来，还闻见了我所熟悉的青草的香味,我一阵迷糊……

后来,垛外一阵窸窸窣窣的声音把我惊醒,我知道这是又一个早晨来临了,这是五茯来抱柴火做饭了。我一听声音便又想冲出去和五茯见面,我想我准是在草垛里闹出了动静。我从一道空隙里看见五茯扔下柴禾就跑,跑着喊着说:"不好,不好,吓死人啦!吓死人啦!"我爹出来了,又跑来几个人,大模糊婶也来了。我们茯苓庄就是这样,居住集中,谁家有个风吹草动,都能惊动全体村民。我看见人们已把青草垛围住,很奇怪的是十三苓也站在后面看热闹。

人们都问五茯刚才发生了什么事,五茯就说,青草垛里闹鬼哪。有人问怎么个闹法,五茯说,青草垛在"动弹"。有人说五茯准是看花了眼,五茯说,不是,分明是一会儿这边鼓个包,一会儿那边鼓个包。人们就七嘴八舌地议论着想对策。有人建议把垛刨开,我爹就反对。他坚持说五茯看花了眼,说是把垛刨个乱七八糟还得他收拾。终于有位聪明人说,找几根大杆子往里捅捅。正好我家院里有的是现成的镐把儿、锨把儿,人们拥进院子拿出棍子,冲着草垛便捅。他们七捅八捅,棍子不断戳在我身上,疼得我直躲。我东躲西躲,草垛里自然就又有了动静。这下好了,一村子人都看见了青草垛的"动弹",人们惊叹着四散,妇女们跑得最远。只有大模糊婶不动地方地面对草垛东扯扯西看看,这使我更加蠢蠢欲动地要冲出去跟大模糊婶说话。大模糊婶却忽然跑开了,我猜这是我又一次使草垛动弹的缘故。我看见大模糊婶跌跌撞撞地差点摔倒在地上，心里一阵悲伤。我觉得大模糊婶到底老了，腿脚不如从前了，从前她是咯噔咯噔地跑上大土坡的……

大模糊婶跑了，跑着去找我爹。又有聪明人说，青草垛里有东西定而无疑，也许这就是灾星降临。还说昨天晚上他观过星象，见有一团白光从仙人峪飘浮而来，那白光在我家门口转悠许久，又在青草垛前徘徊一阵，就不见踪影。有人问他那团白光有多大，他伸手比了比，说，像个搪瓷缸子差不多。又有人说，这准是个天外来客。有人说，天外来客也不是好东西，现在是想想怎么对付它。众人七嘴八舌一阵，都把目光转向我爹。我爹又把目光转向大模糊婶，平时我爹一没了主意就去问大模糊婶。大模糊婶说："既是真有人看见有物件飘进了青草垛，就不如把草垛点着烧了。咱不能让全村人都腻歪这一垛青草，是什么值钱的物件哟！"

大模糊婶一说烧草垛，人们便又兴奋地从四面八方围过来。早有人掏出了火柴，还有人掏出打火机。他们把火柴划着，把打火机打着，伸到青草垛上就点。干枯的青草刹那就被烈火笼罩。我想冲出去，左冲是火，右冲是火，我在火里扑棱着，一定像只火鸟。我扑棱一阵，就觉得浑身都被火舌灼得嗞嗞作响，我看见我的肋骨一根根燃烧起来，我成了一个火灯笼。接着我的头骨，我的肩胛骨，我的尺骨、桡骨、肱骨、股骨都和青草一起燃烧起来。人们不顾我的死活，还在不断地用棍子把火堆搅旺，我和着青草垛又燃烧一阵，终于变成一块通红的木炭。最后，当我的心脏也被大火烧成一个火团的时候，我便再也不知我的去向了。

　　西县的县报和电视台最近都报道了一则最新消息，称：本县西部山区茯苓庄，近日发生一桩奇事，先是有位名叫冯一早的青年在收购镐把儿时失踪于马蹄梁；三天后有目击者发现一团白色飞行物落入冯一早家的青草垛。接着，冯一早新婚三天的新娘去草垛前抱柴火做饭时，发现草垛内正闹动静。而后全村人都看见了这"动静"的再闹。于是村人点燃了草垛，草垛顿时化为灰烬。只在人们打扫灰烬时，见有个白搪瓷茶缸被烧得七扭八歪，上面的两朵牵牛花倒还隐约可见。据冯一早的父亲冯七早、新娘五茯、邻居大模糊婶称，冯一早出门那天就是带着这个缸子上的路。那日新娘五茯亲自把这缸子绑在了冯一早的腰带上，除此，冯家再无第二个缸子。又据那位看见天外来物的目击者称，这缸子很像那晚坠入青草垛的那团白光。

　　该消息最后还提到，冯一早失踪前曾为县雪芹中学学生，相貌平平，人聪慧，又因跳舞闻名于县城，素有西县舞星之称。

　　与这条消息并列的是大鸿运夜总会衣物不翼而飞的怪现象，撰稿人对这条消息措辞文雅严密，没有涉及"屁股"云云。

棉花垛

这里的人管棉花叫花。

种花呀。

摘花呀。

拾花呀。

掐花尖、打花杈呀。

……

这里的花有三种：洋花、笨花和紫花。

洋花是美国种，一朵四大瓣，绒长，适于纺织；笨花是本地种，三瓣，绒短，人们拿它絮被褥，经蹬踹。洋花传来前，笨花也纺织，织出的布粗拉但挺实。现在有了洋花，人们不再拿笨花当正经花，笨花成了种花时的捎带。可人们还种。就像有了洋烟，照样有旱烟。

紫花不是紫，是土黄，和这儿的土地颜色一样。土黄既是本色，就不再染，织出的布叫紫花布。紫花布做出的单衣叫紫花汗褂、紫花裤子，做出的棉袍叫紫花大袄。紫花大袄不怕沾土；冬天，闲人穿起紫花大袄倚住土墙晒太阳，远远看去，墙根儿像没有人；走近，才发现墙面上有眼睛。

五月、六月、七月，花地和大庄稼并存，你不会发现这儿有许多花。直到八月、九月，大庄稼倒了，捆成个子上了场，你才会看见这儿净是花地，连种了一年花的花主们也像刚觉出花就在身边。花地像大海，三里五乡突起的村落是海中的岛屿。那时花叶红了，花朵白了，遍地白得耀眼。花朵被女人的手从花碗儿里一朵朵托出来，托进倚在肚子上的棉花包。棉花包越来越鼓，女人们你看看我，我看看你，互相笑，彼此都看到了大肚子。一地大肚子，有媳妇的，也有闺女的。媳妇们指着媳妇们的肚子问："几个月了？还不吃一把酸枣儿。"闺女们扭着脸。

摘花时，花主站在房上喊："摘花呀，摘花呀！"喊来当村的闺女媳妇，摘完过秤付工钱。

米子和宝聚

米子做媳妇前也凑群摘花，那时米子也有过这雪白的大肚子，后来她不摘了。她嫌摘得多，工钱少。她有理由不摘，她长得好看：明眉大眼，嘴唇鲜红，脸白得不用施粉。她穿紧身小袄，钟一样的肥裤腿，一走一摆一摆。那时肥裤腿时兴，肥到一尺二，正是一幅布宽。一条棉裤要一丈四尺布，但臀部包得紧。这款式不是谁都敢穿。

  米子的裤腿越来越肥，走起路来像挟带着春风，把村里男人、女人的眼都摆得直勾勾的。男人心动，女人嫉妒。可她不再摘花。遇到谁家摘花时，花主站在房上一叠声地喊，米子也不出来。摘花人走过米子家的土院墙，就撺掇年轻的花主喊米子。花主不喊，花主自知米子不出门的缘故。

  米子不种花，不摘花，可家里也有花。里屋的炕头上，黟黑的墙旮旯里，她常有一小堆。花被一张印花包袱盖严。米子不愿人看到她的花，她自知那花色杂，来路不正，可它来得易。花碗儿不再刺她的手，她愿意男人看见她的手嫩。

  米子和爹两人过日子。她爹叫宝聚，摆糖摊儿、卖煤油，晚上"摇会儿"。黄昏了，宝聚推出小平车，点起四方四正的罩子灯。车上摆着脆枣、糖球、山里红、花生、烟卷，鸣锣开张。"摇会儿"的锣叫糖锣，响铜做成，有碗口大，敲起来比大锣高亢，比戏台上的小锣喑哑：噹、噹噹噹，噹、噹噹！

  宝聚敲开百舍的夜，这村叫百舍。

  敲阵糖锣，宝聚念诵出口成章的口诀：

    抽抽签，摇摇会儿，
    哪年不摇两亩地儿。

赢的东西不算少，

哪能见好就要跑。

……

"摇会儿"的车子被紫花大袄围严，人往车上扔铜子毛票，拿起宝聚的竹签筒，哐哐摇。开会儿了，宝聚对照你摇出的会儿底，该给烟的给烟，该给糖球的给糖球。烟不强，就"双刀"和"大孩子"；糖球花色多，有红有黄有绿，一个色儿一个味儿，扭着螺丝转儿，有蚕茧大。

宝聚是个细挑高个儿，公鸭嗓。先前他在村里唱本地秧歌，演青衣、花衫，唱时调门高，尾音拖得长。看家戏是"劝九红"，他演九红。九红被贪财的父亲劝，要九红嫁给一个财主老头儿。九红不听劝，和爹讲理，唱着"跺板"："有九红坐在了正房儿上，禀老父听女儿细说端详……"振振有词地诉说这门亲事的不般配，批判父亲的贪财思想。扮父亲的演员比宝聚矮，穿着紫花布做的偏领员外衣，下摆拖着地。嘴上没有髯口，用酒泡松香沾几朵洋花瓣。九红梳着大头，榆皮贴鬓，但行头含糊：裙、袄都是白布染成，水袖打挺儿，甩不起来。可宝聚有嗓子。

九红的哭诉、批判没有感动爹爹，却感动了台下邻村一个闺女，生是嫁给了地无一垄的宝聚。过门后夫妻恩爱，生了米子，那女人却得了产后风，死了。如今人们听见宝聚的呐喊，如同听到了九红在爹面前的哭诉。

宝聚"摇会儿"收铜子、毛票，也收花。他收的花和米子的花一样不整状。米子不让宝聚的花归里屋，宝聚就把这花笼统地倒在外屋水瓮旁。那儿潮，卖时压秤。

米子和明喜

洋花的成色好，使花主们更看重花。三伏天缺水，花主扔下大庄稼不管，净浇花地。井水浸着干渴的土垄沟，土垄沟渗水，水头像是不动弹。可水在流，流进花地，漫过花畦，花打起精神，叶子像张开的巴掌。花桃湛绿，硬邦邦打着浇花人的小腿。

花主明喜在看水。明喜躺在花叶下睡，花搭搭的阴影在他光着的胸脯上晃。明喜不真睡，他估摸着水势，畦满了，便从花叶下蹿起来，改过畦口，再躺下。他浇得水大，浇得仔细。明喜最惦记他的花地，他盼花地今年比往年好，他盼大庄稼快倒了。那时他就会有一个看花的窝棚，那时他就从媳妇炕上卷起一套新被褥来花地看花。明喜愿意看花，虽然看花要离开媳妇，媳妇又是新娶的。可媳妇知道这花地的娇贵，知道这事不能拦，索性就不拦，还把新被褥给明喜准备出来。新被褥是娘家的陪送，洋花纺线，鬼子绿、鬼子紫、煮青和槐米染线，四蓬缯织布。

明喜要看花了，媳妇总是和明喜恩爱着一夜不睡，就像明喜要出征，要远行，要遇到不测风云，那不测风云就是窝棚里的事。她知道现在丈夫对她的热情都是提前给予她的歉意。明喜和媳妇高兴一阵，翻个身，叹口气，像在说：看花，祖辈传下来的，我又不能不去。要看花，莫非还能不搭窝棚，还能不抱被褥，还能不离开你，还能……他不再想，仿佛不想就不再有下文。

明喜八月抱走被褥，十月才抱回家。那时媳妇看看手下这套让人揉搓了两个月的被褥，想着发生在褥子上面、被子底下的事，不嫌寒碜，便埋头拆洗，拆洗干净等明年。

谁都知道米子钻窝棚挣花，也不稀罕。这事也不光米子，不光本地人，还有外路人。外路女人三五结伴来到百舍，找好下处，昼伏夜出。

花主们都有这么个半阴半阳含在花地里的窝棚。搭时，先在地上埋好桩子，桩子上绑竹弓，再搭上箔子、草苫，四周戳起谷草，培好土。里面铺上新草、新席和被褥。这窝棚远看不高不大，进去才觉出是个别有洞天：几个人能盘腿说话，防雨、防风、防霜。

花主们早早把窝棚搭起来，直到霜降以后满街喊拾花时，还拖着不拆。拖一天是一天，多一夜是一夜。就是宝聚用糖锣敲醒的那种夜。

宝聚用糖锣宣布了夜的开始，旷野里也有了糖锣声。旷野里的糖锣比宝聚的糖锣打出的花点多，但更喑哑，像是带着夜这个不能公开的隐私在花地里游走。糖锣提醒你，提醒你对这夜的注意；糖锣又打扰着你，分明打扰了你的夜。它让你焦急让你心跳，你就盼望窝棚不再空旷。

在旷野敲糖锣的人叫"糖担儿"，但他们不挑担儿，只扛一只柳编大篮，篮子系儿上绑个泡子灯。篮里也摆着宝聚车上的货，烟比宝聚的好，除了"双刀"、"大孩儿"，还有"哈德门"、"白炮台"。他们用好烟、大梨给窝棚"雪里送炭"，他们知道，窝棚里的人在高兴中要"打茶围"。

有个糖担儿每天都光临明喜的窝棚，明喜的窝棚里每天都有米子。糖担儿来了，挑帘就进。那帘子叫草苫儿，厚重也隔音，人若不挑开，并不知里面有举动。糖担儿挑开了明喜的草苫儿，泡子灯把窝棚里照得赤裸裸。明喜在被窝里骂："狗日的，早不来晚不来。"他用被角紧捂米子。米子说："不用捂我，给他个热闹看，吃他的梨不给他花。"糖担儿掀掀被角，确信这副溜溜的光肩膀是米子的，便说："敞开儿吃，哪儿赚不了俩梨。"他把一个凉梨就势滚入米子和明喜的热被窝。明喜说："别他妈闹了，凉瘆瘆的。"米子说："让他闹。你敢再扔俩进来？"糖担儿果然又扔去两个，这次不是扔，是用手攥着往被窝里送。送进俩凉梨，就势摸一把长在米子胸口上的那俩热梨，热咕嘟。米子不恼，光吃吃笑。明喜恼了，坐起来去揪糖担儿的紫花大袄。米子说："算了，饶了他吧，叫他给你盒好烟。"明喜说："一盒好烟，就能占这么大的便宜？"米子说："那就让他给你两盒。"明喜不再说话。明喜老实，心想两盒烟也值二斤花，这糖担儿顶着霜天串花地也不易，算了，哪知米子不干，冷不丁从被窝里蹿出来，露出半截光身子，劈手就从糖担儿篮子里拿。糖担儿说："哎哎，看这事儿，这不成了砸明火。"米子说："就该砸你，叫你动手动脚，腊月生的。"说着，抓起两盒"白炮台"就往被窝里掖，糖担儿伸手抢，米子早蹿到被窝底，明喜就势把被窝口一摁，糖担儿眼前没了米子。糖担儿想，你抢走我两盒"白炮台"我看见了你的俩馋馋[1]，不赔不赚。谁让你自顾往外蹿。我没有花地，没有窝棚，不比明喜，看看也算开了眼。

明喜见糖担儿不再动手动脚，说："算了，天也不早了，你也该转悠转悠了。我这儿就有几把笨花，拿去吧。"明喜伸手从窝棚边上够过一小团笨花，交给糖担儿。糖担儿在手里掂掂分量、看看成色说："现时笨花没人要。还沾着烂花叶，留给你媳妇絮被褥吧。"明喜说："算了，别来这一套，我不信二斤笨花值不了仁梨两盒烟。"糖担儿不再卖关子，接过花摁进篮子，冲着被窝底说："米子，我走了，别想我想得睡不着。赶明儿我再来看你。"明喜说："还不快走。"糖担儿这才拱起草苫儿，投入满是星斗的霜天里。明喜披上衣服跟出来，他看见糖担儿的灯顺着干垄在飘，看看远处，远处也有灯在飘。他想起老人说的灯笼鬼儿，他活了二十年还从来没见过灯笼鬼儿什么样。可老人们都说见过，说那东西专在花地里跑。

糖担儿用糖锣敲着花点，嘴里唱着"叹五更"。

明喜见糖担儿已经走远，钻回窝棚。米子在被窝里蹿着。明

---

1 馋馋：乳房。

喜掀开被窝对着里面说："米子，出来吧，糖担儿走了。"米子不出来，只伸出一条白胳膊拽明喜，让明喜也蹦到被窝底。明喜先把腿伸进被窝，摸黑儿在枕头上坐一会儿，然后褪下大袄向下一溜，也溜到被窝底。米子早用头顶住了他的小肚子，顶得明喜想笑。明喜把米子推开，米子打个挺儿舒展开身子说："你顶我还不行？"明喜不说话，也用头去顶米子。米子说："扎死我。"说着扎，她捶着明喜的背，搂着明喜的脖子。明喜的脸贴着米子的身子一愣：我操！敢情米子的身上这么光滑，我怎么这会儿才知道。明喜觉着自己的手糙、脸糙、身上也糙，米子生是和明喜的糙身子滚……

两人觉出身上冷才知道被窝散了许久。明喜歪起身子掖被窝，米子说："我该走了，也省了你左掖右掖了。"明喜说："这就走？"米子说："你也乏了，睡吧。"明喜："看你说的，别把我看扁了。"米子说："扁不扁的吧，莫非你听不见你的呼噜？"明喜不说话了。米子早已摸黑穿好了棉裤棉袄，又摸到自己的鞋，跪在明喜身边说："你睡吧，我走了。"

明喜躺着不动，只说："外边有洋花，干草挡着哩，你自己抓吧。哎，可不许你再到别处串了，干草底下的花你尽着抓。你听见没有？"

米子答应一声，从窝棚顶上拽下她掖在那儿的空包袱皮，拱开了草苫儿。明喜听见她在掀干草抓花。

米子把明喜捂在干草底下的洋花尽搿入包袱，系上包袱便松心地蹲在花垄里撒尿。尿滋在干花叶上豁啷啷地响,明喜被这响声惊醒,知道米子还没走,披上大袄拱出窝棚两步迈在米子跟前。米子从花垄里站起来挽腰系裤说:"又起来干什么?"明喜说:"我还得嘱咐你一句,你听了别烦。可不许你再往别处去了,快回家吧。"米子说:"我不是答应过了!"明喜说:"我没听见。"米子说:"那是你没听见。"米子把一包捶布石大小的棉花抡上了肩,她觉得,明喜留给她的花还真有些分量哩。

米子望望四周,糖担儿的泡子灯又跳出了一个窝棚,糖锣打着花点。她迈过几条花垄,跨进一条干垄沟。明喜盯着米子的背影,看见米子并没有朝村里走。米子只朝村里走了一小截就斜着拐了回来。明喜想,说话不算数,还钻。赶明儿看我还给你留好花。

赶明儿米子来了。明喜问:"怎么总是说话不算话,不是说回村吗?"米子说:"是回村了。"明喜说:"得了吧,别哄我了,走了一小截就往回拐。又串了几处?"米子说:"你愿意听?"明喜说:"不。"米子说:"不愿意听还问?"明喜说:"问是得问,不问问还能给你留好花?"米子说:"就那几把洋花,也有脸说。你别给我留了,你娶了我吧。娶了我,就不要你的花了,还让你敞开儿打我。"

国跟他爹来百舍赶集买花,国他爹开花坊。这年国十二,头上留着"瓦片儿"。

花市设在茂盛店里。茂盛店临街，三间土坯房，房前常年搭着罩棚。棚下设两张白茬长桌，赶集的、住店的，在棚下吃豆芽焖饼、喝糊汤。有个卖咸驴肉的在棚下操刀卖肉，有人买了肉，借茂盛的盘子盛，还找茂盛要醋蒜。茂盛不用徒弟，自己掌勺自己跑堂。

茂盛店面狭窄，后院宽敞，一带土坯院墙圈起两亩大的院子。院里常年滚着牛马粪，人和牛马把墙的边边缘缘蹭得溜光。贴墙几棵老椿树让牲口啃光了皮，可树照样疯长，瘦高。这里晚上留宿过往车马，白天清静，只在逢五排十大集时才热闹——花市占着。外地开花坊的在这儿收花，给茂盛好处。

国他爹沿着一溜摊开的花包查看，和卖花的讨价还价。他不急于买进，只等行市。太阳正南时才是收花的好时辰：卖花的都急着回家，放松花价。

国替他爹守着花堆，刚买进两份，花堆还小，花堆前横着大秤和杠。国坐在花堆上玩秤砣，提起秤砣往花上扔。秤砣沉入花堆，国就插进胳膊找，找出来再往里扔。他一次比一次扔得高，秤砣一次比一次沉得深。

米子在卖花，穿着藕荷小袄，黑薄棉裤，头上蒙块素白羊肚手巾。米子不蒙花手巾，她觉着花红柳绿反倒贫气。这手巾两头各有一行红字，这头是"祝君早安"，那头是英文老花体的"Good Morning"。这儿的人都蒙这种手巾，这儿的人都不深究这两行字的含意。可人们都假装研究米子的手巾。米子知道人们不是看手巾,是看她。

每次米子卖花,宝聚都叫米子连外屋水瓮旁边的花一块儿包走。米子不。她只顾自己,这是梯己。外屋的留给宝聚卖,那才是她和爹的缠缴[1]。哪怕缠缴不够时米子再往外拿,她也要攒梯己。她钻窝棚也想着以后,她要寻人,她要生儿育女,她不愿意只带着一张穷嘴走。

宝聚的花包小,在花市尽头。

国他爹从米子跟前走了好几趟,不看米子的花包,也不看米子的手巾。米子拿眼瞟他,心想:充什么大尾巴牲口,你不就是开花坊的。你那小算盘我知道,左不是耗人呗。

米子看见国他爹在远处抓挠着卖主的花和卖主杀价,知道他杀价杀得狠。可等钱用的卖主还是扛起花包跟着国他爹走。

也不知转了多少趟,米子到底憋不住叫住了国他爹。米子说:"哎,我说买花的,怎么光走,也不怕把鞋底子磨出窟窿呀。"国他爹站住,说:"你的花我收过,被伤[2]。"米子说:"谁被伤?"国他爹说:"开花坊的被伤,买主被伤。"米子说:"怎么被伤?"国他爹笑笑,又走了。米子觉出有点讪。她想着等这个汉们再过来怎么对付。她觉着太阳走得很慢,日子过得很慢。

国他爹又走来了,这次米子不再叫他,倒把脸狠狠一扭,一

---

[1] 缠缴:生活费用。
[2] 被伤:不划算。

行"Good Morning"正对准国他爹的眼。国他爹觉出了眼前这行字。他头上也有一块这样的羊肚手巾,却从未觉出手巾上有字,可眼前有字。他捉摸这行字像什么,像蚰蜒,他想。像蚰蜒爬。

像长虫吧。

像蚰蜒。

米子知道买主在看她的背影,腾地转过来说:"转够了,转饿了,咱俩到前头吃焖饼喝糊汤去,我掏钱还不行?"

米子一句话把国他爹说红了脸,不知是因为私看了米子的手巾还是米子说要请他吃焖饼。他打算站住,打算和米子认真点。可他一时叫米子的话给说蒙了,寻思一阵,伸出胳膊就到米子花包里抓花。米子说:"哎、哎,放下放下,不卖不卖。"国他爹把弓下的腰又直了起来,把伸出的手又缩了回来,不敢正眼看米子,说:"不卖撂这儿做什么,撂这儿就能看。"米子说:"递说你不卖就是不卖。"国他爹说:"莫非你的花和别人的花两样?"米子说:"还三样哪。"国他爹说:"四样我也得看看。"

他看了一眼米子,米子正拿眼睛直勾勾地盯他。可她不恼怒,像受了谁的屈。国他爹心里说:"敢情你早盯了我半天。莫不是我说话说走了嘴?我说的两样不是那个意思,你分明是多了心,才'三样''四样'地拿话点我。花,也来之不易,我收了吧。"国他爹又去抓花,米子说:"怎么还抓?"国他爹收住手,拍拍说:"我要了。"米子说:"你要,还有个我卖不卖

80

呢。就不兴不卖？"国他爹说："出个大价还不行？"米子说："纵然给匹金马驹也妄想扛走。"国他爹说："怎么这宗买卖越说越远？"米子说："刚知道。"国他爹猜不透米子的心思，干吃米子的话头，也讪了。他看了米子一会子，看不出什么，心想走吧。

国他爹刚走，米子却说："你回来。"国他爹站住了，说："还有事儿？"米子说："怎么不扛你的花？"国他爹说："不是说不卖？这死说活说。"米子说："不卖花谁在这儿站着，站得都腿酸。"国他爹说："扛过来吧。"米子说："还没出价呢。"国他爹撩起大袄。拽住米子的手，把两人的手捂住说："这整，这零儿。"这里买花，买牲口有唱码成交的，也有拉手成交的。国他爹拽米子的手不算过分，可他拽住了米子的手。米子想想这价倒不算小，嘴里却说："就算白扔给你吧。"国他爹说："还不快扛过来。"米子说："让谁扛？"国他爹说："你扛。"米子说："扛不动。"国他爹看看米子，扛了米子的花包。

卖主们都在笑这宗买卖。

国他爹扛着米子的花包走，排列在地上的花包拍打着他的腿。米子在后头跟着，钟样的薄棉裤腿拍打在花包上。

国他爹放下花包用大秤钩住过过，解开就往花堆上倒，花堆高了。国他爹给米子数钱，国把扑散下来的花往上攒，指着花对他爹说："爹，你快看。"米子知道国让他爹看什么，就斥打着国说："有什么看头儿。"国他爹信手从堆上抓起一把笑笑说："杂。"米子说："杂？是不是花？！再给你扛一包袄好的去。"

米子把一叠老绵羊票掖进衣兜，跑着去找宝聚，一路想着她那花的不整状。在买主雪白的花堆上，她的花像故意寒碜她，洋花里掺着笨花，还有人头大一团紫花。

宝聚的花还没卖。米子扛过宝聚的花包，硬逼着国他爹过秤。国他爹抗不过米子，米子旋风般地把宝聚的花也倒上花堆。国又指着花让他爹看，国他爹又信手抓起一把说："怎么又使潮又使白土？"

乔和小臭子

后来米子寻了当村一个鳏夫，带着梯己从东头嫁到西头，不再钻窝棚，一心想跟丈夫生儿育女，却几年不生。丈夫说她是钻窝棚钻的，可不打她。米子说："没听过这说法。我那地方什么也没缺。"又过了几年，米子果然生了一个闺女，叫小臭子。小臭子不如米子好看，小鼻子小眼儿，爱找比她大的闺女玩，爱听大闺女说大人的事，十岁上净跟着十五的乔玩。

乔家有个大院子，院里净是枣树：大串杆、二串杆，还有灵枣。那灵枣个儿不大，像算盘子儿，细甜。孩子们就在枣树底下凿拐、跳房、玩做饭饭过日子。乔不爱玩，爱坐在远处看着他们想事：蜜蜂拱住枣花餐，家雀掐架，鸡配对……她都要想。乔家的鸡病了，被她娘她爹杀了，煺了毛，开了膛，她就偷看鸡的屁股。她想，公鸡母鸡屁股那地方都一样为什么还有公母？不像人，也不像狗，也不像牛羊、骡马。人、狗、牛、羊、骡、马她都看过。

乔爱想事，长得快。胸脯早早发了鼓，屁股和从前也不一样了，腰却显出细来，生是想事想的。凿拐、跳房的孩子都觉着乔好看，乔也知道自己的出众，当着众人更显些好看：细眉下面的黑眼总是很亮，脸很粉，连牙都显白。

小臭子愿意找乔，就是盼望自己长得和乔一样。她想，她娘米子为什么不给她起个名儿叫乔，却叫个最最难听的小臭子。

谁都知道乔爱想事。乔的爹娘去花地拔草了，乔想着想着就锁门儿走了。孩子们从墙外看着被乔锁上的两扇门，打问乔呢？乔呢？没人知道，小臭子知道。小臭子也不在。

乔拉着小臭子早去了东头。东头新开了一座主日学校，每逢礼拜，有位神召会的外国牧师骑八里地自行车，从城里来百舍一趟。这牧师叫班得森，他先给大人传教布道，然后就教一班大小不等的孩子背诵金句。那是《新约全书》上的一句话，印在一张比烟盒大点的电光纸片上。那纸片一面是字一面是洋画，画上净是穿着宽松衣衫的外国男女。女人都好看，都白，有的还半露着胸脯。班得森让孩子们背诵上张的金句，谁背过了就能得到一张新的。孩子们管上主日学校叫"背片儿"。

乔来主日学背片儿。乔背片儿是为了正面那张洋画。她并不多想金句上的"神爱世人,甚至将祂的独子赐给他们"是什么意思,也不想"虚心的人有福了"多么重要,她只爱惜正面的洋画。回得家,她把洋画压在枕头底下,等家里只剩下她和小臭子时,才拿出来看。只有一次背面的金句引起了乔的注意,那金句说:淫乱的人终归要下地狱。正面的画是爱淫乱的人在地狱里的受难图,有下油锅炸的,有被锯子锯的。

小臭子也记住了班得森教人念的淫乱,从主日学校回来问了乔一路,问淫乱是什么意思。乔光拿手打小臭子的后脑勺,打得小臭子直纳闷儿。回到家乔才把小臭子款待到炕上,倚着墙角一堆笨花说:"你就喊吧,一喊一道街,也不怕有人听。"小臭子说:"不是片儿上的?"乔说:"片儿上的事也不是谁都能听。"小臭子说:"那班得森还说,还教人背?"乔说:"班得森说行,他是牧师。"小臭子说:"班得森能说,咱们就能说。淫乱、淫乱就淫乱。"乔说:"好,你还说,看我下回还带你去背片儿。"

小臭子一听乔不带她去背片儿了,才从花堆里坐了起来,赶紧说:"乔,我不说了还不行。"乔说:"这还差不多。知道淫乱是什么意思吗?"小臭子说:"好,你说。"乔说:"我是要递说你。你不是问那俩字是什么意思?就是啊……来,你先躺下我才递说你。"小臭子又躺上花堆,使劲挤住乔。乔说:"把你那耳朵对住我的嘴。"小臭子把耳朵对住乔。乔像往小臭子耳朵里吹气一样,说:"就递说你一个人,可不兴你递说第二个人。你要是递说第二个人,我知道了就扭你。"小臭子说:"我不说还不行。"乔说:"递说你吧,淫乱就是配对儿。"小臭子说:"就是狗配对儿?"乔说:"不算狗。"小臭子说:"算鸡不算?"乔说:"也不算鸡。"小臭子说:"算牛不算?"乔说:"不算。"小臭子说:"算猪不算?"乔说:"不算。"小臭子说:"那羊、驴、骡子哪?"乔说:"不算不算,你别问了。"小臭子说:"都不算天下哪还有配对儿的物件?"乔说:"再猜你也猜不着。递说你吧,指的就是人。"小臭子一听说是人,便纳闷儿起来:"人也配对儿?"乔说:"是男女就配对儿。不信回家问问你娘。"小臭子说:"我娘打我。"乔说:"就别问了,指的也不是你爹和你娘,是别的。"小臭子说:"别的是什么?"乔说:"指的是汉们串门儿娘儿们养汉。知道了吧?"

乔、小臭子和老有

老有上身穿一件白细布汗褂,下身穿一条紫花单裤,站在乔家墙外打量乔家的枣树。他看见有几个大串杆红了"眼圈儿",想起大人常说的一句话:"七月十五红眼圈儿,八月十五揿枣杆儿。"现在刚七月,老有头上有汗,白布汗褂穿在身上也沾肉。

老有是明喜的兄弟,是老生。明喜的年纪像老有的爹,可他爹在城里二高当校长,教国文和地理,通音阶,会按照简谱填词:"麦已收割,豆已收割……"他跟班得森做朋友,主张信徒对主虔诚,儿童们殷勤,却不信教。班得森也请他为主日学校作歌词。

> 手舞足蹈唱新诗,
> 赞美真活神,
> 米珠薪桂够我用,
> 应该学殷勤。

老有爹教老有殷勤,也教老有文明:不许老有吃集上的饸子、咸驴肉,不让他买切开的西瓜,不让他坐在剃头挑子上剃头,领他到城里理发馆留分头,衣裳也比别人穿得严谨,不能敞怀挽裤腿,更不许光膀子。老有常觉着自己是个大人,可他才十岁。

老有平时不敢出门,怕人看,怕别的孩子拿坷垃投他。他没事就一个人到花地边上散步,他知道散步就是闲溜达。老有散步,顺便察看全村的花情,用竹劈儿做把尺子丈量花的长势。他看见城里"棉产改进委员会"的人都这么丈量,量出花棵的高度就把尺寸记在纸上。他不知那是为什么,可他丈量,他记。棉产改进委员会里有两个日本人,穿西服,和班得森的西服一样。有一次他在散步察看花情时碰见小臭子,小臭子问他量青花柴干什么,老有看看小臭子,却不理她。小臭子说:"知道你是跟人家学，有什么用？"老有把纸和尺子装进口袋就走。小臭子在后面说："看这架势，快跟丈量棉花的走吧？"老有走远了。他在花地畦背上走，两只手插在口袋里。小臭子觉得他有点大模大样，还有点罗锅。

老有不理小臭子就是嫌她净找乔。老有管乔叫表姑，怎么个表法儿他不知道，反正他知道不近。不然为什么她家的花地一眼望不到边，值得他哥明喜看，乔家的花地才有乔家的两个院子大呢。老有家常年吃二八米窝窝，而乔家不到春天就吃起干马勺菜团子。可老有喜欢乔，喜欢乔就更不喜欢小臭子。乔拉他去上主日学校，他磨不开，可他不喜欢小臭子跟乔去。

老有在墙外看枣树，听听院里没动静，才推开乔家的街门。他不像别人，有门不进，专爬乔家的墙头进院子。他进门。

老有走进乔家不再看枣儿，却看见地上有厚厚的一层椿树花。椿树正落花，花像小星星，比黄米大点，有花瓣也有花心，闻起来有点臭有点香，臭椿的花最臭，茂盛店里的椿树就是臭椿。除了臭椿，还有香椿、菜椿。乔家的这棵是菜椿，能吃，不如香椿香。春天乔她娘给老有他娘送一把嫩椿芽，他们就吃，可不香。在椿树里，菜椿长得最高，木头暄。它长过房顶，长过枣树、槐树，树干树枝朝天竖着，像朝天烧的香。爬到椿树顶上的人不多，小臭子能爬上去。

老有蹲在椿树底下，敛一捧椿树花，从这只手倒进那只手，再从那只手倒进这只手——星星在闪耀。香味和臭味不住往他鼻子里钻,他爱闻这味儿。

老有玩椿树花,他后面正站着乔。乔一说话吓了老有一跳。

乔说:"老有,看你那一身汗。快,我给你擦擦吧。"

老有扔下手里的椿树花,转过脸看乔,乔很高。乔拽起了老有,提起大襟就给老有擦汗,老有的头刚齐到乔的胸脯。乔给老有擦汗,老有却闻见了乔身上的汗味儿。他觉得乔出的汗比他出的汗好闻,他很快就忘了椿树花味儿。

乔给老有擦完汗,放下衣襟又胡噜老有的分头。老有不愿让人注意他留着分头,他不愿意和别人有什么不一样。可乔胡噜。老有知道乔不嫌他,还递他说,不让他把分头推了去。老有几次想推,一想起乔的话,就算了。心想留就留着吧,反正乔喜欢。老有知道乔是他表姑,可不叫,他叫她乔。

乔胡噜老有的分头问老有:"你没去背片儿?"老有说:"没去。"乔说:"怎么不去?这张片儿和别的片儿可不一样。"老有说:"不一样在哪儿?"乔说:"画着地狱,你没见有多吓人。"

原来小臭子正在屋里。她知道老有不待见她。就不敢乱栖乎。乔跟老有说起话,小臭子才从屋里出来,一出来接上茬儿就帮乔说背片儿的事,说:"片儿上画着炸人的、锯人的,生是淫乱的过。"老有白了小臭子一眼说:"什么的过?"小臭子说:"淫乱的过。不去背片儿,连淫乱都不知道。"乔推了小臭子一把说:"行了,行了,没人拿你当哑巴卖。当人家不知道你嘴快。"乔把小臭子推出老远对老有说："走,我给你看片儿。"

乔领老有进屋看片儿,小臭子又跟了进来。乔让老有上炕,老有不上。乔掐住老有的夹肢窝把老有一举,小臭子就势抱住老有的腿往上一拥,才把老有搁上炕。老有说:"叫我先脱了鞋呀。"

老有不上炕是嫌自己的鞋破。人不上炕谁也不看谁的鞋,一上炕一抬腿就看出了鞋的好坏。老有裤褂洁净,鞋头却有窟窿。他娘说他的大拇指长,拱的。做新的做不过来。乔和小臭子捆老有上炕,捆了老有一个"仰摆饺子"。老有就势把鞋一扒,扔到远处。

老有要看乔新背的片儿,乔从枕头底下抽出一张给他。老有研究一番正面的洋画,就背过去认后面的金句。他认不下来,也忘记了刚才小臭子在院里说的那俩字,就问乔,乔把脸贴住老有的脸小声说:"我单独递说你吧。"她躲开小臭子把老有拉到炕角,对住老有的耳朵说出了那俩字。小臭子在炕这头忙不迭地喊:"噢,噢,闺女和小子小声说话。噢,噢!"乔对小臭子说:"看张致的你吧。小声说话怎么啦?"小臭子说:"闺女和小子玩,迈门槛儿,门槛高,一摔摔个仰摆跤。"老有说:"那你还净找人家,巴不得人家听你小声说话。"乔说:"算了,算了,别搁气了,咱仨玩一会儿吧。小臭子,还不插上门去。"小臭子说:"他怎么不去?"乔说:"他不去行,你不去就不要你了。"小臭子慌忙站起来说:"我这不是去了。"小臭子也不穿鞋,咕咚一声跳下炕,插了门。

小臭子又爬上炕,乔就问老有和小臭子:"你们说咱们玩什么吧?"小臭子抢着说:"玩卖花,现成的花。"乔不说话,看老有。老有也不说话,嘟噜着脸嫌小臭子抢话说。乔说:"先玩一会儿卖花也行。这样吧,我跟老有卖,小臭子买。"小臭子又抢着说:"不,都是娘儿们卖,汉们买。"乔说:"也行。老有,你买吧。"

小臭子把炕角的笨花用几块铺衬包成包,在炕席上排列起来。乔看看小臭子已摆开花市,也转到小臭子一边当卖主。老有光脚踩着炕席,转悠着买花。小臭子净要高价,还让老有伸出手在衣襟底下和她摸手。老有伸出手和她摸,她又说老有摸得不对。她纠正老有的手势,说:"九勾子,八杈子,七撮子。不信问问乔。"乔说:"是,九勾子,八杈子,七撮子。"乔让老有把手伸到她衣襟底下和她摸手,老有觉出乔的手很热,手心有汗。老有的手背蹭着乔的裤腰。

小臭子卖花计较,乔却任老有出价,任老有扛。老有扔下小臭子的花不买,把乔的花一包一包扛走倒上花堆。

乔由着老有扛,乔觉出这玩得没意思。

直到快晌午,太阳才穿过枣树把光洒上窗纸,树叶和阳光在窗纸上晃成一片,几只家雀在细枝上跳,窗纸上便有了家雀的影子。

乔说:"算啦,咱们不玩卖花了。你们看家雀在干什么？"小臭子说："掐架。"乔说："光掐架？再看看，看清了再说。"

窗纸上有四只家雀，两只在掐闹，两只在配对儿：公的掐住那母的脑袋，摁住母的脊梁，就是不下来。母的扎挣着跑了，公的又追了上去。小臭子和老有都看清了。小臭子说："这是配对儿，还没配上呢，配上了公的就不赶母的了。"老有说："也不嫌臊，臊煞你。"老有踢了小臭子的花包，还要打小臭子。乔拉住老有说："老有，别闹了，她说得也对。咱们快玩咱们的吧。"小臭子拧着身子说："还玩，那花包呢？"乔说："不是说好玩别的呀。"小臭子说："这回你说，我可不说了。"乔说："我说还不行？我对你们俩一个一个地说。"小臭子说："为什么非得一个一个地说？"乔说："这你就别管了。"小臭子说："那得先跟我说。"乔说："行，你先过来吧。"

乔趴在花堆上等小臭子，小臭子闪过老有也趴在花堆上，把耳朵送给乔。乔把嘴对住小臭子的耳朵小声说话。小臭子一面听一面拿眼瞟老有。乔跟小臭子小声说了好一阵，又大声说："你先盖房去吧，盖上房盘上炕。"小臭子站起来又闪过老有，开始从山墙根搬枕头搬包袱"盖房"。

乔又叫过老有。老有也趴在花堆上把耳朵对住了乔的嘴。乔又把对小臭子说的话跟老有讲了一遍，没想到老有红着脸就跑。乔搂住老有的脖子又把他搂回来，说："你先别跑，我的话还没说完哩。都是假装的。"老有说："假装我也不干。"乔想了想说:"我还有话哩。你把耳朵伸过来,这句话连小臭子我都不递说她。"

乔又和老有小声说话。小臭子一看乔对老有说的话多,一撅嘴说:"我不盖房了,净瞒着我事。"乔说:"给你说的话说够了。他是汉们,和咱们的事不一样。"小臭子才又放心去"盖房"。也不知乔又对老有说了什么,老有不再想跑,可脸还红着。乔说:"老有,也用不着臊,咱们这是过日子。大人过日子怎么过,咱们就怎么过。大人过日子有什么事咱们就有什么事。莫非谁还长不成大人。"老有想了想,觉着乔的话也对,就去和小臭子一块儿"盖房"。

乔也开始"盖房"、"盘炕"。小臭子抢走了她的枕头,她不能用枕头当墙,就捋了一掐笨花掐成一溜"墙头",只搬个包袱堵住墙的豁口当门,再抱个被窝叠得方方正正做炕。小臭子也叠个被窝当炕。

现在乔家的炕上是两处院子、两个家,两处院子隔着一条街。小臭子又举过一把扫炕笤帚往自家"门口"一靠,说:"这是棵香椿。"小臭子叫臭子,愿意自家门口长香椿。她又拿过个量米的升子放在乔家"门口"对乔说:"这是块上马石。我们家门口有棵香椿,你们家门口有块上马石。"乔说:"行,我喊一二,咱们就起头玩儿,都按我说过的做,谁也不许走样,谁也不许不干,要不一辈子不跟他玩。"

小臭子知道乔的话是说给谁的,那是给老有听的。乔说老有，小臭子高兴。

乔又问："都听见了呗？"小臭子说："听见了。"老有也说："听见了。"乔说："都听见就是了，插门吧，我也该插门了。"

乔挪挪包袱挡住那豁口。小臭子不插门，她让老有插。老有说："怎么你不插？看人家都是娘儿们插门。"小臭子说："没看见她家男人不在家？"乔在这院赶紧接上说："老有，是该你插门。小臭子说得对，汉们在家就得汉们插门。"老有这才学着乔挪包袱的样子把门插严。

乔插上门，一个人盘腿在炕上"纺花"，右胳膊摇，左胳膊拽，两条胳膊在胸前很忙。

老有插上门只在墙角蹲着打火镰抽烟。他知道右手拿火镰，左手拿火石火绒。打呀打，光打不着。嘴上叼根筷子当烟袋，空叼着。

小臭子早脱成光膀，躺在炕上扇扇子。扇子是一小块做鞋的袼褙。

这都是乔规定下的。

小臭子翻了个身，打个哈欠叫老有："天这咱晚啦，睡吧。光熬油。"

老有说："谁熬油？又没点灯。"

小臭子忽地坐起来说："不都是假装吗，不兴乱改话。"

老有看看那院"纺花"的乔，想起乔的话，就说："行，你从头说吧。"

小臭子重复乔的规定。

小臭子说:"天这咱晚儿啦,睡吧。光熬油。"

老有把烟袋在地上磕磕说:"嗯,睡。"他站起来吹灯,朝一边吹了一口气,就趿拉着鞋往炕边走。老有坐上炕沿,脱掉汗褂,骗腿儿上炕,抱腿坐在小臭子一边,叹了口气。

小臭子说:"怎么光坐着发愁?"

老有说:"花卖不出去。"

小臭子说:"再赶个城里集吧。"

老有说:"家里没小车。"

小臭子说:"不兴借个?"

老有说:"到谁家借,都用。"

小臭子说:"找东邻家吧。"

老有想了想,说:"行,我去试试借给不借给吧。"

小臭子说:"先睡吧,天明再去。"

老有说:"不行,天明借车的多。"

小臭子冲里翻了个身,一脱脱个光屁溜儿,拽个被单盖住说:"我先睡了。"

老有说:"睡吧。"

小臭子摇着扇子睡,老有披上汗褂出了门。他推了推东邻家的门,心想乔对他说过不让他由门进院,让他跳墙进。他看看墙外有块上马石,便蹬着上马石翻墙。

乔还在纺线，两条胳膊还在眼前空抡打。听见老有跳墙，乔便说："不是让你先咳嗽两声嘛。"

老有说："我忘了。"

乔说："再从头来吧。"

老有说："行。在墙外头咳嗽，还是在墙里头咳嗽？"

乔说："先跳墙后咳嗽，假装你眼前还有屋里门。"

老有返回街上，重新跳墙。他跳过墙，咳嗽两声，果然乔不再纺花，推开纺车就给老有开门。

老有跟乔进了屋。

乔说："这回对了。说吧，往下接着说。"

老有四周看看，坐上炕沿说："就你一个人在家？"

乔说："嗯。"

老有说："你女婿哩？"

乔说："到外县卖穰子[1]推煤去了。"

老有说："小车在家呗？"

乔说："他推走了。"

老有说："我走吧。"

乔说："你走了就剩下我一个人？"

乔挨着老有坐下，挨得很近，老有觉出乔的屁股挤住了他的腿。

老有说："你想我啦？"

1　穰子：皮棉。

老有的心跳起来。

乔说:"一村子汉们,也不知为什么单想你一个人。"

乔用胳膊一搂搂住老有。老有觉着搂得很紧,他心跳得更快。

乔撒开老有一骗腿儿上了炕。拄着胳膊斜躺下来,给老有使了眼色说:"还不上来。"

老有也一骗腿儿上了炕。

乔开始解扣。

老有也学着乔开始解扣。

乔脱了个光膀。

老有也脱了个光膀。

乔躺下拉过条被单把自己盖住,撩起一个角让老有也往里钻。

老有钻进来一摸,摸到了乔的两条光腿。乔的光腿蹭着老有的裤子。

乔说:"你怎么不脱裤子就光一下膀子呀,不想玩了?不是说得好好的嘛。"

老有说:"就这样吧,盖着被单脱不脱的谁知道。"

乔说:"这不是为的别人知道,是咱俩知道。这就是咱俩人的事。"

老有还不脱。乔就去替老有解裤带。老有说:"你别解了,痒痒。我个人脱吧。"

乔从上到下摸老有，老有身上光了。

老有说："然后呢？"

乔仰面躺平，说："我躺成这个样，你该什么样，莫非真不知道？连猫狗都知道的事。"

老有有点明白了，可还是平躺着抿着胳膊不动。

乔从上到下摸老有，她摸到了一个地方，停住手说："你想想，你这儿为什么多一块儿，我那儿为什么少一块儿？多那一块儿为什么，少那一块儿又为什么？都说明了，还不知道？你就傻吧，傻死你吧！看以后我还要你。"

乔一面说，手在老有那个地方停着只是不走，老有就觉出裆里有乔的手。乔把老有的身子拧过来，老有眼下是乔的一张红脸。这是老有从来没见过的红，鼻子尖上还有汗，鼻孔一翕一翕。老有觉得现在的乔最好看。他忘了他是个借车的。他忘了他正和乔钻在花垒墙、包袱当门的一间假房子里，他觉得真房子、真炕才能配真人。

有人敲"门"喊老有，是小臭子，是老有媳妇找老有。老有和乔"受着惊吓"冷不丁都坐了起来，被单出溜到脚底下。屋里的老有和门外的小臭子都看见了乔的光身子，他们都觉得乔比穿着衣服还好。小臭子想了想，不能光看乔，她现在要骂，那骂也是乔规定下的，她不能忘。

小臭子在门外一跺炕席，大喊了一声："出来！养汉老婆还不出来，俺家汉们哪？"

乔站了起来，一边系扣一边往外迎。她用被单把老有一盖盖严，对小臭子说："你骂谁哪？"

小臭子说："谁养汉骂谁。"

乔说："谁养汉？"

小臭子说："你。"

乔说："没有凭据，别胡呲，我还说你养汉哩。"

小臭子说："没凭据敢堵着街门骂？"

乔说："凭据在哪儿？"

小臭子说："就在被单底下盖着，不信你看。"

小臭子又使劲跺了两下炕席，席缝里的浮土扬起来。她把乔推开，进屋就掀被单，她勇猛地抓出了老有。

老有说："完了没有？"

乔说："完了。"

小臭子说："没完。敢情光你们俩，不能完。"

乔对老有说："你跟小臭子回家吧。"

小臭子说："不是小臭子，是他媳妇。"

乔说："快跟你媳妇回家吧。"

小臭子拽住老有的胳膊，老有趔趄着被小臭子拽回了家。

既是媳妇拽回了女婿，既是媳妇从养汉老婆的炕上拽回了串门的汉们，既是乔也说了让老有跟媳妇回家，那么媳妇就自有媳妇的气势。

媳妇要女婿来确认自己的位置。

两口子回到家，媳妇就在炕上脱光衣服躺了个仰面朝天。她也问老有："为什么你那儿多一块儿，为什么我那儿少一块儿，这都是为什么？"

老有真当了一回小臭子的女婿。他趴在小臭子身上回头看乔，看见乔的眼里含着真泪，鼻尖上的汗久久不退，鼻孔翕着。

吃中午饭时，老有才回他的真家。他掰着二八米窝窝总闻着手臭。想着小臭子和小臭子的味儿，他用水瓢舀水一遍遍洗手。

国和老有他爹

过了六年小臭子十六。头秋，小臭子给个人絮了一件花洋布棉袄。做了一件阴丹士林棉裤。她娘米子帮她绗。米子知道小臭子絮新棉裤棉袄干什么。想着每天后半夜小臭子扛回来的花包，卖的时候一定也有人说"杂"。

这年棉花刚摘头喷就赶上事变，日本人七月占保定府，八月占石门。花主来不及搭窝棚，跑了。大花主把洋钱蒸在饼子里日夜兼程下西安；小花主用小平车推起铺盖口粮只是向南走，走不动就住下，走得动还走。

不久，日本人占了县城，老有他爹辞了二高校长回了百舍。临走他去看班得森，班得森请他喝羊奶，吃土豆蘸盐，和他一起分析中国的前途。羊奶膻，可老有爹喝。他想班得森能喝，他就能喝，也是文明。两人喝着羊奶，不约而同地想起先前日本人那个"棉产改进委员会"。班得森问老有爹："你说那个委员会的真正目的是什么？"老有爹说："我也正在想这件事。"班得森说："我想这就是日本人的……"班得森想不出准确的中文，就说瑞典话，班得森是瑞典人。老有爹说："或许应该叫经济渗透。"班得森说："对，应该翻译成渗透。日本人在这里搞棉田改进，就像在东三省让中国人种植鸦片一样，是渗透。是经济的，也是文化的、军事的。"老有爹说："你分析得透彻。"喝完羊奶，班得森把老有爹送出东门外，二人握手告别。

老有爹回了百舍，班得森不再来主日学校上课。

花主们打听到老有爹还在村里，哩啦着都回了村。一时间土匪军头们都打起了抗日的旗号，趁机找花主索要给养。他们晚上砸门，花主们有钱的隔着门缝往外塞钱，没钱的就把花包系上房扔到街上。遇到不给钱也不给花的花主，土匪们就搭人梯进院绑票。他们把花主绑到邻县水泊里，摁进小船，捎信让家人去回，回人就得倾家荡产，带着花柴卖花地。这年花地没收成，这年花地易主多。

又过了两年，有个姓范的人来找老有爹。这人二十多岁年纪，个儿不高，赤红脸，短脖子，刷子眉。姓范的见了老有爹开宗明义地说："我是上级派来开辟工作的，当前离城远的村子都建立了抗日政权。白舍离城虽近，迟早也得建立。要建立就得宣传群众，组织群众。我们知道你具有爱国思想，应该为宣传群众尽力。"老有爹知道姓范的说的"我们"是指谁，便说："当如何尽力？"姓范的说："我们了解你是当地名士，爱国心切。抗日政府要实行统一战线，一致对敌，统一战线里少不了各类爱国人士和人才。打个比方吧，你教书有经验，还会谱歌，为抗日出力的前途宽阔得很。将来政府要成立参议会，你就是政府的参议员。"老有爹说："我纵然办过教育，可眼下你来我往也不是办校的时候。"老范说："也不尽然。外村就有先办起夜校的，咱不妨也办个夜校。"老有爹说："要办也不难，本村倒有一班男女青年都荒废着。可教材呢？经费呢？"老范说："目前政府没有统一教材，你自选课文达到识字的目的就行。政治课本我们解决。你讲讲反封建也是政治呀，尤其闺女媳妇，不打破封建思想，大模大样地上学都很难。其他方面就得因陋就简。"老有爹不再推托。

姓范的在老有家一住三日。老有已长大成人，哥哥明喜和他分了家：花地以垄沟为界一劈两半。老有爹娘跟老有吃饭。老有给姓范的端饭，觉出姓范的面熟。姓范的光笑也不说。过了好久，姓范的和老有爹接触多了，才吐露了真名，说，他不姓范，姓安，本县代安人，和百舍相距四十里，可也没出县。他家以前开花坊，小时候还跟他爹到百舍赶集买过花。他的小名叫国。

事变那年国正在保定上师范，在学校入了党。事变后回县接上了关系，现在区里担任青联抗助理员。

老有爹配合国利用主日学校的旧址，办了一所夜校。人们改不过口，都还叫主日学。这是一家闲宅院的三间北房，屋子高大空旷。原先屋里只有几张旧方桌，几条长凳。班得森对着方桌上课，跟老有爹说，这格局像中国私塾。现在老有爹叫人搬走了方桌，用土坯垒成墩儿，搭上木板当课桌，课桌后面再搁上条凳，买高丽纸把窗户糊严实。学生们还效仿着村里唱秧歌的戏台上的照明方式照明：他们把新秋秸的粗头劈四瓣，编个马莲座，把头弯个对头弯插到梁缝里。马莲座上放只吃饭的黑碗，添上花子油，用好花搓捻儿，点起来。主日学校三间房子十来盏灯，高灯下明。

　　学生中闺女居多，也有半大小子，他们坐在后排很是不显眼。闺女居多的地方，小子就不显。

　　上课时，老有爹在堂上讲课，闺女们从头上摘下卡子不住拨灯。灯花掉在纸上、本儿上，她们就一惊一乍。秩序乱了，老有爹就在堂上拍桌子，说没见过这样的学生。

　　老有爹教她们识字，讲什么是封建，如何反。没有合适的识字课本，他就用一本半文言的实用国文代替。这实用国文的第一课是：国旗。"国旗者，一国之标志也。无论何处如见本国之国旗，必表行礼。某日学校开学，悬国旗于堂上，教员率学生向之鞠躬者三。礼毕，遂开课。"课文里还有"曾参之子泣"、"雁，候鸟也"。后来国拿来油印小册子《新民主主义论》让老有爹讲，可识字还得用实用国文。课义对于闺女们虽然深不可测，但老有爹讲得明白，学生对字们也认得死。有时国来百舍也坐在后面听得入神。遇到老有爹拍桌子镇不住学生时，国就站到堂上讲活。

他说:"不遵守课堂秩序,就是对抗日政府办夜校还没有起码的认识。让你们坐在这儿不是光让你们拿卡子拨灯来了,掉个灯花也值得大呼小叫?坐在这儿就要想到抗日,想到爱国。我问你们想脱产不想,你们都说想。想脱产就得先明白夜校对你们的意义,夜校也是个抗日摇篮。你们要是再不明白,我就给你们作个时事报告。"学生们一听国要作报告,才安静下来。国说:"就目前的形势而言,形势是残酷的,而且越来越残酷。别看骑马的日本兵还没到百舍来,光是骑自行车的新民会催促老百姓种花,还贷给洋泵、肥田粉,可日后你的花必须交给日本人低价收购。这也是侵略,也是搜刮掠夺。你们琢磨琢磨是不是这个道理。都安心听讲吧。"

国镇住了课堂,转到后头坐下,听见还有个别女生在黑影里吃吃笑着和男生打闹。国朝黑影使劲找,看见一个身穿新洋布棉袄、小鼻子小眼、个儿不高的女生。国想,个儿不高可不往前坐?

老有爹一字一句地念《新民主主义论》,当念到"反共声浪忽又甚嚣尘上"时,课堂一下又乱了,人们忍不住互相打问什么叫"甚嚣尘上"。国从后面站起来说:"什么是甚嚣尘上,你们这就是甚嚣尘上。知道了吧?"

学生们听懂了,不再甚嚣尘上。

每天下课前学唱歌。老有爹参照"渔翁乐"、"苏武牧羊"

的曲牌填了几首有抗日内容的歌词教唱,国说不如找两首本地瞎子歌曲的牌子唱起来上口,还说县里刚发下来一首,就是"卖饺子"的调。他取代老有爹站起来亲自教:

棉花子,
两头尖,城里的公事往外传。
乡下宣传的新民会,
呀儿哟,
强迫咱老百姓多种棉一个呀儿哟。

棉花子,
土里生,
……

小臭子

小臭子和乔都在夜校里。

放学时,小臭子站在院里等乔。乔走出屋对小臭子说:"你先走吧,老范找我还有点事哩。"小臭子说:"什么事还不能公开?"乔说:"你就先走吧,不用管了。"小臭子和人们推打着走出院门。

乔返回屋,屋里就国和老有爹,他们夹坐在课桌中间。乔也坐下，说："一上课就像乱了营似的，生是让个别人给闹的。"国说："黑影里有个穿花洋布袄的闺女叫什么？"乔说："你说的准是小臭子。"国说："她就是？光听说这仨字就是对不上号。她没有大名？"乔说："上学登记时上了个大名叫贾凤珍，就是没人叫。"国说："你们妇救会应该带头叫大名。总不能光叫小臭子，十七大八的。"乔说："妇救会起头也不一定能叫起来，一叫她大名她先笑个没完。"老有爹插话说："都是根里不行，少知无识的。"国有些疑问，说："她的家庭情况呢？"乔说："他爹倒是老实人，平时不言不语。"老有爹接上说："摆杂货摊，卖花椒、茴香、榆皮面儿。"国又问："她娘呢？"乔和老有爹都不说话，国说："莫非还有点问题？"乔连忙说："让臣大哥说吧。"老有爹叫臣，在村里有叫他臣大伯的，有叫他臣大哥的。老有爹说："问题也不大，都是当闺女时候的事。"国懂了，不再问。乔说："她比她娘可疯。别看小臭子平时爱和我一块堆儿，我也不赞成她那样儿。现时村里对她的风言风语更多了，要不咱夜校别要她了，省得一块肉坏满锅汤。我去递说她，叫她别来了，她也能考虑通。"国想想，制止说："也不必。能团结的还得团结，对小臭子的风言风语也要注意，心中有数就是了。形势也许很快就要残酷起来，敌人要开始扫荡，日本人要实行'三光'政策。"

　　国谈了形势，又谈了夜校和妇救会的任务。乔是新选的妇救会长。

村里对小臭子的风言风语都有根据，现时她正和一个叫秋贵的人靠着。先前秋贵家开着摸牌场，招一群娘儿们。秋贵也和娘儿们坐在炕上摸牌，一摸半宿。秋贵媳妇缺魂儿，一辈子不会认牌，就给摸牌的人烧水买包子。秋贵是小臭子的邻居。小臭子看秋贵家半夜还常亮着灯，忍不住就蹬着梯子爬上秋贵家房顶，再从椿树上出溜到秋贵家学起了摸牌。她兜里没钱，就到秋贵褥边底下拿。秋贵看见假装没看见。自此秋贵和小臭子就靠上了。遇到秋贵那个缺魂的媳妇不在家，小臭子就翻房过来找秋贵。两人尽兴时秋贵出言不恭地问小臭子："臭子，整天从椿树上往下出溜也不怕蹭破了你那裤裆。"小臭子就扭秋贵，手碰到哪儿扭哪儿，一边扭一边骂："真不成款，得杀你！你给拉条新的去，还不进城给拉新布。"秋贵蹬达着腿说："好啦别扭啦，疼着哩。赶明儿进城给你拉几尺哔叽还不行？"小臭子说："谁没见过哔叽。"秋贵说："拉织贡呢吧。"小臭子说："也算好的？"秋贵说："那拉什么样的？"小臭子说："拉毛布，要葱绿的。"秋贵说："行。"小臭子松开手。秋贵便赶紧说："也得杀你。你知道穿上那物件怎么走道儿？"小臭子又扭住秋贵说："就你知道，就你知道。"

秋贵进城给小臭子拉来了毛布，再买块新手绢包住，看个空儿递给小臭子。小臭子掂着分量，心想，这不是块裤料，比裤料长。她准备做件毛布大裈。她看见城里的日本娘儿们都穿毛布大裈，警备队上的太太们也穿。毛布是日本布。

这一年秋贵家不再开牌场，秋贵经常进城不回来。小臭子没抓挠才找乔报名上了夜校。她不愿意听老有爹讲"国旗"，讲"曾参之子泣"，她愿意听反封建，愿意听妇女解放。老有爹说，妇女们大门不出二门不迈，看见男人就脸红就低头，整天围着锅台转，讲三从四德，这都是封建，封建就是主张把妇女先封住。小臭子兴奋，她听着讲光想站起来，心想，你们都快听听吧，我从来都是反封建的。

小臭子跟秋贵要毛布，也受着抗日的吸引。晚上，当抗日干部开始活动时，小臭子也尽量效法抗日干部那样打扮自己。有一阵子抗日干部不论男女都披件紫花大袄，小臭子也披件紫花大袄，胳膊在袄里裹着走路，大襟拖落着地。孩子们跟着小臭子起哄，喊："八路过来喽，八路过来喽！"小臭子不理，只往前走。有一次秋贵回家，小臭子披着紫花大袄去找秋贵。秋贵说："先脱了你那大袄，穷酸相儿。快投奔八路去吧，八路就要你这模样的。"小臭子自知此时的穿着有误，把大袄一扔扔到迎门椅子上，才敢上炕。

秋贵在炕上靠着被摞问小臭子："臭子，我问你，你还去上夜校？"小臭子说："你成年价没踪影儿，没个抓挠。那儿人多，怎么也是个抓挠。"秋贵问："那个姓范的还常来不？"小臭子说："不常来了。"秋贵又问："乔还跟你好呗？"小臭子说："好。"秋贵想了想说："他们说话不瞒着你？"小臭子说："也不能什么事都递说我，人家是会长。"

秋贵说:"还是耶。"

小臭子和秋贵说着话,看见有块红绸子从秋贵腰里嘟噜出来,上手就拽。一拽拽不动,顺藤摸瓜摸到一个枪把儿,抓住枪把儿又拽枪。秋贵打了一下她的手说:"哎哎,怎么什么物件都上手拽,这也是你拽的?"小臭子说:"还没见过哩,村里人都说你腰里掖着盒子炮。"秋贵问:"都这么说?"小臭子说:"反正有人说过。"秋贵说:"我掖枪他们怎么知道?"小臭子说:"人,精猴一样。再说,你那红绸子整天在屁股后头扑甩扑甩的,还能瞒过一村子人的眼?"秋贵说:"看见就看见吧,早晚也瞒不住,再说日本人占在这儿也不是一天两天的事,让人们知道知道我也好。"

小臭子跟秋贵说了一阵子话,抽了秋贵两根烟,就从炕上下来披大袄。秋贵说:"又去上你那夜校?"小臭子说:"还点名哩,我叫贾凤珍。"秋贵说:"我说贾凤珍,我整天也不回个家,你就这么着走?"小臭子把紫花大袄披上肩,拿眼角扫着秋贵说:"你媳妇哩?"秋贵说:"给她娘上坟去了,后天寒食哩,从城里过才叫我回家看门。也得走两三天。"小臭子说:"那乔要是点名点到我呢?"秋贵说:"什么正经学校,我上二高那会儿说不去还净不去哩。你卖给夜校啦?再者说,你们那夜校也不知还能办几天。"

小臭子一听秋贵的话碍着了夜校,就赶紧问秋贵:"夜校不办了?可范同志给俺们作报告说,目前是持久战,夜校也要持久。"秋贵说:"你人儿不大中毒还不浅,也给我讲起了持久。咱俩持久持久吧,你还不进来。"

原来小臭子和秋贵说话时,秋贵早在炕上斜码着身子铺下了被窝,把带绸子的盒子炮压在炕头底下。小臭子又把大袄扔回椅子上,也不脱鞋就先迈上炕。秋贵就去摸索她的棉袄扣儿。

小臭子假到秋贵一边,坐着枕头吹灭灯,从枕头上出溜下来。小臭子的嘴拱着秋贵的被头,闻到一股新洋布味儿,就说:"被窝倒不赖,新里儿新面儿,没见你盖过。新做的?"秋贵说:"可不新做的?要不是和你谁舍得盖?"小臭子隔着新被里又抓了抓絮花,絮花也很绵软,心想,是洋花,也舍得絮被窝,到底不一般,怨不得他媳妇站在当街顾头不顾尾地喊:"看这日子,吃什么有什么,花钱儿有钱儿。"

后半夜,街上有闺女们在走,闺女们在笑。小臭子想,放学了,她们正往家走哪,乔也不知回家了没有。她推推秋贵,秋贵脊梁冲着她正睡,她就觉着个人像丢失了点什么,心里空得慌,窗户上有月光,她扒头看看他们盖的被窝,才看清了这花洋布被面的颜色和花样,也看清了被窝旁边正堆着她一小堆棉裤棉袄。心想准都给我压皱巴了,刚才也忘了放到远处。

小臭子坐起来够过棉袄想穿,秋贵嘟囔着说:"你过去呀?"小臭子说:"嗯。"秋贵说:"往后也许我回来的就更少了。"小臭子说:"怎么啦?"秋贵说:"让我去代安哩。"小臭子说:"四五十里地,去那儿干什么?你不在新民会了?"秋贵说："这你就别问了。还有，你甭去上夜校了，长不了啦！"小臭子没答理他，穿好衣服开门去爬椿树。

乔

秋贵去了代安，代安临着封锁沟，是日本人的一个大据点，住着日本人也住着警备队。秋贵当了警备队，在代安当班长。

敌人开始扫荡，环境果真变得残酷了。封锁沟隔断了八路军的活动，警备队死守着据点。老百姓要过沟都得受盘查。

国由区青联抗调到县敌工部。

百舍的夜校应了秋贵的言，散了。老有爹沾抗日，开始东躲西藏。乔要脱产，代替国去青联抗。晚上国找乔告别。

国说："通过这个时期的接触，我们逐渐熟悉了。区里让我推荐脱产干部，我推荐了你。青联抗的工作你也不陌生，抗日离不开这个部门，它直接联系着各界群众。临走我只嘱咐你两句话：注意团结，提高警惕。人本来就难理解，环境一残酷，人的脾气秉性更不好摸；常言说老百姓老百姓，百人百姓百脾气。"乔说："我努力吧。你一走反正心里是没了主心骨。"国说："我相信你的工作能力，在夜校又识了不少字，抗日觉悟也有所提高，还懂了政策。"乔说："要说也是，多亏了你和臣大哥。臣大哥对抗日还是有认识的。"国说："是主要的团结对象。"

乔把国送出村，又送过一个壕坑，还往前走。国停住脚步说:"回去吧。越送越远,四周也没个青纱帐遮掩。"乔说:"我想再听你说几句话,光想听你说话。"乔背着国,低着头,用脚揉搓路边的茅草。霜后的茅草黄了,挂着霜。国也用脚揉搓茅草,说:"一时我也不愿离开百舍。"

月亮正南,国和乔的影子都很短,铺在一条黄土小道上。月光下黄土小道显得很明亮,人影挺黑。乔也不看国,说:"老范,我想问你一句话,你离开百舍还想百舍不想?"国说:"你怎么专捡不该问的话问。你说呢?"乔把齐肩的黑发往脑后一摇,才朝国歪过头说:"谁知道。你不是说百人百姓百脾气。谁知你是什么脾气秉性?"国说:"这句话并不适用于自己的同志和战友。"乔说:"我是你的战友?"国说:"那是。"乔说:"我听的就是这句话。你走吧。"国说:"天明我还得走到代安附近,一两天过沟,县委会和敌工部要过沟到分区开会。握握手吧。"

国向乔伸出了手,乔也向国伸出了手。乔已经学会了握手。

国转身不走大道,蹚着一块干花柴地向远处走去。哪知走了几步乔又喊住他。乔跑了上来。

国听见有人蹚花柴,停下来,扭头又看见乔站在跟前。国说:"怎么又跑过来,莫非还有事?"乔说:"还有件事,也不重要。"国说:"就说吧,别吞吐了。"乔说:"我想动员你一样东西。"国看看自己身上说:"你说吧。"乔说:"不是钢笔就是皮带,看你舍得舍不得吧。"国迟疑了一下,说:"那就送

111

给你一条皮带吧。"乔说:"皮带也行。我还以为你准得送我钢笔呢,谁承想你舍不得。"国说:"也不是舍不得,这杆钢笔我正用。"国把别在口袋上的钢笔摘下来放进文件包。乔说:"逗逗你,看把你吓的。"国说:"也不是吓的,是怕丢在路上。现在分别吧。"乔说:"你还没见过我系上皮带什么样呢,就走?"国说:"我倒真想看看。"

乔把国送给她的半新皮带系在黑棉袄上,立上畦背把胳膊一抿对国说:"看吧。"

国面前的乔是一个崭新的乔,皮带把乔系得很英气。月光下国才像第一次看清了乔的身材、乔的眉眼,心想战争中人总是忽略人自己。好看。他想。

国再次和乔握了手,乔再次把手伸给国。国握着乔的手看乔,乔的鼻子尖上有汗,鼻孔一翕一翕。

乔系上皮带往百舍走,觉得离抗日更近了。她不知是因为贴身系上了国的皮带,还是她就要脱产。也许两方面都有。她想,要是只脱产没有皮带,一时间和老百姓也没什么区别,并不属于国说的自己的同志、战友;要是只有条皮带系着不脱产,也有点张致,就像小臭子,非得披个紫花大袄让孩子喊她女八路,可她本是个老百姓。

乔系上皮带脱产,还想去见见老有爹。现在她像抗日干部进村一样,专绕着村外走,走到老有家门口轻轻敲门。老有给她开门,乔问老有:"臣大哥在家呗?"老有说:"在哩,在屋里看

《聊斋》哩。"

乔进了屋,看见灯下的老有爹和《聊斋》。这两年老有爹光说眼不好也配不上镜子,灯离他的书很近。

乔说:"臣大哥,这么晚还看书,灯也不明。"

老有爹说:"没事,抓本闲书看。进步的书籍都坚壁了,人不能一下闲起来,要闲出病来。"

乔说:"除非臣大哥,现在的形势谁还有心思看闲书。"

老有爹说:"其实闲书并不闲。世间哪有闲着的知识。看来是消遣,总比光坐着发愁强。"

乔说:"臣大哥说得对。我就要走了,这两年多亏了臣大哥,让我懂了多少事。"

老有爹说:"也在自个人。上着夜校也有不走正道的,还少呀。"

乔说:"什么时候也断不了,任你青联抗、妇救会也管不住。"

老有爹说:"乔,说说你吧,你哪天走?"

乔说:"走不走,我还是围着百舍转,多会儿也离不开臣大哥帮助。形势一转,我看还得把夜校办起来。下面还有小一伐的呢。"

老有爹说:"我想得远。办夜校总是个权宜之计,抗日终有一天会胜利,到那时候就不再是办座夜校的问题。国计民生,国计民生,终究离不开教育。"

乔说:"还是臣大哥说得透彻。"

乔跟老有爹说话,老有只在旁边听,不插嘴。老有没上夜校,他自修的文化不必再上夜校。他能看懂《纲鉴易知录》,有时乔认不下来的字也找老有。但老有大了不愿再找乔。现在老有听说乔要脱产,心里也自有些舍不得,就想从家里找一样东西送给乔。老有在灯下左看右看,一眼看见了他爹放在条几上的自来水笔,心想,这倒是个稀罕儿,干部们都四处动员这物件。老有看看笔又看看乔,心里怦怦跳,知道这也是爹的心爱。老有心跳一阵,话还是脱口而出:"爹,乔姑要走了,不送给乔姑一样东西哟?"老有爹说:"就看乔缺什么了。"老有说:"准缺杆钢笔。"乔不说话,心里一阵酸楚。心想老有怎么知道我的心思?刚才我还想动员老范的哪,可万万想不到动员臣大哥的。

老有一提条几上的钢笔,倒提醒了他爹。这虽是件稀罕儿,但也是抗日干部们的朝思暮想。他眼前又是乔。老有爹攥住那钢笔说:"这物件我虽心爱,给了你吧。是对你脱产的支持,也是我对抗日的贡献。它也来之不易,班得森送我的,美国派克。"

乔接过自来水笔说:"万万也想不到。叫我给它勾个笔套吧。"

小臭子

日本一个小队、警备队一个中队来了百舍,没搜出八路,烧了夜校，拉走了不少花。他们把花装上车，让百舍人套上牲口送，送到城里连牲口带人一齐扣住，再让百舍人拿花回人回牲口。

乔和老有爹都提前转移到外村。

国一行人没能过去沟。他们沿着横在眼前的这条两房多深的大沟转悠了几天寻不到机会。领导见硬过不行，商量出新的方案，派国回百舍找乔。

乔不在百舍，国就插野地一个村子一个村子地找，才找到。乔正在一个村里给民兵们讲形势，国让人把乔叫过来。乔看见突如其来的国说："怎么这么稀罕，刚走就转回来啦？"国说："会没开成，过不去沟。没想到形势紧张起来，给行动添了这么多困难。"乔说："是不是不过啦？你还是回来好。你看我，顾了这村顾不了那村。"国说："你说得天真。过还得过，上级派我回来就是找你商量这件事哩。"乔说："找谁商量？"国说："找的就是你。"乔说："我还能有什么锦囊妙计？又没经过什么事。"国说："不是说你有什么锦囊妙计。找到你，咱俩还得去找贾凤珍。"乔说："小臭子有什么用？"国说："也别小看谁。上级认为小臭子完成这件事最合适。"乔说："你怎么越说越糊涂。"国说："也不必糊涂。我只提醒你一个线索你就明白了。你忘了，你们村秋贵在代安据点上。"乔愣了一会儿问国："莫非让小臭子找秋贵？"国说："就是这个计划。"乔想想，又说："我不相信这种人还能为抗日尽什么心，都死心塌地哩。"国说:"也要看我们的本事,也是对我们的考验。再说我们也分析过秋贵这个人,只是生性浪荡,这几年对百舍也没形成危害。他去代安也是为躲开家门口,兔子不吃窝边草。再说他媳妇还在百舍,做事也不会太过分。让小臭子去找他,他又是班长,找俩兄弟见机行事给放一下吊桥,不是没有可能。再说后头还有我。"乔说:"你也去,上代安据点?"国说:"也不足为奇,这也是搞敌工的本职工作。现在要紧的是说服小臭子。"乔没再说话,和国连夜赶回百舍。

当晚乔敲开小臭子家的门,把小臭子叫到乔家。国正在炕沿坐着,脸上很严肃,看到小臭子也不像平时在夜校那样热情,只拿眼把小臭子上下打量了一遍。之后,乔也不知说什么。小臭子一看眼前的阵势,知道不一般,心里便扑腾扑腾乱跳起来,心想我这是犯了什么案,像审人一样。莫非有人说了秋贵送我毛布的事?也怪我,做大褂不偷偷地缝,还非到城里成衣局扎不可。扎完又在百舍可世界找绦子边儿沿大襟,这就是暴露了目标。小臭子想到这儿,忍不住就先说了那块毛布的事,说:"那块毛布也不是我张嘴要的,是他许的。"国和乔互相看看,还是不说话。小臭子就说:"不论要的吧,许的吧,反正穿在了我身上。人家别人怎么不穿?这不是,他也走了,和他的事我都坦白了吧,也没当着外人。都怪他家的后山墙靠着俺家的院子。"

小臭子开头就说她和秋贵的事,倒给国做小臭子的工作辟了捷径。国这才显出点和颜悦色,刷子眉一挑一挑地想笑。国说:

"贾凤珍。"小臭子一瞪睁。这次她没笑,可不知国平白无故叫她贾凤珍干什么,莫非动员她也脱产?国又说:"你做了一件毛布大裇?"小臭子说:"嗯。"国说:"什么色儿的?"小臭子说:"葱绿的。"国说:"沿着什么边儿?"小臭子说:"藕荷绦子边儿,绦子上还有小碎点儿。"国又问:"你有皮底鞋没有?"小臭子看看国又看看乔说:"有一双,充服呢面的。"国说:"赶明天都穿上,头上再使点油,别俩化学卡子。"小臭子说:"这是干什么?"国说:"待会儿我走了让乔递说你,你们再具体谈谈。"

国先走了,住在东头一个堡垒户家里。当晚小臭子没走,住在乔家。乔在那领老炕席上展开俩被窝,和小臭子对脸说话。乔说:"有时候我还想起咱俩小时候的事。"小臭子说:"你也长,我也长,看你长的,看我长的。就像早有鬼神给定规下的,你说是不是主定规的?莫非真有魔鬼牵着我往地狱里走?"乔说:"看你说的,可别这么说。眼下我脱产了是抗日的需要,也不是谁给定规的。谁信过主?你没脱产也不一定是废人。不过你也不能光由着个人的性子做事,由着个人的性子做事收都收不住。你看你跟秋贵的事,就不能说恰当。秋贵是什么人?你要过人家的毛布?"小臭子说:"他说给我块哗叽,我说给哗叽就不如给毛布。谁稀罕哗叽,比洋布也强不了多少。谁愿意净挨他糊弄。"乔说:"还觉着你占了多大的便宜一样。"小臭子说:"反正毛布比哗叽强。"乔说:"你还说。"小臭子不再说,便咕哝着裹被子。她把自己裹严,只把一张小脸对着乔。乔想:不应该光跟小臭子说这种没原则的话,是该给她布置任务的时候了。

乔给小臭子布置任务。开始小臭子推托着不干,说她害怕,说没见过这场面,明火执仗的,要是有人认出她和国来,人家还不把她崩了。乔说:"也不必那么害怕,代安离百舍远,没人认识她。国虽是本地人,可从小跟他爹在外头开花坊,后来又去保定上学。再说,一切都要看她和秋贵的联系。秋贵也不敢不保护他俩,常言说好狗护三邻,好汉护三村。都是麻秸秆儿打狼两头害怕。他人在代安,家属还在百舍。"

小臭子接受了乔的布置,睁了一夜的眼。

第二天一早从百舍走出了小臭子和国。小臭子穿着葱绿毛布大褂。黑充服呢面的皮底鞋,用生发油把头发抿光,找俩粉红化学卡子把两边卡住,脸上施些脂粉,再把一块白纱手绢掖进袖筒。这毛布大褂细袖管,卡腰,下摆紧包着腿,把小臭子的体形卡巴得都哪儿是哪儿。先前小臭子只是试过,没正经穿过。现在穿上,一时还真有点迈不开腿。她在国后头走。

国在前头推辆半新不旧的"富士"二六自行车,上身穿前短后长、圆下摆的西式衬衣,把下摆掖进裤腰里。这裤子也不抿腰,是卷裤脚的西服裤,用条弓弦编的腰带系住,像是从大城市来的一个文职。

小臭子和国走了十里才走上直通代安的汽车道。国看小臭子走得吃力，就说："来，坐在大梁上吧，我驮着你。"二六车子不高，小臭子把身子一欠便坐上大梁。国骗上腿骑起来。

小臭子没被人驮过，后面又是正经八路，她在车上扭着身子直较劲。国说："你完全可以放松一点儿，不必太较劲。现在我既是你舅舅，你既是我外甥女，咱就得有这个架势。要是赶到据点上你还缓不过来，就得让敌人看出破绽。"

小臭子随和起来，手扶着车把不再较劲。她问国："赶到跟秋贵说成了，咱俩哩？是去沟那边儿，还是回沟这边儿？"国说："当然要先过沟那边儿。不是说好你跟你舅舅过沟回老家，咱就得先过去。待到半夜里，秋贵让人放下吊桥，你再就势回沟这边儿。"小臭子说："我个人回家？深更半夜里。"国说："你过了沟走五里下汽车道，那有个村子，东口杨树上有俩老鸹窝。你进村找武委会一个姓高的，宿一宿再走，我们早做了布置。天明换下你这身衣裳再回百舍，这身衣裳扎眼，路上容易出事，汽车道上人杂。"

小臭子在前头一叠声地答应，脂粉气不住向后飘。

正午，小臭子和国赶到代安据点。炮楼顶上站岗的打老远就问："干什么的？还不站住！"小臭子和国站住。小臭子冲那站岗的喊："俺找秋贵。"站岗的说："秋贵是你什么人？"小臭子说："是俺邻家，叔伯哥。"站岗的不再喊。小臭子和国走到吊桥边，又一个站岗的撂下吊桥。

秋贵一听有人找他，早从炮楼里迎了出来，站在吊桥那头往这头儿看。这头站着小臭子,是邻居,叫他叔伯哥也可以,怎么后头还有一个人?秋贵还没闹清吊桥这头儿的事,人已迎到生人跟前。国一看秋贵和站岗的拉开了距离,便抢先说:"我姓范,知道你净打听我。现在我是小臭子她舅,从石门来,找你有事。快领我们上楼。"秋贵还没顾得说什么,小臭子又喊:"渴杀人!快叫俺们上去喝口水再走吧。"国也跟着说:"还不领我们上去?"

乔

在代安据点上,国说服了秋贵,便和小臭子装着探亲先过了沟。

当晚秋贵当班,又串通他班上一个弟兄放下吊桥,开会的人也过了沟。国在沟那厢把人迎过来,就势又把小臭子送过沟。小臭子走五里果真看见了两个老鸹窝。

后来,抗日的人来往过沟又让小臭子找过秋贵,有赶上花白的时候,有赶上花放铃的时候。

小臭子找了几次秋贵,觉着为抗日做了贡献,有了资本,就去找乔,说她想脱产。乔请示了区里,区领导说不行,一来是她脱产对抗日阵营的威信有影响,二来她就这么着对抗日倒有用。乔只把后一句话告诉小臭子,保留了前一句。小臭子不知道前一句,乔和国给她任务她从不推托。她去代安、进城去警备队都不憋。她摸到了敌人的动向,就把消息带回来。百姓们害怕扫荡,没头苍蝇似的瞎跑,小臭子碰见就说:"还不会来,十天之内日本不来百舍。"果然十天之内日本人净隔过百舍走。人们大多不再嫌小臭子的毛布大褂不顺眼,他们找乔分析形势,也找小臭子分析形势。小臭子说:"回家等着吧。等着我一声令下,你们再跑也不迟。"

百姓们等着小臭子下令。小臭子说,快跑吧,别愣着了。百姓们前脚躲进青纱帐,日本人后脚就进了百舍。敌人来抓干部,抢花,几次扑空。

代安据点向城里报告说,有个穿葱绿毛布大褂、个儿不高的女人净找秋贵。把守城门的也报告说有个穿葱绿毛布大褂、个儿不高的女人净进城。日本宪兵队问警备队,警备队了解到这女人进城找的是大队上一个副官。有一次这女人又来警备队找这副官,却碰见一个日本人和一个翻译。他们把这女人问了个底朝天,也翻了个底朝天,却又叫人端来槽子糕和日本汽水给她吃喝。吃完喝完,那个翻译对她说:"你既是露了馅儿,就该给日本人做点事。不立功赎你的罪,日本人当场就崩了你。"他们知道了这女人叫小臭子。小臭子一听身上发毛,上牙磕起了下牙,心想,怪不得我早就想过日本人要崩我,正是应了言。可不能挨枪崩,小小不言给他们点好处也不算过分,莫非我对抗日立的功劳还小?她吃了眼前的槽子糕,喝了眼前的汽水,她看见汽水瓶上贴着个红日头。那汽水有点辣有点甜有点咸,直蛰舌头。可她觉着味儿新鲜……

敌人又来了一趟百舍,没扑空,抓走了区里粮秣助理和村武委会主任,还抢走了一部分花——百姓们听了小臭子的话,说最近敌人不来,产生了麻痹,忘了躲藏,忘了坚壁。

敌人走了,晚上乔回到百舍,在一个堡垒户家里住。小臭子知道乔回了村,就去找乔。乔说:"我也正要找你。这次敌人可来得蹊跷,事先也没有一点情报。损失点花倒没什么,抓走两个同志实在叫人心疼。"

小臭子说:"谁说不是,那头儿生是没有一星点儿风吹草动。咱不知为什么。"

乔说:"上回你进城,去过警备队?"

小臭子说:"去过,那些个不要脸的还请我吃槽子糕喝汽水,蜇得我舌头生疼,就是什么正经事也不说,一个个都像封住了嘴。"

乔说:"你什么也没听出来?"

小臭子说:"吐一个字我也能猜出个八九,生是一个字也不吐露,我还问他们哩。"

乔说:"也不能愣头愣脑地张口就问敌人的行动。"

小臭子说:"我净绕着问,先前就是。"

乔说:"这就是了。"

小臭子说:"这次见面还给我任务不给?"

乔沉吟片刻,说:"眼下倒没什么具体任务需要你跑。你先回去吧,有事我再找你。"

小臭子说:"看这世道,进了村生是连自个儿的家都不敢回了,也不能多跟你说会子话。"

乔说:"环境残酷虽是暂时的,可也得作长期准备,说不定再过几天连村子也不能进了。越残酷,蹊跷事也就越多。对抗日群众不能乱怀疑,可汉奸也出在抗日群儿里。"

小臭子说:"谁说不是。"

小臭子走时,乔不让小臭子走街门,让她跳后墙,绕道村外回家。乔把小臭子送过墙。

一连个把月乔没回村,一连个把月小臭子没出村。当块儿的找小臭子问情况,小臭子就和人搭讪:"没看见我整天坐在家里纳底子?想知道城里的事,个人怎么不找警备队问去,要不就直接找日本人问。"

秋贵回来了,插上门对他媳妇说:"今天你回趟娘家吧,我要叫小臭子过来。我给你明侃了吧,这是公事,你也不用吃醋。"他媳妇没言声儿,只跟秋贵要了几张准备票。

晚上秋贵跳房过来敲小臭子的窗户,小臭子开了门说:"我还当是乔呢,是你。是哪阵风又把你吹回来?"

秋贵说:"你就知道乔,怎么还不让你脱产?你过来吧,我那厢严实,说话方便。"

秋贵在前小臭子在后,翻到秋贵家。

秋贵不敢点灯,插上门让小臭子上炕,小臭子只在迎门桌前坐着不动。秋贵在炕上说:"怎么叫过来不过来,生分了?"小臭子说:"我这心里太乱,乱杀个人。"秋贵说:"乱什么,不比我在炮楼上强。在炮楼上你一趟一趟地找我跑事,我这心里也不清静。让八路军也占了不少便宜。"

小臭子不说话。

秋贵说:"你怎么不说话?"

小臭子说:"也指不定谁占谁的便宜。我也说不清。你没听说前些日子百舍出的事?"

秋贵说:"还能听不见?不就是抓了他们俩人。"

小臭子说:"算了,不说它了。"

秋贵走到迎门桌前把小臭子拦腰一抱,抱上炕。

秋贵说:"我换防了,又回城里警备队。"

小臭子说:"不兴不回来?"

秋贵说:"军令如山倒。哎,你为什么不愿让我回来?"

小臭子说:"怕。"

小臭子听见秋贵也躺在炕上叹气,就想:为什么不仁不义光扫人家的兴,也是常年不回来,难得见一面。

小臭子和秋贵去亲热。只在鸡叫三遍时,秋贵又说:"我不能等天亮走,临走前我还得对你说几句正经话。我不是换防,是单独从代安调回来的。你净去代安,日本人知道了我跟你靠着,让我单独给你布置事。这倒遮人耳目,不让你乱跟别人联系了。上回队上来百舍抓人的事我也知道,连日本弘部都说你的情报准。"

小臭子一听秋贵是为了这件事回来的,一头扎在了秋贵怀里说:"我的天,可别让我干这事了,饶了我吧。"

秋贵说:"也值不当吓成这样,拿出上代安炮楼找我的劲儿来不就是了。"

小臭子说:"我不,我舍不得乔。"

秋贵说:"要不是你先提起了乔,这头一件事我也说不出口,乡里乡亲的,可上边让我跟你交代的就是她。"

鸡又叫了一遍,秋贵扣上街门捏上锁子走了。

秋贵一走,小臭子又躲在家里一躲好些天。当块儿的人都说小臭子躲在家里不出来是害脏病,走不了道儿。

秋贵在城里也给小臭子顶着,有眉有眼地说小臭子害脏病,还专当着人给小臭子买治那病的药。谁知后来日本人又做了调查,知道小臭子是装病,就要下秋贵的枪,赶秋贵去当伙夫。秋贵顶不住了又找小臭子,告诉小臭子装是装不下去了,再装俩人的小命都难保。

不久乔回了一次村,躲在村南一个窝棚里。小臭子给乔送了一趟烧山药,送完山药又进了一趟城。

晚上,一个霜天,月明星稀。有黑压压的一片人毛着腰朝窝棚压过来,用刺刀挑开沉甸甸的草苫儿,绑走了乔。在黑压压的人群里,有日本人也有警备队,秋贵领的路。

这天夜里小臭子睡觉捂着头,捂得严严实实。她不敢闭眼,一闭眼就梦见地狱里油锅炸人的情景。她想那就是淫乱的过。长大她没有再听过这两个字,现在却又想起来:淫乱,啊,淫乱。她想。

乔没有被绑到城里,他们把她绑到一个坍了的枯井里。那井老辈子坍了,是个一房深的大坑,属百舍。警备队在井外站岗,站成一圈儿;日本人下井审问。其实那不是审问,一切无须审问,日本人需要游戏。

有人给乔松开绑,那解放了的乔的手劈手就从衣襟上摘下那杆钢笔死死攥住。有人解下乔的皮带,又有人扒乔的衣裳……

也许连日本人都没想过现在为什么要游戏,然而谁都觉出现在要的就是游戏。于是,人们争先恐后排队,他们贴着枯井壁站成一圈儿,一个象征轮番的圈儿;他们拍打着自己的光腔往前挤,有人扑下去,有人站起来……

这身子底下是俺家的旧炕席吧。乔想。

这身子旁边是笨花垒的那"院墙"吧。乔想。

快蹬住上马石往墙里跳,跳呀。乔想。

你看我躺成这样儿还不懂,连猫狗都知道的事。乔想。

你那儿为什么多一块儿,我那儿为什么少一块儿?乔想。

有人听见乔叫了一声"老有"。

乔只见过老有,乔和老有都没长大过。

又是村里鸡叫三遍的时刻。

井外的岗撤了,井下的人散了。

太阳很晚才晒化花柴上的霜。太阳晒不到枯井里，枯井里的霜化得慢。百舍人围住枯井看，眼花了，觉着乔身边的霜是花。有人眼不花，看见流在外面的肠子，心想这是让人用刺刀从裆里挑开的。有人看见乔胸脯上一边一个碗大的血坑，露着肋条，心想这是刺刀旋的。

乔死攥着手，手里有杆钢笔，谁都看见了。

小臭子和国

抗日一次次遭受损失，人们急了。民兵们见洋人就打，见骑自行车的就打。班得森在汽车道上被打了伏击，他骑自行车从邻县布道回来。

班得森死了，他的车子成了民兵们的战利品。他身上背的口袋没人要，口袋里只有一本《新约全书》和一把"金句"。

老有爹装扮成开药铺的先生进城办货，参加班得森的追悼会。班得森埋在自己种的菜园里，有块膝盖高的石碑，上面横刻着：

班得森　瑞典传教士
1897—1942

小臭子真病了，整天对着她娘米子喊头晕。米子不到五十就弯了腰，身上干枯得像柴禾。她给小臭子拌疙瘩汤吃，放上香油葱花。小臭子不吃，说不能闻葱花味儿。秋贵不敢回村，就托人给小臭子捎挂面馓子[1]。

小臭子在家将养俩仨月，好了。脸捂得比过去白，又显出一身新鲜。她不愿再想过去的事，小时候的事，长大了的事。好事坏事她都不愿再想，她一心想嫁个人，嫁远点，最好是沟那边，今生今世也不再回百舍。没有人来说亲，小臭子就盼。

有一天国来了。小臭子有多少日子不见国了，她也不知道，好像是上辈子认识过的人。可这是国，她熟。他装过她舅，她装过他外甥女。

这是个下午。下午，敌人少活动，一般是回城的时候。

国穿一身白纺绸裤褂。国什么衣服都穿，他还在敌工部。

小臭子一见国，不知怎么好，又找烟，又让她娘米子烧水。国说："我抽根烟吧，不用烧水了，烟囱一冒烟有目标。"国接过小臭子递给他的烟，自己挑开锡纸，闻见一股霉味儿。心想这烟潮了，隔了夏天，没人抽过。他还是拿出一棵，光在桌子上磕，不点。小臭子也不留意。

小臭子病了几个月，就几个月没抽烟。国磕了一会儿烟对小臭子说："贾凤珍同志，上级让我来看看你。听说你闹了一阵子病？"

小臭子坐在炕沿，把两只巴掌夹在膝盖缝里揉搓。国坐在迎

---

[1] 馓子：一种油炸面食。

门椅子上。

国又说:"这一阵子见好?"

小臭子说:"好了,利索了。"

国左看看右看看,眼睛绕着屋子看,看见炕上堆着小臭子该洗的衣服,衣服里也有那件毛布大褂,这毛布不洗不熨也不起褶。国看见那大褂上的绦子边儿,想起小臭子对那绦子边儿的形容:上面有碎点儿。国想:先前没留意过,真有碎点儿,是一排十字形小花,黑的。国把眼光停在小臭子身上,小臭子的两个膝盖还夹着两只巴掌。三伏天,小臭子穿着斜大襟短袖布衫,手腕子以上圆滚滚的。

国收住眼光说:"有点事。"

小臭子一愣说:"什么事,莫非还是从前那事儿?"

国说:"也可以这么说。"

小臭子把手从膝盖里抽出来摁住炕沿说:"这些日子我净想别的。"

国笑了笑,说:"怎么,动摇了?"

小臭子说:"也不是动摇,我娘净给我提寻人的事,说我都二十出头儿了。"

国说:"噢,是这么回事。这倒不能阻拦,可也得兼顾呀。"

小臭子说:"你是说不能忘了抗日?"

国说:"你看,一捅就破。"

小臭子说:"我当是闹了阵子病,八路早把我给忘了,敢情还记着哪。"

国说："看你说的，还能把你忘了？"

小臭子说："你给我布置吧。"

国说："这次的事不同往常，我一个人怕说不十分准确，你跟我走一趟吧。"

小臭子说："莫非去见区长？"

国说："去县敌工部。"

小臭子说："就走？"

国说："就走，天黑得赶到。还有二十里地哩。"

国把没点的烟又插进烟盒，用手推开。小臭子扒着衣裳堆找替换的衣裳。

国说："也不用换衣裳了，穿这一身出门就挺合适，天这么热。"

小臭子说："老百姓都不时兴穿短袖的。"

国说："不碍。"

小臭子思忖片刻说："好吧。"她只拿扫炕笤帚把浑身上下扫了个遍，才进屋对她娘米子说，她跟国出去有事，今天不回来也不必着急。有人问，就说上外村染布去了。

小臭子真收拾个包袱一夹，跟国出了门。

三伏天，大庄稼正吐穗，花正放铃。但环境残酷，抗日政府又抵制日本人的号召种花，花在旷野里成了稀有。人们种，不再为了买卖，只为了生产自救，浆线织布，当絮花。

国在前，小臭子在后，他们在大庄稼掩映着的土路上走。今年缺雨，土路坚硬，路上常年少行人，少车马，连浮土都不起。路中间长着"车前子"、"羊角蔓"。

　　国和小臭子在交通沟里走，小臭子在前，国在后。这交通沟是专为跑情况把老路破开挖成的，一人深，能走大车。人在沟里毛腰走，沟上看不见；直着腰走，光能看见脑袋顶儿。

　　小臭子在前，国在后。国又看见小臭子裸露着的甩动着的两条胳膊。一件天蓝布衫紧勒着腰，沿腰皱起几个横褶儿。国想，都是这件布衫瘦的过，也许是小臭子的肉瓷实。是瓷实，屁股也显肥，走起来一上一下，两边不住倒替。国又想，那次我驮她上代安，她坐在车大梁上我倒没注意过这个背影，生是离我太近的过。原来人一拉开了距离，反倒能看清一切，算了不看了，走路吧。

　　国不再注意小臭子，伸手向腰后摸，摸到了他的德国撸子——勃朗宁。他想，这才是战争的需要。

　　小臭子在前，国在后。走着走着，小臭子突然站住回过头问国："也不歇会儿？"国说："累了？"小臭子说："有点儿。"

　　国看见小臭子额上的齐眉穗儿浸着汗，粘在脑门上；胸前也有汗，布衫中间湿了一小溜儿，衣裳有点往身上贴。国的心一动，想：刚才我光注意了她的后影儿，把个前影儿忽略了，要不是衣服粘在身上你还当人就只有件衣服呢，人忽略的往往就是衣服底下这个人。

累了,国想。是累了。

国见小臭子站着只是不动,便说:"交通沟里不平整,是容易走累。歇会儿吧。"

小臭子屈腿就想坐,国说:"不行,沟里碍事,总有来往行人。咱不如上去。找个垄沟边儿坐会儿。"小臭子说:"你不怕耽误走道儿?"国说:"你看天还早,太阳还有两竿子高哩。"小臭子说:"也是下坡子日头。"

国早蹬着斜坡出了交通沟,小臭子伸出胳膊让国拽,国一使劲把小臭子也拽出了沟。

挨沟是块玉米地,走出玉米地是不大一块花地。花地四周都是大庄稼,花地在这里像什么?国觉着像块林间空地,很是幽静。小臭子却觉得像一铺炕。

国说:"这还是百舍的地?"

小臭子说:"是,过了这块地才算出了百舍。"

国说:"这是谁家的花?"

小臭子说:"老有家的。"

国说:"长得倒不赖。"

小臭子说:"也不看是谁种的。你们怎么还不让老有脱产?放哪儿是哪儿,普天下找不出那么灵便的人儿。"

国说:"也快了,老有早有这要求。"

国看看四处无人便踏进花地,坐下来撩起衣襟扇汗。他的勃朗宁手枪拱着垄沟边上的青草。

小臭子不坐,站在垄沟边上揪星星草。她专捡长的揪了一把,用个草棍儿系住,对国说:"你看这像个什么?"

国说:"看不出来。"

小臭子说:"这是把笤帚,给,拿回家扫地吧。"

国说:"我看看能使不能使。"

小臭子走过来,挨着国坐下,把那把新"笤帚"举到国眼前说:"不能使不要钱,白给你扶[1]。"

国说:"你是扶笤帚的?"

小臭子说:"是,掏钱吧。"

国说:"我看你一点也不累,刚才还喊累得慌。"

小臭子说:"人一说笑话就不累了,干着高兴的事更不累。"

小臭子比画着手说话,胳膊净往国身上蹭。

国用手兜住后脑勺躺到花垄里,想着小臭子刚才那句话。他想准是无意识说的,不,也许有意识,小臭子不忽略个人。不,是无意识,至少我应该这么认为。他觉出他的枪正硌着他的腰。

国解开皮带,连皮带带枪放在脸前。

小臭子一看国躺在了花垄里,说:"光兴你躺,我也躺一会儿,什么事也是你领导的。"

国说:"你躺吧,这地又不属于我。"

小臭子说:"属于你就不兴躺了?也得躺。"

---

[1] 扶:专指做笤帚。

133

小臭子躺下还故意往国这边挤,挤倒了好几棵花柴,说:"这青花柴碍事,叫我拔了它,一垄地躺不下俩人。"

小臭子拔花柴,国也不制止。

小臭子躺下,脑袋碰着了国的枪。国把枪够过来说:"可别碰走了火,压着子弹呢。"

小臭子说:"快拿过去吧,吓煞人。"

国脸朝天喘气,显得很严肃。小臭子侧过身子不错眼珠地看国,看着看着冷不丁说:"你家里有媳妇呗?"国说:"你看哩?"小臭子说:"这可看不出来。先前我光看着有的女干部对你好。"国说:"那是同志式的友谊。"

国面前站着乔。

小臭子面前也站着乔。

乔还没被他俩看清便随风走了。现在国和小臭子就愿意乔快走。

小臭子见国还在看天,就说:"咱俩就不兴来个同志式友谊?"

国说:"那都是自然形成。再说咱俩也用不着那么……那么……"

小臭子说:"用不着什么,快说呀。"

国嘴不说,心里说:用不着那么拘谨吧。战争中人为什么非要忽略人本身?他松开自己的手,扭头看小臭子。小臭子还是小鼻子小眼,可胸脯挺鼓,正支着衣裳,一个领扣没系,惹得人就想往下看。国想，要是再上手给她解开一个呢，人距离人本身不就不远了吗？

国伸手给小臭子解扣，小臭子假装不知道。

国的手不利索，解不开，小臭子才个人去解。

小臭子一个挨一个地把扣儿解完，国看见了她的裤腰带——一条拧着麻花的红绸子。国想，不定系的谁的。他没再等小臭子自己解……

国对此谈不上有经验，家里有个媳妇，常年不见。可早年在保定书摊上看杂书，间接了解却不少。他想起有些书上不堪入目的木版插画：这样的，那样的……难道真不堪入目？他想。

国拱着小臭子心口上的汗，手抓挠着小臭子的腿，紧对小臭子的耳朵说："来个这样的吧。"

小臭子觉出国在摆她，可她不较劲。

太阳只剩下半竿高时，国才穿好衣裳坐起来。小臭子只是闭着眼装睡，对身上任何地方都不管。

国穿好衣裳，系上皮带，从枪套里掏出枪。他发现枪叫太阳晒得很烫。他拉了一下枪栓，确信顶上了子弹。

小臭子听见枪栓响才睁开了眼。这些年她见过各式各样的枪，听过各式各样的枪栓响。她想：这撸子强，准是个德国造。

小臭子睁开眼，心里说，我一猜一个准儿。她看见国的德国撸子正对着她的脑袋。

小臭子一眯睁，说："哟哈！可别瞎闹，万一走了火我就没

135

命了。死也不能死在这儿,你看我这样儿。"

国往小臭子身上看,小臭子身上头上滚着细土,尽管她身子底下铺着她的衣裳,头枕着她的包袱。

国的枪还冲她比画。

小臭子说:"怎么还闹?我就见不得这个。"

国说:"今天就是让你见见。这枪和枪子儿都是德国造,没有臭子儿,我不用勾第二下。"

小臭子发现国的脸色不同往常,铁青、瘆人。她猛地坐起来从身子底下拽出布衫就捂胸口。

国说:"不用捂了,快穿衣裳吧,穿好衣裳再解决你。本来我要带你到敌工部听审的,算啦,不带你走了,回去我就说你想跑,你得穿着衣裳跑。跑,莫非还能光着?"

小臭子哆嗦着手提裤子、系扣儿。她系不准,说:"天呀,你这是怎么啦?不是刚才还好好的,把你好成那样儿!"

国说:"不用提刚才了,还是快把你那扣儿系上吧。"

小臭子到底也没把扣儿系准,跪着就去搂国的腿。国向后退了几步,闪开了小臭子。他瞄准小臭子的头,手指抠了一下扳机,勃朗宁只在国手里轻微震动了一下,像没出声儿,漫地里不拢音。可小臭子却瘫在了当地,有血从太阳穴向外冒。

眼下上级有规定,敌工人员办案,遇到以下三种情况可将办案对象就地枪决:拒捕,逃跑,赖着不走。

国在花垄里躺到太阳下山才走出花地,走下交通沟。

这天老有在地里锄高粱，看见国和小臭子进了花地半天不出来，就躲在高粱地里一个人纳闷儿。不知为什么，花地里什么动静他都听清了，唯独没有听见枪响。

天擦黑儿，他看见国一个人闪出花地下了交通沟，便去花垄里找小臭子。

有灯笼大的一团青光从花垄里飘出来，在花尖上转悠。老有头发一竖，心想："灯笼鬼儿，头一次见，先前他哥明喜净跟他讲。后来明喜死了，死于'虎烈拉'[1]。"

老有和……

大约四十五年后。夏季的一天，老有上了火车。他找到了他的包厢，他的铺位。

这包厢里数他上车最晚。他看了一下手表，可不，再过一刻钟就要开车了。他想起行前老伴和女儿送他出门的情景，她们轮番往他的箱子里、旅行袋里装衣物，生嫌他带的衣服少。老伴说，海边早晚凉，去年她去疗养，患了感冒不得不提前回来。老伴说着海边，他的大龄小女儿又往他箱子里塞了一条尼龙短裤，说是刚从个体户摊上给他买的。葱绿底儿，印着黑条纹，条纹上还有十字花点。老有想：多余，莫非我还能下海游泳？又这么花哨。可他还是夸了女儿的周到，心想如今说话都得有保留，女儿

---

[1] 虎烈拉：瘟疫。

137

和游泳裤也不能例外。一句话说不对付,女儿也许就会冲他使性子。老有夸了女儿的周到,又夸了这游泳裤的花色。

衣物总算打点停当,老伴和女儿又要送他去车站。老有拦住了她们,他愿意保持晚节:自己的车自己坐,家里正厅级就他一个人。

老有离休了,要到一个海滨城市去度假。

目前老有自有别的名字,老伴和女儿都不知他曾经叫过老有。当年他脱产后先在区里当教育助理,抗战胜利后调县教育科当督学。解放初,他不顾近三十岁的年纪又进省城插班上了速成中学,然后还考上了医学院,毕业时只在实习中接触了临床,便留校当了政工干部。先是团委书记,再是系总支书记,离休前是院党委书记。老同志跟老有开玩笑,说他老干部、知识分子全占了,老有说他一辈子就盼拿手术刀,可惜只拉过俩疖子。

软卧的行李龛上已放满东西,老有把一个不大的箱子和旅行袋塞到铺位底下,只在洁白的小桌上留些零星,老有是下铺。

老有放好东西,腾出眼睛打量了一下包厢里的旅客:对面是一位比他年龄还大的男人,上铺是两位妇女。老有这代人习惯称女同志,不管年龄、职业一律称女同志。现在她们一字排开却坐在老有的铺位上。

车刚开,对面的旅客便把自己的旅行杯伸向桌下的气压水瓶,老有也忙把茶杯伸过去"排队"。排队的观念原来总使人变得计较。老有往茶杯里注满水,又打量对面的旅客。对面已把腿伸上床铺，脚上是一双灰尼龙袜，铺前是一双老式皮凉鞋。老有穿凉鞋却不穿袜子，女儿说这倒文明，穿尼龙袜子倒"土"。

两位女同志也光脚穿凉鞋，她们把脚从凉鞋里褪出来再踩上去。老有一时看不准她们的年龄，便想：如今的女同志看不出年龄的居多，又有染发剂。那东西尽管破坏头发的蛋白质，也经常脱销。

老有伸手胡噜一下自己的头发，他的头发是本色，花白，但不秃顶。

对面的旅客秃顶。

没人说话，只有广播，有人唱《三百六十五里路》。

对面的旅客正喝茶，茶叶在杯子里一片一片地下沉。是好茶，新龙井。老有也喝茶。他也有龙井。老有不吸烟不喝酒，喝龙井。如今的"梅特"虽然涨到一斤一百元，可他喝。

两位女同志不喝茶，她们看衣服，看新买的衣服，一位从尼龙袋里抽出一件给另一位看。这是一件分不清男女的衬衫，白底细黄条。她们把它展开在并着的四条腿上，看得仔细，连个扣子、针脚都不放过。看一阵，又分析起缀在领子下的商标，一位念着"百分之百考特恩（Cotton）"说："纯棉，百分之百的棉啊，好不容易抢到手。"

老有也常听女儿说百分之百纯棉什么的。他下意识拽拽自己的衬衫，一件白特丽灵，便觉出有些背时。莫非尼龙时代已过去？虽然中国的尼龙时代比国外晚了二十年。

"考特恩",棉。纯棉。纯棉不就是百分之百的棉花吗?棉花——花。

纯的花。

一位女同志又举起一件连衣裙开始辨认。这裙子没商标,两人便有所争论。这位说是纯棉,那位说是混纺,她们都用自己的经验说服着对方,还显出些激动。这争论也吸引了老有,他说:"对不起,我能看看吗?"

一位立刻把老有当熟人似的说:"您说,这是不是纯棉?"

老有拽过那裙子,两手摩挲一阵说:"不见得是。"

一位说:"看来您很内行,一定是这方面专家。是服装专家?"

老有说:"不是,我只认识棉花。"

一位说:"您经营棉花?"

老有说:"不,目前我离棉花很远,可我懂,我小时候种过花。对,我们那个地方管棉花叫花。"

火车正经过一个小镇,闪过一家紧贴铁路的轧花厂。在一带红砖墙内,子棉垛成了垛,像楼房。老有指着那花垛说:"棉花垛,洋花。噢,过去人们管美棉叫洋花,好品种。现在有许多新品种,我想都应该属洋花。你们再看那近处的花地,也是洋花。"

一片棉花地从窗外闪过,棉花正放铃,淡藕荷的花铃,温馨着大地和列车。

两位女同志听老有说花,却没显出多大兴致。她们把展开的衣服一件件叠好收起来。

对面的旅客在喝茶,老有在喝茶。老有和对面旅客的目光相遇,发现那人赤红脸,短脖子,刷子眉总是一挑一挑。他喝口茶放下茶杯,打开一只小箱子,从里头捡出两个药瓶摆上小桌,却并不吃。

老有想,好面熟。熟。那时候我脱产他调分区;我进城,听说他南下。四十多年为什么连做梦都没梦见过,今天却喝起了一个壶里的水。现在是认他还是躲他?躲吧,对,躲。老有拿起一张随身带的小报半遮半掩地看,看不见报上的大块文章,却盯住了报缝里一则寻人启事:"某男,戴旧军帽,离家七日不归……"那么得找,不能躲。找就得引他说话,一说话就能百分之百地肯定。说说花,拿花引他。

老有对身边的女同志说:"现在许多花种都失传了。我们那地方的花分三种,除了洋花还有笨花和紫花。"

女同志似听非听。

老有看看对面,对面在研究药瓶上的字。

老有说:"那紫花也并非是紫,是土黄,先前我们那地方的人都穿。"

女同志似听非听。

老有看看对面,对面还在分析药瓶,对瓶上的字读得仔细、认真。

老有说:"那笨花是本地种,绒短,产量低,只能絮被褥。"女同志似听非听。

老有看看对面,对面放下药瓶哪儿也不看,摘下花镜散着眼光呆起来。

老有又对女同志说:"我给你们唱个歌吧,也是关于棉花的。那时候日本人强迫种棉,抗日政府抵制,这歌是青抗联教的:棉花子,两头尖,城里的公事往外传……"

老有只唱了两句就扭脸看对面,对面的眼光更散,像不知有人唱歌。

女同志倒笑起来。一位说:"没想到你还会唱歌,有个通俗歌曲就是这个调儿。一定是根据这首歌改编的。"她们开始往上铺爬,要睡觉。上铺一阵窸窣,包厢里静下来。

火车停了一站,又走。

已是晚上,包厢里有广播说火车要经过一个大站。这广播却招呼起对面开始收拾东西了。这是老有没料到的,他原以为对面也在终点下车。

对面的收拾也带动起老有。

车停了,对面的出了包厢下了车,老有也出了包厢下了车。

站台上早有人接过了对面手里的东西,几个人簇拥着他往前走。

老有在后边走,只觉得那人的脖子更短了。他想,你也有七十出头了吧。

出了站,有人殷勤地为那人打开一辆"尼桑"的车门。

老有上了一辆"TAXI"。

尼桑在一所独门独院的旧洋房前停下。

老有也停在这洋房百米以外。

那人进了门,楼上一个大窗子亮了,传出些欢欣的人声,分明是一个大家庭的欢欣。

老有看了一阵听了一阵,就像刚发现眼前有房子,身后有树,脚下是柏油路。这使他终归想起了自己。我这是在哪儿?从哪里来到哪里去?梦游一般。莫不是在寻人?寻谁,一个老熟人?一个老同志?一个老……他就一准是?是又怎么样,不是又怎么样?他忽然想起百舍人常说的一句话:是不是的吧。四十多年为什么没想起这人、这话。

现在老有去哪儿?回车站,去度假。

他身旁闪过许多灯。无论如何他是见过灯笼鬼儿的。那天黄昏,鬼在花尖上狠飘了一阵子。后来鬼走了,老有才走进花地。他看见小臭子身下有几棵青花柴,湛绿的花桃硌着她的肉。

老有往车站走,身旁闪过许多灯。他想这分明是灯,只能是灯。为什么非要有青花柴、绿花桃,还有赤红脸、短脖子什么的不可。一切都是因了火车上那个"考特恩",百分之百的"考特恩"。

对面那人的个子也许并不矮,进轿车时,老有分明看见他深深地弯了一下腰。

143

麦秸垛

当初，那麦秸垛从喧嚣的地面勃然而起，挺挺地戳在麦场上。垛顶被黄泥压匀，显出柔和的弧线，似一朵硕大的蘑菇；垛檐扇出来，碎麦秸在檐边耀眼地参差着，仿佛一轮拥戴着它的光环。

后来，过了些年。春天、夏天、秋天的雨和冬天的雪……那麦秸垛湿了又干，干了又湿，却依然挺拔。四季的太阳晒熟了四季的生命，麦秸垛晒着太阳，颜色失却着跳跃。

一

太阳很白，白得发黑。天空艳蓝，麦子黄了，原野骚动了。

一片片脊背亮在光天化日之下。男人女人的腰们朝麦田深深弯下去，太阳味儿麦子味从麦垄里融融地升上来。镰刀嚓嚓地响着,麦子在身后倒下去。

队长派了杨青跟在大芝娘后头拾麦勒儿捆麦个儿。大芝娘边割麦子边打勒儿,麦勒儿打得又快又结实,一会儿就把杨青丢下好远。

杨青咬牙追赶着大芝娘,眼前总有数不清的麦勒儿横在垅上。一副麦勒儿捆一个麦个儿,麦个子捆绑好,一排排躺在裸露出泥土的秃地上,好似一个个结实的大婴孩儿。

杨青先是弯腰捆,后来跪着捆,后来向前爬着捆。手上勒出了血泡,麦茬扠破了脚腕,麦芒在脸上扫来扫去,给脸留下一缕缕红印,细如丝线,被汗蜇得生疼。

大芝娘在前头嘎嘎地笑,她那黑裤子包住的屁股撅得挺高。前头一片欢乐。

四周没有人了,人们早拥到前边的欢乐里去。杨青守着捆不尽的麦个儿想哭。

要是四年以前,杨青就会在心里默念"一不怕苦、二不怕死",然后身上生出力气,或许真能冲上去。那时候她故意不戴草帽,让太阳把脸晒黑。那时候她故意叫手上多打血泡——有一次最多是十二个,她把它们展览给人看。大嫂们捏住她的手,心疼得直"啧啧"。杨青不觉疼,心直跳。那时候过麦收,她怕自己比不过社员,有一回半夜就一个人摸到地里先割起来,天亮才发现那是邻队的地块儿。

那时候就是那时候。现在她好像敌不过这些麦子、这块地。

日子挨着日子,是这样的一模一样,每一个麦收却老是叫端村人兴奋。人们累得臭死,可是人们笑。汗水把皱了许久的脸面冲得舒展开来。

太阳更白了,黑得人睁不开眼。队长在更远的地方向后头喊话,话音穿过麦垄扑散开去:"后头的,别茶懈着!地头上有炸馃子、绿豆饭汤候着你哩,管够!管饱!"

年年都一模一样。年年麦收最忙的几天,各队都要请社员在地头吃炸馃子。四年前,杨青插队的头一年麦收就赶上了吃馃子。那时社员们在地头围严了馃子笸箩和绿豆饭汤大桶,杨青就躲到一边儿去。队长喊她,她说不饿;大芝娘把馃子塞到她手里,她说钱和粮票都在点儿上。人们被逗乐了,像听见了稀罕话儿。后来一切都惯了。甚至,每逢麦收一到,杨青首先想到的就是炸馃子。现在她等待的就是队长那一声鼓动人心的呐喊。在知青点,她已经喝了一春天的干白菜汤。

杨青没有往前赶,就像专等大芝娘过来拉她过去。大芝娘到底小跑过来。

杨青抬起脸,大芝娘已经站在她跟前。这个四十多岁的女人从太阳那里吸收的热量好像格外充足,吸收了又释放着。她身材粗壮,胸脯分外的丰硕,斜大襟褂子兜住口袋似的一双肥奶。每逢毛腰干活儿,胸前便乱颤起来,但活计利索。

杨青望着大芝娘那鼓鼓的胸脯,腿上终于生出些劲。她擦了擦眼,站起来。

"快走吧，还愣着干什么！"大芝娘接应着杨青。

杨青跟上去，发现前边净是捆好的麦个儿。分明是大芝娘接了她。

地头上，人们散坐在麦个子旁边那短浅的阴影里，吃馃子、喝汤，开始说闲话解闷儿。那解闷儿的闲话大多是从老光棍栓子大爹那双翻毛皮鞋开始。那皮鞋的典故，端村人虽然早已了解得十分详尽，但端村总有新来人。比如谁家从外村请来了帮工，比如谁家的新媳妇在场，再比如城里来插队的学生。

皮鞋是真正的日本货，硬底，翻毛。那是闹日本时，栓子大爹从炮楼上得来的。村里派当长工的栓子给鬼子送过一趟麦子，栓子赶着空车回来，就捎带回这么一双鞋。刚得到这鞋时，栓子走起路来"咯吱咯吱"；年代久了，皮底掌了又掌，走起路来变成了"咯噔咯噔"。

日本投降了，栓子还一直穿它。解放了，栓子还一直穿它。人们问："栓子叔，你恨日本鬼子不？"

"兴许就你不恨。"

"那还穿这鞋？"

"谁叫它是鞋呢。"

"这可是日本货哩。"

"你叫它应声儿？我不恨鞋。"

栓子大爹的回答理直气壮却并不周密。许多时候，端村人就是从这双鞋上来审度形势的。那鞋有时也会变得理不直气不壮起来。"文化大革命"开始前,那鞋便销声隐迹过好一阵。后来,公社的造反派到底为鞋来到端村,勒令栓子大爹三天之内必须交出。否则他也将被踏上一只脚,闹个永世不得翻身。栓子大爹受了些皮肉之苦,造反队却终究没有找到那鞋。再后来,本村造反队包下了此案。栓子大爹把鞋亮给本村的造反队,他们却没有把它当做胜利果实拿走,就因为那是端村的造反队。眼下他们虽然造反披挂,但端村人的习性难变,他们生性心软。

寒来暑往,栓子判断了形势,端村终于又响起了那鞋声。

这是栓子和鞋的故事,却是外来人对鞋的粗浅了解。外来人很少明了那鞋的另一半故事,那一半,没有人在公开场合撺掇栓子大爹。了解那一半,除非你是真正的端村人。

栓子年轻时做长工,恋过村东老效的媳妇。麦收时常常背着东家给那小媳妇送麦子。

栓子恋那媳妇,就是愿意把东家的麦子送给她。

老效在外村窑上干活儿,会烧窑,会针灸,会给女人放血治病。他默默烧窑,扎针、放血,却在一方有名。一针下去,有人还阳,也有人半日后归阴。病主人质问老效,老效几句话能把主人噎得哑口无言:"不是放血半天后才咽的气吗?要是不放血,能活那半天?这叫手劲。"主人自讨了没趣,老效却争得了一个传名的机会;是老效的针术又使那就要归阴的女人多活了半天。老效的针有手劲。

老效在外烧窑、扎针,一集回家一次。一次老效回来,看见家里的新麦子，逼问媳妇。媳妇害怕，说出了栓子。老效不露声色，白天只是和媳妇吃饭、行事。天黑他邀了栓子出来，走近村头场边一个麦秸垛。老效靠在垛上，半晌不响。

黑暗中栓子被吓出了魂儿，那魂儿就在他周身哆嗦。

后来老效开口了："兄弟，别怕。你想什么我知道。可你那麦子我不稀罕。"

栓子不言语。

"听出来了呗，不稀罕。"

栓子还是不言语。

"这么着，咱换吧。"老效说。

"换？换什么？"栓子还是听不出来。

"把你那皮鞋给了我，我就让你一回。"

栓子听懂了，便不害怕了。只觉浑身的血全冲到脸上，又沉到脚后跟。他捏紧了拳头，直往老效跟前凑。

这时散在脚前的麦秸堆一阵窸窸窣窣，老效弯腰抓起一个人来。栓子细看，正是那媳妇。她被绳子绑了，嘴叫毛巾堵着。

"就在这儿，行不？你脱鞋，她这儿由我脱。"老效抓住媳妇的裤腰，媳妇趔趄着歪倒在垛前。

栓子再也忍不住，又往前凑凑，猛然朝黑暗舒出了一个拳头，老效仰翻在麦秸堆上。栓子又是一拳，又是一拳，又是一拳。老效没了响声儿。

栓子给那媳妇松了绑，拽出嘴里的毛巾，指着老效对那媳妇说:"他、他不算个汉们家,他畜生不如!你不能跟他。你,你跑了吧!"

老效媳妇一跺脚跑了。栓子把半死的老效背回家,扔在炕上说:"忙给你个人扎一针吧!"

老效媳妇再也没回端村。栓子几年不去村东。

……

杨青了解那后一半故事,四年后她已经算个端村人了。

馃子笸箩被人们吃得露了底。众人四散开,一片脊背朝着太阳。

黄昏,大片的麦子都变成麦个子,麦个子又戳着聚拢起来,堆成一排排麦垛,宛若一个个坚挺的悸动着的乳房。那由远而近的一挂挂大车频频地托起她们,她们呼吸着黄昏升腾起来,升腾起来,开始在柔暗的村路上飘动。

杨青独自站在麦田里,只觉着脚下的大地很生。她没有意识到麦垄里原来还有这样多的细草野花。毛茸茸的野草虽然很细、很乱,但很新;大坂花宛若一面面朝天的小喇叭,也欢欣着响亮起来。被正午的太阳晒蔫了的她,现在才像蓄满了精力。那精力似从脚下新地中注入,又像是被四周那些只在黄昏才散放的各种气味所熏染。又仿佛,是因了大芝娘那体态的施放。那实在就是因了不远处那些坚挺的新麦个儿,栓子大爹那半截故事就埋在那里。杨青身心内那从未苏醒过的部分醒了。胸中正膨胀着渴望,渴望着得到,又渴望着给予。

杨青在黄昏中挪动着脚步,靠了那矗立着的麦个儿的牵动。远的、近的、那被太阳晒得熟透的麦个子。她朝它们走去,一整天存进的热气立刻向她袭来。她感应到那里对她的召唤,那召唤渗透她,又通过她扩散开去。她明白了过去不曾明白的感觉,她明确了过去不敢明确的念头,她一定是爱他,她一定要爱他,那个身材高高的陆野明。

二

这两年不比早先。一过麦收,知青点上电报便多起来。知青们拿上电报净找队长请假回平易市,躲过麦收才回来吃新麦子馒头。

陆野明也接到了家里的电报。他不找队长,却来到女生宿舍找杨青。

"杨青,你出来一下。"他说。

"你进来吧,就我自己。"杨青在宿舍里说。

陆野明顶着门楣走进女生宿舍,杨青便掏出指甲刀剪指甲。

"电报。"陆野明把电报亮给杨青看。

杨青只顾剪指甲,并不关心陆野明手中的东西。

"家里让我回去。"陆野明又说。

"噢。"

杨青继续剪指甲。她剪得很轻快,很仔细,很苦。

"你说我回去吗？"陆野明问杨青。

"我说你应该回。"

"为什么？"陆野明对杨青的回答没有准备。

"因为来了电报。"

杨青还在剪，剪完又拿小锉一个个锉起来。陆野明第一次发现杨青的手指修长，椭圆形的指甲盖很好看。

"我不回。"陆野明把电报叠了又叠，叠成钝角，又叠成锐角。

"你不回？"

"因为你不回。"

"你怎么肯定我不回？"杨青锉完指甲，把剪刀放进衣兜，双手交叉起来，显得格外安详。

"你也回去？"

"大家都回。"

"那，我也去请假。"陆野明把电报展开、抚平，转身就往外走。

"你回来。"杨青叫住陆野明。

陆野明站下来。

"你的头发还不理？该理了。"杨青说。

陆野明捋了捋头发，觉出有一撮向上翘起，很有弹性。他没敢看杨青，又往外走。杨青却又叫住他说："快走吧，我可不走。"

"你……"陆野明又转回身，疑惑地望着杨青。

"哪年麦收我回过家？嗯？"杨青声音很轻，轻成没有声音的暗示。

陆野明回味一下杨青的话，总算从暗示里领略到了希望。他把电报揉成一团故意丢在屋角，很重地推了门，很轻地跑出屋子。

杨青很愉快。因为身在异乡，有一个异性能领略自己的暗示。再说那仅仅是暗示吗？那是驾驭，驾驭是幸福的。

下乡第一年，杨青就格外注意陆野明。当时她并不想驾驭谁，只想去关心一个人。早晨起来，陆野明头发上老是沾着星星点点的碎棉球，杨青便知道他的被子拆了做不上。她替他做棉被，还把他划了口子的棉袄也抱过来。缝好，又叠着抱过去。她提醒他理发、洗涮，还常把"吃不了"的饼子滚到陆野明的饭盆里。

陆野明很久才感觉到那关心的与众不同，他也回报着她。

杨青对"1059"农药过敏，那次喷棉花回来就发起高烧。村里唯一的赤脚医生上县培训去了，不知谁请来了老效。那老效急急赶进知青点，从怀里掏出油腻的布包，双手在裤腿上蹭掉些土末儿，往杨青脑门上使些唾沫，抽出一根大针照着印堂就扎。陆野明一把攥住老效的手腕说："谁让你来的？这是治病？这是祸害人。"他夺过老效的针，替他包裹好，连推带搡把老效请出知青点。他找了辆破车，自己拉着，两个女生护着，一去十二里，把杨青送到县医院。

一路走着,陆野明一看见杨青那光洁、饱满的前额就想哭。他想,老效就在那里抹过唾沫。

谁都知道杨青在关心陆野明,谁都不说杨青的闲话,就因为关心陆野明的是杨青。杨青懂分寸,因为想驾驭。

一次,队长把杨青和陆野明单独分在一起浇麦子。陆野明很高兴,叫上杨青就走。杨青却着急起来,左找右找,总算临时抓到了花儿做伴。

花儿是小池的新媳妇,春天刚跟人贩子从四川来到端村。

陆野明一路气急败坏,杨青和花儿又说又笑。她引她说四川话,问她为什么四川人都爱吃辣椒。

陆野明的气急败坏,花儿的四川口音,都给了杨青满足。

绿色麦田里,灌了浆的麦穗很饱满,沉甸甸地扫着人的腿。陆野明看机子,杨青和花儿改畦口。改几畦就钻进窝棚里坐一会儿,像是专门钻给陆野明看。陆野明跟前只有柴油机。

越到正午,陆野明越觉着没意思。他揪了几把麦穗塞到柴油机的水箱里煮。煮熟了自己不吃,光喊杨青。杨青到底来到井边,陆野明递给她一把熟麦穗。

碧绿的麦穗冒着热气。放在手里搓,那鼓胀的麦粒散落在掌上,溅得手心很痒痒。杨青嚼着,那麦粒带一点咬劲儿。心想剩下几穗给花儿。

"好吃吗?"陆野明坐在麦垄里问杨青。

"好吃。"杨青没有坐。

机井旁边的麦子高,麦穗盖过陆野明的头,齐着杨青的腰。

"跟谁学的?"杨青问。

"你坐下,我告诉你。"

杨青想了想,没有坐。

陆野明又往杨青身边挪挪,他的肩膀碰着了她垂着的手背。杨青往旁边跨了跨。陆野明不知怎么的就攥住了杨青的手。

柴油机的声音很大。

陆野明攥得很死。

杨青努力想抽出自己的手。抽不出。

"你应该放开我。"杨青声音很低,看着远处。

陆野明不放。

杨青突然大声喊起了花儿:"花儿,陆野明给咱们煮麦穗了!"

陆野明不放。

"你应该放开我!"杨青声音更低了,被机器震得有些颤抖。

陆野明抬起头,急不可耐地想对杨青说几句什么。在太阳直射下,他忽然发现杨青唇边那层柔细的淡黄色茸毛里沁出了几粒汗珠,心里一下乱起来。他到底放开了她的手。

"我愿意你放开我,我知道你会放开我。"杨青眼睛向下看,不知是看陆野明的脚,还是看地。"我该找花儿去了。"

她说。

杨青迈过了一个麦垄,那正在孕育着果实、充盈着生命的麦棵在她腿下倒下去,又在她身后弹起来。

"陆野明,机器该上水了!"杨青跳过麦垄,回身对陆野明说。

杨青又迈过几垄麦子,顺着凉爽的垄沟朝花儿跑去。

陆野明心里很空旷,他知道她是对的。许久,他眼前只有那几粒汗珠。

他更爱她。她能使他激动,也能使他安静。激动和安静使他对日子挨着的日子才有了盼头。原来在这块土地上不仅是黄土和麦子;不仅是他们以往陌生的柴、米、油、盐;不仅是电影《南征北战》,还有激动中的安静和安静中的激动。

田野还在喧嚣。

陆野明坐在院里,守着一只大笸箩擦麦子。身边放着铁筲,筲里水不多,而且很浑。他把一块屉布在筲里涮过,拧成半干,擦着新麦粒上的浮土。

陆野明擦好麦子,一簸箕一簸箕地搓到布袋里,准备扛到钢磨上去磨面。沈小凤来到他面前。

沈小凤是刚下来不久的新知青,家也在平易市。家门口有一面"手工织毛衣"的小牌,那是她母亲的活计。沈小凤有时也帮她母亲赶活儿。

过麦收沈小凤接不到家里的电报,家里不需要她回去,也不听她支使。家里和点儿上相比较,沈小凤也愿意待在点儿上。

沈小凤个子挺矮,皮肤细白,双颊常被晒得粉红。两条长过腰际的大辫子沉甸甸地垂在脑后,使她那圆润的下巴往上翘。她爱哭、爱笑,看到蝎虎子嚷着往别人身上扑。

"陆野明,你擦麦子呀?"沈小凤用自己的辫梢摔打着自己的手背。

陆野明只看见一双穿白塑料凉鞋的脚。

"废话。"他不抬眼皮。

"怎么是废话?"

"你不是早看见了。"

"看见了就不能再问问?让我看看擦得怎么样。"沈小凤去扒麦子口袋。

"别动。"陆野明喊。

"怎么啦怎么啦?"沈小凤只顾在口袋里扒拉。辫梢扫着了陆野明的脸。

陆野明心里痒了一下,便是一阵莫名其妙的烦躁。

"你看这是什么?"沈小凤从麦子里捡出一粒土坷垃,举到陆野明眼前,"能磨到面里吗?让我们吃土坷垃?"她一边说,和陆野明蹲了个对脸,满口整洁的白牙在陆野明眼前闪烁。

"那你说怎么办?"陆野明盯住沈小凤。

"得用水淘,起码淘两遍,晾成半干再磨。咱俩淘呀,去,你去挑一挑水。"沈小凤伸手就拽陆野明的胳膊。

"干什么你！"陆野明站了起来。

"让你挑水去。"沈小凤也站了起来。

"告诉你，这星期是我当厨，不用你操那份心。"陆野明说完抓住布袋口，想抢上肩。

沈小凤却把一双柔软的手搭在陆野明手上："我就不让你走。"

杨青头上沾着碎麦秸跑了进来，看见陆野明和沈小凤，她远远地站住脚。

陆野明突然红了脸。沈小凤脸不红，她懂得怎样解围。

"杨青，我们俩正商量淘麦子哪，陆野明就知道拿布擦。光擦，行吗？"沈小凤说。

"淘淘更好。"杨青说。

"看我没说错吧。"沈小凤白了陆野明一眼。

杨青走近他们说："沈小凤，队长叫我来找你，你怎么说不去就不去了？后半晌场上人手少。"她只对沈小凤讲，不看陆野明。

"我不想去了，我想在家帮厨。"沈小凤说。

"行，那我跟队长说一声。"杨青像不假思索似的答应下来，转身就走。

"杨青，你回来！"陆野明在后边叫。

"有事？"杨青转回头。

"统共没几个人吃饭，帮什么厨！我用不着帮，麦子也不用淘。"陆野明说得很急。

杨青迟疑一下，没再说什么，只对他们安慰、信任地笑了笑。陆野明从来没见过她那样的笑，那笑使他一阵心酸，那笑使他加倍地讨厌起紧挨在身边的沈小凤。

杨青镇静着自己走出院子，一出院子就乱了脚步。她满意自己刚才的雍容大度。可是他面前毕竟是沈小凤。她抓他的手，说不定还要攥起雪白的小拳头捶打他……

街里到处是散碎的麦秸。街面显得很纷乱。

走出村，她又走进那弥漫在打麦场上的金色尘雾。

三

地里的活儿清了，场上的活儿没清。脱粒机响得不倦。

杨青抢在脱粒机前入麦子。

大芝娘急得白了脸："忙闪开，给你个笓子搂麦秸吧。"

大芝娘递给杨青笓子。脱粒机吐出了新麦秸，杨青就拿笓子搂。新麦秸归了堆，有人用四股叉垛新垛。新垛越垛越高，两个半大小子不住在垛上跳腾，身子陷下去又冒上来，冒上来又陷下去，垛心眼看实着起来。

新垛还没高过那旧垛，却把那旧垛比得更旧。

歇完畔，杨青又抢到脱粒机前入麦子，大芝娘又把她喊了回来。

大芝娘不让杨青上机器。

大芝娘心里有事。

大芝娘就是大芝的娘。

大芝娘结婚三天丈夫就骑着骡子参军走了,几年不打信。村里人表面不说什么,暗地里嘀咕:准是在外头提了干部,变了心思。

后来丈夫回了村,果然是解放省城后提了干部,转到地方。丈夫说着一口端村人似懂非懂的话,管夜了个叫"昨天",管黑介叫"晚上"。

大芝娘给他烧好洗脚水,他把脚泡在大瓦盆里只是发愣。

"怎么来,你?"大芝娘问。

"也没什么。"丈夫说。

"使的慌?"

"不是。这次回来主要是想跟你谈一个问题。"

"没问题。"大芝娘说。

"这么给你说吧。"丈夫说,"就目前来讲,干部回家离婚的居多。包办的婚姻缺少感情,咱俩也是包办,也离了吧。"

大芝娘总算弄懂了丈夫的话,想了想说:"要是外边兴那个,你提出来也不是什么新鲜。可离了谁给你做鞋做袜?"

丈夫说:"做鞋做袜是小事,在外头的人重的是感情。"

大芝娘说:"莫非你和我就没有这一层?"

丈夫说:"可以这么说。"

大芝娘不再说话，背过脸就去和面。只在和好面后，又对着面盆说："你在外边儿找吧，什么时候你寻上人，再提也不迟。寻不上，我就还是你的人。"

丈夫的手早就在口袋里摸索。他擦干了脚，趿拉着鞋，把一张女人照片举到大芝娘眼前。大芝娘用围裙擦干净手，拿起照片仔细端详了一阵，像是第一回接触了外界的文明。

"挺俊的人。也是干部？"她问。

"在空军医院当护士。"丈夫说。

大芝娘的眼光突然畏缩起来。她讪讪地将照片摆在迎门橱上。

她不知护士是什么，如同她不知道丈夫说的感情究竟包含着什么一样。她只知道外边兴过来的事，一定比村里进步。

当晚，大芝娘还是在炕上铺了一个大被窝。

丈夫又在远处铺了一个窄被窝。

她同意和他离婚。第二天，丈夫把大芝娘领到乡政府办了离婚手续。

他没有当天回去。晚上，在一明两暗的三间房里，她住东头，他住西头。夜里大芝娘睡不着，几次下炕穿鞋想去推西头的门，又几次脱鞋上炕。她想到照片上那个护士，军帽戴在后脑勺上，帽檐下甩出一绺头发；眼不大，朝人微笑着。她想那一定是个好脾气的人。

大芝娘披着裤子在被窝里弯腰坐了一夜。

第二天，丈夫一早就慌慌地离开端村，先坐汽车，后坐火车，回省城岗位上去了。他万没想到，第三天大芝娘也先坐汽车、后坐火车来到省城。她又出现在他跟前。丈夫惊呆了。

"可不能翻悔。离了的事可不能再变！"他斜坐在宿舍的床铺上，像接待一个普通老百姓一样警告着她。

"我不翻悔。"大芝娘说。

"那你又来做什么？"

"我不能白做一回媳妇，我得生个孩子。"大芝娘站在离丈夫不近的地方，只觉高大的身躯缩小了许多。

"这怎么可能？目前咱俩已经办了手续。"丈夫有点慌张。

"也不过刚一天的事。"大芝娘说。

"一天也成为历史了。"

大芝娘不懂历史，截断历史只说："孩子生下来我养着，永远不连累你，用不着你结记。"

丈夫更意外、更慌张，歪着身子像躲避着一种浪潮的冲击。

"我就住一天。"她毕竟靠近了他。

丈夫站起来只是说着"不"。但年轻的大芝娘不知怎么生出一种力量，拉住了丈夫的手腕，脑袋还抵住了他的肩膀。她那茁壮的身体散发出的气息使丈夫感到陌生，然而迷醉；那时她的胸脯不像口袋。那里饱满、坚挺，像要迸裂，那里使他生畏而又慌乱。他没有摆脱它们的袭击。

当晚他和她睡了，但没有和她细睡。

早晨,丈夫还在昏睡,大芝娘便悄悄回了端村。

果然,她生下了大芝,一个闺女。闺女个儿挺大,从她身上落下来,好似滚落下一棵瓷实的大白菜。

大芝在长个儿,大芝娘不拾闲地经营着娘儿俩的生活:家里、地里,她没觉出有哪些不圆满,墙上镜框里照样挂着大芝爹的照片。连那位空军护士的照片,她也把她摆在里面。她做饭、下地、摆照片,还在院子里开出一小片地,种上一小片药用菊花。霜降过后收了菊花,晒干,用硫黄熏了卖给药铺,就能赚出大芝的花布钱。大芝在长个儿。

六〇年,大芝娘听说城里人吃不饱,就托人写信,把丈夫一家四口接进端村。在那一明两暗的三间房里,他们住东头,她和大芝住西头,直把粮食瓮吃得见底。临走时,那护士看着墙上镜框里的照片不住流泪,还给她留下两个孩子的照片。大芝娘又把他们装进镜框里。她觉着他们都比大芝好看。

大芝长大了,长得很丑。只是两条辫子越发的粗长,油黑发亮。两条粗大的辫子仿佛戳在背后。别人觉着累赘,大芝对它们很爱惜。

大芝长大了,也长着心眼儿。她就是仰仗着这两条辫子,才敢对村里小伙子存一丁点儿幻想。终于她觉出有人在注意她的辫子了,那便是富农子弟小池。她的心经常在小池面前狂跳。

那年过麦收,大芝盘起辫子、包着手巾守着脱粒机入麦子,队长派了小池在旁边搂麦秸。大芝的心又开始狂跳,心跳着还扯下了头上的手巾，散落下小池爱看的两条辫子。

麦粒和麦秸都在飞舞，大芝的辫子也分外的不安静。

后来，那辫子和麦个子一同绞进了脱粒机。一颗人头碎了，血喷在麦粒堆上，又溅上那高高的麦秸垛……

天地之间一片血红，打麦场哑了。

收尸、埋大芝的果然是小池。

埋了大芝，人们来净场。有人说那溅过血的麦秸垛该拆，可人们都不敢下手。后来瓢泼大雨冲刷了麦秸垛，散发着腥热气的红雨在场院漫延。天晴地干后，地皮上只剩下些暗红。

没人再提拆垛的事。只是，女人们再也不靠在那垛脚奶孩子；男人们也不躺在垛檐下打盹儿、说粗话。该发生在那垛下的一切，又转移了新垛。

大芝娘把自己关在家里，关了一集才出来做活儿。没见她露出更大的哀伤，她只跟女人们说些无关紧要的话儿。没人跟她提大芝的事。在端村，大芝的事不同于栓子大爹的皮鞋。

秋天，药菊花仍旧盛开在大芝娘的小院里，雪白一片，开出一院子的素净。大芝娘收了菊花，使硫黄熏。小池站在门口说："哪天我进城，替你卖了吧。"

"不忙，我个人能行。"大芝娘让小池进院，小池只是不肯。

大芝娘独个儿就着锅台喝粥。墙上，她有满镜框相片。

四

麦收过后,麦子变作光荣粮,被送进城,车、人、牲口、麦子都戴着红花。留给端村的倒像是从那行列里克扣出来的一星半点。端村人开始精心计算对于那一星半点的吃法。

空闲下来的田地展示着慷慨。

远处,天地之间流动着风水,似看得见的风,似高过地面的水。风水将天地间模糊起来。

知青们回了点儿,点儿上又热闹起来。

沈小凤向人们展示着收获。她竭力向人们证明,麦收期间"点儿"是属于她和陆野明的。现在当着众人她开始称呼他为"哎";背后谈起陆野明,她则用"他"来表示。他还是经常遇见她那火热的眼光,人们听见的却是他和她之间一种不寻常的吵闹。

陆野明要挑水,沈小凤便来抢他的担杖。陆野明不让,骂她"腻味"。

陆野明洗衣服,沈小凤早已把自己的衣服排列了一铅丝。陆野明把沈小凤的衣服往旁边推推,沈小凤便尖叫着打陆野明的手。

陆野明寻机和杨青说话,愤愤地也用"她"来反映着沈小凤的一切。杨青机警地问:"她是谁?"

陆野明愣住了,这才发现自己也用"她"称呼起沈小凤了。

杨青不再追问,只是淡淡一笑,对陆野明轻描淡写地谈着自己的看法:"她比我们小,我们比她大。人人都有缺点,是不是?"

"我们"又感动了陆野明,"我们"又验证了她对他的信任。他的心又静下来。只有杨青能使他的心安宁,占据他内心的还是杨青。

然而在深深的庄稼地里,在奔跑着的马车上,在日复一日千篇一律的动作中,在沉寂空旷的黑夜里,沈小凤那蛮不讲理的叫嚷、不加掩饰的调笑,却时常响在陆野明的耳边。她的雪白的脖梗,亚麻色的辫梢,推搡人时那带着蛮劲儿的胳膊,都使他不愿去想,但又不能忘却……她不同于杨青。

他爱杨青,爱得不敢碰她;他讨厌沈小凤,讨厌了整整一个夏天。

秋天了。

大片的青纱帐倒下去,秋风没遮拦地从远天远地奔来,从裤脚下朝人身上灌。吹得男生们的头发朝一边歪,姑娘们绯红的面颊很皴。

砍了棒子秸的地块儿被耀眼的铧犁耕过,使了底肥,耙了盖了,又种上了麦子。端村人闲在了许多。人们想起享受来。

"多会儿不看电影儿了!"谁说。

"请去!"干部们立时就明白了乡亲的心思。

"请带色儿的!"谁说。

"请带色儿的,不就他娘的四十块钱吗!"干部说。

过去,十五块钱的黑白片《南征北战》、《地道战》在端村演了一次又一次。片子老,演起来银幕上净哗哗地"下雨"。但是村东大壕坑里还是以"二战"压底儿,早就变作包括邻村乡亲在内的电影场。坑沿蜿蜒起许多小路,坑底被人踏坐得精光。

到底请来了带色儿的新片,花四十块钱端村还用不着咬牙。端村人自己过得检点,也愿意对邻村表现出慷慨。

带色儿的电影使人们更加兴奋,许多人家一大早就打发孩子去外村请且(亲戚)。天没黑透,壕坑就叫人封得严严实实。人们背后是没遮拦的北风,坑里升腾起来的满是热气。

大壕坑也给知青点带来了欢悦。这时他们也和端村人一样盼天黑,在壕坑里和端村人一样毫不客气地争地盘,和端村人一样为电影里哪个有趣的情节推打、哄笑……

知青们踩着坚硬的黄土小道出了村,沈小凤提着马扎一路倒退着走在最前头。她拿眼扫着陆野明,学外村一个大舌头妇女说话。

"哎,俊仙寻上婆家啦,你们知道吗?"

"你怎么知道的?"有人问她。

"我们队的事,当然我知道。"沈小凤说。

"哪村的?"男生在挑逗。

"代庄的。"

"俊仙同意了？"

"早同意了，一见代庄的人就低头。"

"你看见了？"

男生那挑逗的目的不在于弄清问题的结果，而在于对沈小凤的挑逗。沈小凤从那挑逗里享受着尽情，具体描述着俊仙的事。

"就是那天下午，我们摘棉花。"沈小凤说，"歇畔时走过来一位妇女，看见我们就停住脚，脱下一只鞋往垄沟背儿上一摆，坐下说：'走道儿走热了，歇歇再走。'"

"俊仙问：'你是哪村的呀？'"

"那妇女说：'代庄的'。"

"俊仙脸一红，不问了。听出来了吧？"

"听出来了！"有人大声说。

"听出来就好。"沈小凤更得意起来。

"后来呢？"男生又开始撺掇。

"后来俊仙不问了，那妇女倒问起俊仙来。"沈小凤清清嗓子，"哎，你们群（村）有个叫俊仙的呗？我们大侄至（子）大组（柱）寻的是你们群（村）俊仙。我细（是）他大娘。我们大组（柱）可好哩，大高个，哑（俩）大眼，可进步哩，尽开会去。你们群（村）那闺女长得准不蠢，要不俺们大组（柱）真（怎）么看桑（上）她咧？"

沈小凤讲着讲着先弯腰大笑起来，大笑着重复着"大高个，哑大眼……"

笑声终于也从知青群里爆发开来，男生回报得最热烈，有人用胳膊冲撞陆野明，女生们也笑，但很勉强。

杨青走在最后，故意想别的事。她确实没有弄清男生中爆炸出的那笑声的原因。她只知道，晚风里沈小凤那甩前摆后的发辫，那个白皙的、不安静的轮廓，都是因了陆野明的存在。

电影很晚才开演，片名叫《沂蒙颂》，真是部带颜色的新片子。鲜艳的片头过后，便是一名负了伤的八路军在乱石堆里东倒西歪地挣扎，一举一动净是举胳膊挺腿，后来终于躺在地上，看来他伤得不轻。

又出来一位年轻好看的大嫂，发现了受伤的八路军，却不说话，只是用脚尖捯碎步。后来大嫂将那八路军的水壶摘下来，捯着碎步藏到一块大石头后面去了，一会儿又举着水壶跳出来。她用水壶对着战士的嘴喂那战士喝，后来战士睁开了眼。人们想，这是该说句话的时候了，却还不说。两个人又跳起来。人们便有些不安静，或许还想到了那四十块钱的价值。

放映员熟悉片子，也熟悉端村人，早在喇叭里加上了解说。他说这部片子不同于一般电影，叫"芭蕾舞"，希望大家不要光等着说话。不说话也有教育意义。然后进一步解释说，这位大嫂叫英嫂，她发现受伤的战士生命垂危，便喂他喝自己的乳汁。战士喝了英嫂的乳汁，才得救了。"请大家注意，那不是水，是乳汁！"放映员喊。

"乳汁"到底使几乎沉睡了的观众又清醒过来。

"乳汁是什么物件儿？"黑暗中有人在打问。

"乳汁，乳汁就是妈妈水呗！"有人高声回答着。端村也不乏有学问的人。

那解释很快就传遍全坑，最先报以效果的当是端村的年轻男人。在黑暗中他们为"乳汁"互相碰撞着东倒西歪。

老人们很是羞惭。

那些做了母亲的妇女，有人便伸手掩怀。

姑娘们装着没听见那解说，但壕坑毕竟热烈了。

沈小凤并不掩饰那"乳汁"对自己的鼓动，心急火燎地在黑暗中搜寻着陆野明，她愿意他也准确地听见那解说。在黑暗中她找到了他，原来他就坐在离她不远的地方。他那高出别人的脑袋，以及脑后竖起的一撮头发……都使她满足。

后来电影里的英嫂又踮着脚尖在灶前烧了一阵火，战士蹦跳着喝了她递给他的汤，终于挺胸凸肚地走了。

电影散了，壕坑里一片混乱。女人们尖声叫着孩子，男人们咳嗽着率领起家人。

月亮很明，照得土地泛白。人们踏着遍地月光四散开去，路上不时有人骂上一半句，骂这电影不好看，并为那四十块钱而惋惜。但"乳汁"的余波尚在继续，半大小子们故意学着放映员的语调高喊着"乳汁！乳汁！"撒着欢儿在新耙平的地里奔跑。是谁在月光照耀的漫地里发现一件丢掉的"袄"。"谁丢了黑袄咧！"嚷着，弯腰便抓，却抓了一手湿泥。举手闻闻，原来是抓了一泡屎。许多人都骂起了脏话，那脏话似乎是专门骂给后面的姑娘听。

知青们裹着满身月光，裹着半大小子的脏话，绕道村南，像端村人一样朝村里稀稀拉拉地走。陆野明和沈小凤不知为什么却落在了最后。沈小凤分外安静，不时用脚划着路边黄下去的枯草。陆野明离她很近，闻见由她挟带而来的壕坑里的气味。

安静并不持久，无话的走路很快便使他和她莫名其妙地紧张起来。他们只觉得是靠了一种渴望的推动才走到一起来的，这渴望正急急地把他们推向一个共同的地方。

忽然他们停住脚。却没能意识到迫使他们停住脚的是那座伫立在场边的麦秸垛。月光下它那毛茸茸的柔和轮廓，它那铺散在四周的细碎麦秸，使得他们浑身涨热起来。他们谁也没弄明白为什么要在这里停住，为什么要贴近这里，他们只是觉得正从那轮廓里吸吮着深秋少有的馨香和温暖。他们只是站着不动……

许久，他们才发现站在麦秸垛前的不是两个人，是三个人。那一个便是杨青。

还是杨青先开口了。她躲开陆野明的轮廓，只对沈小凤一个人说："我知道你落在后边了，就在这儿等你。"

沈小凤很含混地作了一声回答。

杨青先走，沈小凤紧跟了上去。陆野明努力回忆着刚才发生的一切。

第二天大风，灰蒙蒙的旷野上远远地蠕动着三个人影儿。

是生人。

辽远的平原练就了端村人的眼力,远在几里之外他们就能认出走来的是生人还是熟人。

正在拔棉花秸的栓子大爹望了一会儿说:"都是汉们家,一准儿是奔咱村来的。看那架势,来者不善哩。"

人们一下都想起了队里的小池。

五

十岁的小池在听叔伯兄弟讲女人。

冬天、早春地里人少,他们把被太阳晒暖了的麦秸垛撕几个坑洼,卧进去,再把铺散下来的麦秸堆盖在身上。身上很暖,欲望便从身上升起来。

小池个儿小,出身又高,他不敢在正垛上为自己开辟一席之地,只仰卧在铺散开来的麦秸上,再胡乱抖几根盖住肚子和腿。他表现出的规矩谁都认为有必要,他表现出的规矩谁都感到方便。

他不知道弟兄们为什么专讲前街一个叫素改的女人,那女人很高,很白,浑身透着新鲜。那时她正是刚过门的媳妇,现时她已是俊仙的娘。

他们都宣称和那女人"靠"过,把一切道听途说来的男女行为,一律安在自己和那女人身上,用自己的"体味"去炫耀自己,感染别人。讲得真切,充着内行。

小池对他们的行为,乃至现时他们身上富足的麦秸,都产生着崇敬。看看自己身上的单薄,越发觉出自己的平庸。然而他们的故事并不仅仅包含着炫耀自己、感染别人,感染了,有人还将受到检验。受检验者当属于那些平庸之辈。弄不清什么时候,弟兄们便一跃而起,按住小池就扒裤子。小池的裤子被扒掉了,只是捂住那儿围着麦秸垛乱跑。

他们还是看见了小池的不规矩之处,小池的脸红到耳根。

小池决心不再来听他们和女人。谁知当他再次发现叔伯兄弟出了村时,却又蔫蔫地跟了上去。他不敢再见素改,碰见她时脸一红就跑。

成年后,弟兄们相继成了家,小池也才明白那时的一切。原来那只是些渴望中的虚幻,虚幻中的渴望。

女人的标准却留给了小池,那便是前街的素改。后来他看过大芝的辫子,甚至毫不犹豫地埋葬过她。但他认为,无论如何那大芝不是女人的标准。

女人的标准和他的富农成分,使小池在郁闷和寂寞中完成着自己的成年。

小池爹说:"不行就打听打听远处的吧。"

仿佛四川人就知道冀中平原有个端村,常有四川女人来这一带找主儿。小池爹出高价,前后共拿出两千五,人托人领来了四川姑娘花儿。

花儿坐在小池对面,小池不敢抬眼。

小池娘站在窗外好久听不见音响儿,急得什么似的,用唾沫舔破了窗纸,直向里嘘气儿。

小池望望窗纸,终于看见了对面的女人。这女人还年轻,很瘦小,短下巴短鼻子,耳边垂下两根干涩的短辫;黄黄的脸,一时看不准岁数。

她感觉到小池的注视,也注视起小池。小池看见,那是一双柔顺的大眼睛,目光里没有他想象中的羞涩,只有几丝自己把握不了自己的企望。那目光里有话。

她并不是女人的标准,可她是个实际的女人。童年的虚幻就要在眼前破灭,然而破灭才意味着新的升起。小池忽然明白,女人的标准,应该是女人对自己的依恋。那女人的眼光里就有依恋。他明显地感觉出身上的力气,希望有人来分享它。末了,他对她说:"咱这儿,饭是顿顿吃得饱。"

小池娘在窗外松了一口气,赶紧又到供销社给花儿扯了一丈二紫红条绒。家里已经有了涤卡、毛线和袜子。

花儿和小池结了婚,饭吃得饱,恋自己的男人,一个月气色就缓了上来。脸上有红是白,头发也生了油性。她很灵,北方的活儿摸哪样哪样就通,做起来又快又精细,在地里干活儿常把端村人甩在后头。

麦子浇春水时要刮畦背儿,花儿非去不可。小池说:"你们那边儿,麦地没畦背,这活儿你做不了。"

花儿不吭气。小池前脚走，花儿扛了刮板后脚就跟上去。到了地头用心看着，占上一畦就刮。很快，人们就聚过来看花儿的表演了，端村人重的是勤谨、伶俐。

饭吃得饱，恋男人，结婚两个月，花儿的身子就笨了。晚上，她老是弯腰侧着身子睡，像是怕小池看出她的大肚子。

小池说："往后你就摸索点儿家里的活儿吧。"

花儿不听，嘟囔着说："你怕的哪个？"

小池说："我是怕……"

花儿说："你怕个啥子哟！"

小池说："身子要紧，咱家不缺你这几个工分儿。"

花儿说："家里有男人，哪有不怀胎的女人。不碍。"花儿又说起了端村话。

小池不再说话。他不再去想花儿下地不下地的事。不知为什么，多少年来他第一次想到了叔伯兄弟在麦秸垛里的一切。那时弟兄们的荒唐话曾骗过他，现时什么荒唐话还能骗过他？他是她的男人，一切都是真切的。

小池在黑暗中笑了，花儿的气味又包裹了他。

花儿还是下地了，还净捡重活儿干：拉排子车，上大坡，下大坡，净争着领头。

刨地，光着脚丫抡圆一把大镐，脚丫在新土里陷得很深。

挑水，挑满了水缸，又浇院里的菜畦。

人们开始瞅着花儿的笨身子笑小池，笑他这样不知深浅地使

175

唤媳妇。

大芝娘问小池:"花儿是笨了不是?"

小池低下头光是笑。

大芝娘说:"看是吧。"

小池还是低头笑。

大芝娘说:"还笑,你就缺那俩工分儿?"

小池说:"我说过。是咱摸不透外路人这性子。"

大芝娘说:"外路、内路都是女人,该悠着劲儿就悠着点劲儿。"

小池听懂了,有了决心,觉得自己羞惭。

花儿干了一整天活儿,晚上又曲着身子躺在小池身边。炕上,一炕的汗腥味儿。小池仰脸跟花儿说话。

小池说:"花儿,大芝娘说我哩。"

"说你哪样?"花儿问。

"说我不疼你。"

"还说你哪样?"

"说我就缺你那俩工分儿?大芝娘都看出……你的身子来了。"

花儿没说话,喘气时哆嗦了两下。

"你听见了呗?"小池问。

花儿还是不说话,喘气时又哆嗦了两下。

"一村子人谁也不嫌你是外来的。连大芝娘的话你也不信？"小池翻了一个身，和花儿躺了个脸对脸。

花儿还是没话。小池立时觉得花儿变了样。平日她不是那种少言寡语的人，干活儿、说话都不比端村人弱。现在她不仅不说话，喘气也越来越不均匀。

"花儿，花儿！"小池摇了摇她的肩膀。

花儿"哇"的一声就哭起来。小池不知缘由，先捂住了她的嘴。他怕正房里的爹娘听见。

花儿的哭声从小池手指缝里向外挤着，那声音很悲切，捂是捂不住的。

"你怎么了，花儿？"小池嘴对着花儿的耳朵说，"是不是嫌我说得晚了，心里委屈？"

"不……是！"花儿捶打着自己的胸口。

"还是嫌我的成分问题？"

"不……是！"花儿又去捶打小池。

"那……嫌肚里是我的孩子？"

花儿不说话了，一下止住了啼哭，翻了个身，两眼瞅着黑漆漆的檩梁。

小池也翻了个身，两眼也瞅住黑漆漆的檩梁。他又想起少年时麦秸垛里那一切，原来他终究没有成为身上堆盖着丰厚麦秸的富有者，他身上仍然胡乱抖落着几根麦秸。他还是那个被人追着跑的、受检验的小池。花儿本不应该跟他，属于他的本该是这伸手不见五指的黑夜，和这黑夜里的檩梁。

花儿正在悲痛中掐算着那些属于她的日子,和属于他的日子,初来小池家时,她常常觉得躺在身边的是另一个人。她时时提醒着自己,她是端村人,是小池的人。她调动起一身的灵性,去熟悉他,审视他,热恋他。很快她就相信了,相信了她身边只有小池,只有过小池。然而这不容置疑的相信还是被破坏着,那便是她那越来越笨的身子。对于端村人,她是四川姑娘花儿;但对于小池,花儿并不是四川的姑娘,在四川她有过男人。是家乡的贫穷,是贫穷带给那四川男人的懒惰和残忍,才使她怀着四川的种子逃往他乡。在从大西南通往中原地带的漫长路上,她得知除了四川还有冀中平原,冀中平原有个端村,端村还有个叫小池的人。

是小池把花儿又变成了花儿,但花儿不能把这个"小四川"留给小池。她将留给小池的应该是小小池。

姑娘也有自己的道听途说,包括女人们怎样就可以毁灭那正在肚子里悸动着的生命。也许很小的时候她们就了解那神秘而又残忍的手段了。花儿也想寻机会来施行。

直到窗纸发白,小池才明了花儿肚子里的真相。花儿从炕上滚到炕下,跪在地上扶住炕沿,直哭成泪人。

小池在黑暗里摸索着卷烟抽。他卷得娴熟、粗拉,叶子烟的烟灰在花儿身边雪粒似的散落。花儿等待着小池的判决。

小池的判决听来空洞,就像他们初次见面时,他告诉她"饭是顿顿吃得饱"一样,现在小池说:"把那小人儿生下来吧。"

小池下炕扶起了花儿,在炕墙上捻灭了最后一根用报纸卷成的叶子烟。

人们看不见花儿下地了。

在地里,大芝娘打问花儿,小池只说:"她就是想吃辣的。"

"几个月了?"大芝娘又悄悄地问。

小池只是张了张嘴。眼里显出一片空白。

大芝娘从小池那空白的眼神里,早已悟出了什么。她想起花儿那突然显笨的身子,暗暗掐算起花儿来端村的日子。

大芝娘还是给花儿送去了辣椒。辣椒,端村不种,集上不卖。她想起知青点来。知青点墙外常扔着些装辣酱的瓶、罐。孩子们捡回家注上水,插枝菊花摆上迎门橱。大芝娘找杨青讨换。杨青给了她从平易带来的辣椒酱。

大芝娘没有透露花儿的姓名。

花儿三月进端村,九月生下一个男孩儿叫五星。

小池一家很安静。

五星满月,花儿干起活儿来更不惜力气。

六

小池家安静着,小池爹娘却老拿眼扫花儿的肚子,拿眼审视小池的神情。小池顶不住了,就找爹娘去"交代",觉着是自个儿对不住爹娘。他说:"白让家里拿出来两千五。这、这叫什么事。"

爹娘的疑心被证实了,一阵子长吁短叹。

爹说:"也不怨你,都怨咱走得背时,喝口凉水也塞牙。"

小池说:"要不咱们分家吧,爹娘落个体面。让我一个人在外头挨骂吧。"

"跟谁分家?"爹问。

"你就那么能耐!"娘说。

"也是不得已。"小池说。

"什么不得已。"爹说,"队里都敲钟了,还愣着干什么!"爹轰小池去上工。

爹轰走了小池,小池在爹娘跟前才有点儿放心。

小池踏着钟声集合出工,一出门便遇见一片眼光。他们看见小池故意提高嗓门咳嗽,有人咳嗽着还唱起一首现时最流行的电影插曲:

  咱们的天,
  咱们的地,
  咱们的锄头咱们的犁。
  穷帮穷来种上咱们的地,
  种地不是为自己,
  一心要为社会主义,
  嗨!社会主义……

他们努力重复着最后几句：

种地不是为自己，
一心要为社会主义，
嗨！社会主义！
社会主义……

男人们大开心，女人们笑时捂住嘴。

小池立刻就明白那歌词的矛头所指，他落在人们后头好远。

歌声刚刚平息，村里人又开始议论五星的长相。说那小人儿脸扁、耳朵夯，见人就笑，笑起来一脑门抬头纹。

大风天，那三个生人当中也有一个脸扁、耳朵夯、一脑门抬头纹的人。三人走近，栓子爹一看那长相，越发觉出来者不善。

来者眼看着进了村，见了端村人连个招呼也不打，就直奔大队部去了。

三个人跨进大队部，又搥桌子又摔板凳。端村人悟出了他们的来头，那些捂着嘴笑小池的女人去给花儿送信儿；那些冲小池唱歌的男人则叫来了民兵。民兵们进门也不善，把那仨人捆住，搨了个嘴啃泥。那仨人只是挣扎，为了表示他们的光明正大，嘴里骂着，喊着花儿。民兵们直装糊涂，吆喝他们说："端村没这个名儿，趁早儿滚蛋！"生人嚷着："老子就是不信！我们有证据,县公安局就在后边,你们等着吧!"

一辆吉普车真的开进端村。公安局来人给端村干部摆了花儿来端村的缘由,说:"花儿是从四川逃出来的人,花儿还得回四川。"

县公安人员轰开民兵,给那仨人松了绑,领进了小池家。

端村人也拥进小池家。院子里人挤人,栓子大爹、大芝娘、叔伯兄弟们,连俊仙娘素改也挤在里头。知青们被卡在了门外。

小池站在屋门口,大芝娘和乡亲们紧护着他。

县公安人员叫着小池的名字说:"你也看出来了,人家的人,还得让人家领走。"

小池在大芝娘身后捶胸顿足地说:"人,人在哪儿哩?唉!"小池把脚跺得山响,浮土笼罩了他。

"我们要进屋看看!"

"我们要看个明白!"

来人得理不让人,猜出小池是谁,举胳膊冲他吆喝一阵,拨开大芝娘就往屋里冲。

"站住!"栓子大爹一扭身立在他们眼前,"这不是四川,这是端村!"

"要人不能抢人,私闯民宅这不成了砸明火?"大芝娘说。

"小池,说给他们,人就是领不走。连个女人都养不住,跑到端村来撒什么野!"素改也在后头冷一句热一句。

公安人员跳上院角的糠棚,向端村人交代政策:"你们得讲政策！人是从她男人那儿逃出来的，现时人家男人找来了，咱们得让人家领回去。限制人家不符合政策！"

"那两千五百块钱呢，为什么不交给我兄弟？"小池一个叔伯哥高喊着。

"两千五百块钱叫人贩子克扣去了，人贩子现已在押，已经立了案。钱，早晚得如数交出来。"公安局的人说。

"玄！"那个叔伯哥说。

大芝娘看形势发展对小池不利，拽拽小池的胳膊，暗暗对他说："花儿哩？"

"早不见个影儿了，五星也不见影儿了！"小池压着嗓子，又跺起了脚。

四川人见院里安静下来，才扒开人群冲到屋门口。他们向屋里探着脑袋，屋里只有小池的爹娘。爹坐在炕沿上捂着头，娘在炕角脸朝墙坐着不动。

三人到底冲进屋，屋里只有花儿一件旧衣裳。

公安人员再次询问小池关于花儿的下落，小池只是跺脚、叹气。后来，他们从屋里叫出那三个人，让他们先回县里等待，端村的工作由公安局继续做下去。

土改时小池爹娘挨批斗，院里热闹过；现在人们都忘了小池家的成分。他们竭力安慰着小池和他的爹娘。傍黑，叔伯哥给小池端来一瓦盆面条，小池和爹娘没心思吃，面条糟在了盆里。

入黑，很静，蹲在当街吃饭的人，不说话，光喝粥。整个端

183

村像经历着一场灾难。

寻找花儿的人四处游走着,四处打问着。月亮升起来了,人们在那些黑影里搜寻。黑影里只有朝着黑夜盛开的零星花儿,没有花儿。

大芝娘去麦场找栓子,栓子坐在碌碡上抽烟。烟锅里一明一暗,他抽得很急。

"这孩子莫非出了端村?"大芝娘说。

"不能。"栓子大爹说,"端村可没亏待过她。"

"怎么就是不见个着落儿?"

栓子大爹的烟锅抽得更急,好似拽着风箱的炉灶。

他们身后那麦秸垛里一阵窸窸窣窣。

"有人!"栓子大爹警惕起来,急转过身,盯住那垛脚。

忽然,从垛根拱出两个人来,正是花儿和五星。

花儿顶着一脑袋麦秸跪在二位老人面前,摁住五星让五星也跪。五星不会跪,直往花儿身后鞴。大芝娘抱起了五星。

"我跟他们去吧。都是我连累了小池,连累了乡亲。"花儿说。

栓子一时不知说什么好,大芝娘一手抱紧五星,一手拽花儿起来。花儿抬起让眼泪糊住的双眼,那眼里满是委屈和惊恐。

月亮下去了,黑暗领来了小池。黑暗将这一家三口在麦场上裹了一夜。

第二天花儿把五星箍在怀里,走进大队部。那男人一见花儿，上去便揪住了花儿的头发。

花儿说："放开你的手，我走。专等你回家去对我撒野。端村人哪个要看你耍把式！"

男人放开了花儿。

"走吧！"花儿说，"从今日起，我们娘儿俩跟定了你。"

那男人这才发现花儿怀里还有个孩子。他注意审视了一阵花儿怀抱的小生灵，忽然露出一脸恐慌说："我找的是你。娃娃是谁的归谁。"

"你说娃娃是谁的？"花儿追问他。

"我……我不晓得。"那男人说。

端村人又堵了一院子。大芝娘早就堵在屋门口，听见那男人的话，她大步跨进门，从花儿怀里抢过了五星。

"畜生不如！孩子谁的也不是，是我的！"大芝娘嚷。

大芝娘抢出五星，五星从人群里一眼就认出了小池。他号啕大哭着就朝小池扑了过去，小池接过五星，钻出院子。

三个男人领着花儿上了路，他们走得很急。花儿低头看着刚拱出土的麦锥儿，看着刚耙过的地，却没回头再看端村，生怕自己昏倒在地里。

花儿一早就换上了刚进端村的那身衣裳。袖子短，裤脚短，又露出了穷气。衣服狭小了，人们才看出她那又在隆起的肚子。肚子明确地撑着前襟，被撑起的前襟下露出了一截裤腰。

小池从后头追上来。追上花儿，强把一个大包袱塞给她。那

185

里有她常穿的衣裳,还有那块没来得及做的紫条绒。"

花儿不接包袱,小池就一面倒退着,一面往花儿怀里塞。直到那男人抓住包袱就要往地上扔,花儿才劈手夺过来,紧紧搂在怀里。

花儿扔下了小池,端村的田野接住了他。小池没有闻见深秋的泥土味儿,只觉着地皮很绵软。

远处的花儿变得很小。她身边仿佛没了那三个男人,只有一个小人儿相伴,小池知道那是谁,那是他的小人儿,一个小小池。昏暗的天空像口黑锅扣着她们娘儿俩,她们被什么东西朝什么地方拽着……

一个村子眼泪汪汪,小池的心很空。

大芝娘抱着五星站在村口,扳过五星的脸叫他朝远处看。五星梗着脖子盯死了小池,见他走近,忽然很脆地叫了声:"爹!"就和端村人叫爹的音调一样。

一村子人听见那叫声,一村子人心惊肉跳。

七

一切又静下去。

冬闲时节,端村冷清了,知青点也冷清了。女生们常常抓几把秋天刨下的花生散在炉台上烘烤,然后上铺将脚伸进各自的棉被,开始织毛衣、纳袜底,各色的绣花线摊了一铺。她们不时把端村的姑娘请来出花样子，一个新样子博得了大家的欢心，于是争着抢过描花本，一张复写纸你传给我，我传给你，将花样拓下来，再描到袜底上拿花线纳。纳完自中间割开，一只变作一副，花样也彻底显现出来。大家惊叹着自己的手艺。

离年近了，端村的姑娘们不再来了，整日坐在家里给自个儿纳。还变着法儿讨来对象的脚样给对象纳。顷刻间她们都定了亲。

一股惆怅从女生们心底泛起。她们不再惊叹自己的手艺，手中的袜底便显得十分多余。

男生们关在宿舍里，整日在铺上抽烟、摔跤、喝薯干酒。他们愿意出一身大汗，还愿意让对方把自己的棉袄撕烂。破棉絮满屋子飞扬，人们不笑。

沈小凤从供销社买来一团漂白棉线，用钩针钩领子。领子钩到一半，晚上跑到男生宿舍去找陆野明。

自从那回看电影之后，人们发现，沈小凤不再找碴儿和陆野明争吵。一种默契正在他和她心中翻腾，时起时伏，无法平息。就像两个约好了走向深渊的人虽然被拦住，但深渊依旧摆在他们面前，他们无法逃脱那深渊的诱惑。陆野明暗自诅咒沈小凤这个魔鬼，却又明白只有她才能缩短他和那诱惑的距离。怀了莫可名状的希望，他愈加强烈地企盼超越那距离，到那边去体验一切。

沈小凤走进陆野明的宿舍，站在"扫地风"炉边，手里的钩针不停。炉火烘烤着她的手和脸，那脸染上橘红，雪白的领子也染上橘红。手指在上面弹跳,手腕灵活地抖着。

陆野明在地上来回地走,高大的影子不时被灯光折弯,一半横在地上,另一半蹿上顶棚。

"过来,让我比比长短。"沈小凤停住手,用心注视着陆野明。

陆野明只是来回地走,不搭茬儿,也不看沈小凤。

"过来呀……"沈小凤又说。

"告诉你件事。"陆野明忽然打断沈小凤,"明天晚上有电影。"

陆野明说完甩下沈小凤,推门就走。

沈小凤的手一哆嗦,白领子掉在炉台上,差点掉进炉膛。她麻利地捡起领子掸掸炉灰,在钩针上绕了两圈,揣进棉袄口袋。

第二天后半晌,喇叭里果真传来了电影消息。

放电影如同开会学习,历来要用大喇叭通知到全村。党员、团员、贫下中农均在通知之列:

"全体的党员,全体的团员,党员团员党团员!全体的贫下中农!今儿黑介放电影,今儿黑介放电影!电影叫《尼迈里访问中国》,就是外国人访问中国。尼迈里是个外国人,啊,外国人!外国人访问中国就是到咱们中国来访问。啊,来访问。党员团员党团员,贫下中农们!都要提高革命的自角(觉)性,要按时到场,按时到场!看的时候也不要打闹,也不要起哄,啊,不要起哄!"

电影消息一遍又一遍地在端村上空回荡，杨青坐在屋里静听。只觉得那声音里充满了提醒，充满了煽动。

上次《沂蒙颂》后，三个人沉默着走回知青点。接着，便是沈小凤和陆野明之间的沉默。那沉默令杨青十分的不安。只有她能准确地体味那沉默意味着什么，那是沈小凤对陆野明的步步进逼，那是陆野明的让步。

杨青内心很烦乱。有时她突然觉得，那进逼者本应是自己；有时却又觉得，她应该是个宽容者。只有宽容才是她和沈小凤的最大区别，那才是对陆野明爱的最高形式。她惧怕他们亲近，又企望他们亲近；她提心吊胆地害怕发生什么，又无时不在等待着发生什么。

也许，发生点什么才是对沈小凤最好的报复。杨青终于捋清了自己的头绪。

天黑了，杨青提了马扎，一个人急急地往村东走。

电影散场了，杨青提了马扎，一个人急急地往回走。她不愿碰见人，不愿碰见麦秸垛。

电影里那个身穿短袖衫的外国贵宾在中国的鲜花和红旗里，尽管走到哪里笑到哪里，却终究没能给端村人留下什么可留恋的。端村人纷乱地扑向四周的黑暗中，半大孩子们则在黑暗里穿插着奔跑，嘴里仍然高喊着"乳汁"，"乳汁"！那声音传得很远，很刺人。

杨青走在最前头，将那声音甩下很远很远。

陆野明和沈小凤却甘愿经受着那声音的激励，决心落在最后。直到叫喊着的孩子进了村，他们还远离着村边场上那个麦秸垛。

他们一前一后地走着，陆野明的步子渐渐大起来。沈小凤紧跟眼前的黑影，也加大了步子。

无言的走路没有使他们发生上次那样的恐惧，黑夜只是撺掇他们张狂，大胆。"乳汁"变作的渴望招引着他们，脚下的冻土也似乎绵软了。他们仿佛不是用脚走，是用了渴望在走。

他和她并没有看见那硕大的麦秸垛，却几乎同时撞在了那个沉默着的热团里。沈小凤只觉得心在舌尖上狂跳。忽然，她把手准确地伸给感觉中的他。

那黑沉沉的"蘑菇"在他们头顶压迫，仿佛正向他们倾倒，又似挟带他们徐徐上升。一切的声音都消失了，只有人的体温、垛的体温。

……

起风了，三三两两的知青奔进屋来，将马扎扔到屋角去。陆野明的宿舍敞开着门，杨青身上一阵阵发冷。她跑进那扇敞开着的门里，给"扫地风"添煤。

炉膛里的底火很弱，煤块变作灰白色。杨青身上更冷。她一眼便看见陆野明的空床铺，看见空铺上那件扯破的油棉袄。她扔下煤铲抱起那袄，故意将脸贴在油腻的领子上，一股陌生而又刺人的气味立刻向她袭来。她断定那气味此时也正在袭击着另一个人。

她抱着袄回到自己的宿舍,开始在灯下缝补。现在她只需要闻着那气味进行缝补,缝补才能抵消那里正在发生着的一切。

那里。该发生的都发生着;该发生的都发生了。

很晚,杨青把缝好的棉袄搭在身上过夜。

早晨的空气干冷干冷,院里坚硬的土地裂开细纹,像地图上的山川、河流。

处处覆盖着细霜。

杨青嘴里冒着哈气,踏着霜雪抱柴禾做饭,又踏着霜雪下白薯窑拿白薯熬粥。

风箱在伙房里呼搭、呼搭地叫起来,青烟丝丝缕缕地由屋顶的烟囱冒出去。

陆野明拱出棉门帘,站在门口很仔细地刷牙。

沈小凤的门紧闭着。

街上往来着挑水的人。筲系儿吱咄咄叫着,似女人的抱怨,似女人的咿呀歌唱。

家家都冒着青烟。

端村一切照旧。知青点一切照旧。

八

有人向大队交出了一只半截领子,一个村子暗暗沸腾了。

一位起五更拾粪的老汉,详尽地诉说着那领子的事。

演电影的第二天,在打麦场上,在麦秸垛下,有一个无霜的、纷乱的新坑。老汉看见坑里有团东西白得耀眼,起初以为是几朵白棉花,弯腰拾起,才发现那是半截领子和一个钩针。老汉猜出了那里的一切。他没想声张,可那消息却不胫而走。大队干部找到他,命令他将领子交出来。

干部们判断了那东西的来历,立刻想到知青点。

早饭前,女生们被叫到队部认领子。她们见到那个熟悉的白线团,知道事情已经非同小可,纷纷躲闪着不说话。

杨青最后一个进门,队干部又问杨青。杨青说:"那不是沈小凤的领子吗。"

女生们互相看看,然后冲她使着眼色。

杨青看见了那眼色,但她故意表现着迟钝。她又拿起那领子举到干部们眼前说:"是,这是她的。怎么在这儿?"

杨青和女生们出了大队部,才觉得脸上发烧。她想起一个宗教故事里有个叫犹大的人。原来报复心理和忏悔心理往往同时并存。

沈小凤是耶稣吗?

女生们走在街上先是沉默,后来有人说幸亏杨青认出来了,该让那家伙暴露暴露。又有人开始骂,说大伙都跟着那家伙丢脸。没有人责怪杨青,杨青从来不愿弄清、也不愿回忆她在大队部到底说了些什么。

妇联会主任找到沈小凤。沈小凤一切都不否认,还供出了陆野明。她甚至庆幸有人给了她这个声张的机会。

县"知青办"很快就来了一男一女。男名老张，女名小王。端村知青点成了典型，这"典型"彻底沸腾了。

先是腾出两间空房审问当事者。老张审陆野明，小王审沈小凤。

其余男女生，白天练队，晚上学习、"熬鹰"。从《路德维希·费尔巴哈和德国古典哲学的终结》一直学到各级政权的红头文件。

老张和小王一遍又一遍宣讲着那练队的意义。然后全体知青由本村一名穿戴整齐的复员军人率领，练稍息，练立正，练向后向左向右转，练齐步走，练正步走和匍匐前进。

队伍走得很混乱，男生们边走边起哄。有人故意操起平易话问老张："我们哪儿错啦？为什么当事人有病，让我们老百姓吃药啊？"

老张严肃地追问："谁是病人？"

"这还能难倒我们？"有人将头冲沈小凤的屋子一偏。

"不对！"老张说，"从广义上讲，都有病。发生这件事。不是偶然的，必定有它的客观基础。你们……你们也太松懈了，摔跤、喝酒……"

"还钩领子！"有人尖起嗓子嚷。

"不许添乱！要说有病，都有病！"老张很严肃。

"哎哟妈哟！我的肚子真疼起来喽！"有人捂住肚子弯

下腰。

复员军人撇着京腔发出了口令:"卧倒!"

知青们哗啦趴了一院子。鸡飞上了房,瘦猪在圈里怪叫,看热闹的村人立刻就堵死了知青点大门。

"起立!"一院子人又哗地站起来。

"正步走!"

男生们走起正步,盯住复员军人那身在柜底压出死褶的军装,举手喊起口号:"热烈欢迎,老赶进城……"

审问每天都在进行。从一开始陆野明表现得就十分顽固。老张问得很详尽,不厌其烦地让陆野明重复着那些细节。陆野明涨红着脸低头不语,但对老张提示给他的那些细节并不否认。

"几次?"老张问他。

陆野明又不说话了。他觉得这种面对面的盘问,比他在沈小凤面前所表现出的那些要难堪得多。终于,干部开始让他交代思想根源。他没头没脑地说:"因为我腻歪她!"

"不合逻辑。既然腻歪,怎么还会有事?"

"不腻歪就不会有事。"

"照你的逻辑,你就是因为腻歪她才跟她那个?"

"是这样。"

"要是不腻歪呢?"

"就不会这样。"

老张永远也弄不清陆野明的回答,每次都说他不老实。

夜深人静时，陆野明独自躺在这间用来隔离他的屋子里，眼睁睁地望着漆黑的檩梁，垛下的一切好像已很久远。他甚至连他和她是否真去过那里都回忆不起了。只记得黑暗中他和她分明都撞在那个温暖的"蘑菇"上。若是再努力回忆，眼前出现的倒是杨青那恬静、平和的面容。每天的审问过后他都要生出一个念头，他只想面对这个恬静、平和的面容大哭。他愿意让她看他哭，看他那失却男人气概的软弱，看他那只能引起异性厌恶的丑态。一切在人前要掩饰的，他都要一股脑暴露在她面前，让杨青来认识他、鉴别他。

夜里失眠，他清晨恶心。

另一间房子里，沈小凤是个不示弱者，逻辑也无可挑剔。她向小王一遍又一遍地重复着细节，并不时和小王发生口角。

"是我主动的。"沈小凤说，"是我主动叫的他，是我主动亲的他，是我主动让他跟我那个……"

"好啦，情节我都清楚了，你不要再重复了。现在是你好好认识错误的时候。"小王在"认识"二字上加重着语气。

"我没有错误。"沈小凤说。

"乱搞还不是错误？"

"我不是乱搞。"

"这不叫乱搞叫什么？你和他什么关系？"

"我们是恋爱关系。"

"这和正当恋爱不是一码事。"

"是一码事。"

"怎么是一码事？"

"什么事还没个发展。"

"你……你太没有自尊了。"

"我有。我就和他一个人好。"

"好，可以，但是要正当。"

"是正当的，我喜欢他。"

"喜欢也要有分寸。"

"我想……我想先占住他。"

"那……他有这样的想法吗？"

"他？他……我不知道。"

她们忽然沉默了。小王盘算着下一步该问些什么。她的话终究提醒了沈小凤：他有没有这个想法？为什么他连这一层也没想到？

吃饭时他和她都可以去伙房打饭，沈小凤暗中观察陆野明：他有没有这个想法？从陆野明那张没有表情的脸上，她一点也看不出来。

那没有表情的脸使杨青获得了前所未有的舒畅。她明悉那没有表情的表情，那分明是对沈小凤永远的厌恶。她忽然觉得，陆野明就像替她去完成过一次最艰辛的远征。望着他那深陷的两颊，她更加心疼他。她深信，驾驭陆野明的权利回归了。

练队在继续。

一星期之后,那两间紧闭的房门打开了,陆野明和沈小凤同时出现在门口。太阳照耀着两张发青的脸,他们被批准参加练队。

本来没有精神的队伍,由于这两人的归队振奋了起来。雄壮的步子践踏着脚下的黄土、柴草,垂着的胳膊也甩过了胸脯。堵在门口的孩子们呼地拥进院子,在队伍中穿来穿去,看陆野明和沈小凤的脸。

男生们没有计较陆野明的到来,但挨着沈小凤的女生却故意和她拉大了距离。那个空隙立即被齐腰高的孩子占领。

"注意距离!"复员军人又撇起京腔。

"注意距离!"孩子们也学舌着,不满意着他的京腔。

他们倒退着,不错眼珠地看着沈小凤的脸。谁推了谁一把说:"起开点儿起开点儿!放了屁还往人堆里挤!"

"臭,臭!"有人附和着。

"臭屁不响!"孩子们哗地大笑。

沈小凤终于被排挤在队外。

脚们依然跺得起劲。

沈小凤低头看着那些七上八下的脚们。

那群小脚丫又聚到沈小凤跟前,它们故意将浮土和柴草跺起来呛沈小凤。

脚们依然跺得起劲。

沈小凤一扭身回宿舍去了。

孩子们顿时感觉到那队伍的单调。他们撤离队伍，一窝蜂似的拥出大门，向麦场跑去。

在那高高的麦秸垛下，他们像几个考古学者那般努力搜寻起那个"遗址"。"遗址"早已被破坏，但他们还是判断出了它的方位。他们蹲下来开始幻想、推理、议论起那里发生的一切。讲得真切，充着内行。

"就是这儿！"

"你看见了？"

"栓子爷看见了。"

"不是栓子爷，是老起爷拾粪看见的。"

"老起爷给你说的？"

"给我哥哥说的。"

"你哥哥还告诉你？"

"不信问去！"

"你哥哥说什么？"

"说那个女的先到，后来那个男的来了，就……"

"就什么？"

"算了，我不说了。"

"不知道了吧？"

"我不知道你知道？"

"说不说的吧！"

"什么样儿？"

"想知道，你也找去！"

"他找过，找过！人家不要他，嫌他岁数小！"

那小者的脸一下红到耳根。大者们一拥而上，又要去检验那小者的不规矩之处了。

……

沈小凤们关注的永远是陆野明们。她们不曾想到，她们还常常受着一群不起眼的"男人"的关注。爱和恨，嫉妒和复仇，美妙、神奇、荒唐、狂热的梦便是从这里开始的。她们是他们永远的话题。

那话题永远的隐秘，却世代相传。

九

春节快到了，大芝娘抱着五星在炕上说话。

那天大芝娘从队部抢出五星来，便没往小池家还。小池爹娘太老了。

"老爷儿正南了，做饭呗？"她问五星。

五星不多胳膊不蹬腿，也不说话，只把后脑勺往大芝娘胸前蹭。这胸脯还是那么肥大，那里仿佛永远会有充盈的乳汁。乳汁就要迸射出来，能喷小五星一脸。

大芝娘摸透了五星的脾胃。五星得了大芝娘的滋润，脸比花儿离村时鼓峥了许多。当初，五星不爱吃饭，每天光喝几口菜白粥。大芝娘掰一小块饽饽塞在他手里，五星攥着那饽饽就是不吃，从早晨攥到中午，一脸愁苦相儿。大芝娘往饽饽上抹了黄酱，夹上葱白，五星攥起饽饽放在鼻下闻闻，还是不吃。急得大芝娘忙去供销社给五星买饼干，买回来解开纸包双手捧着，叫五星自己抓。五星冷眼望着那珍贵物件，连手都不伸。

大芝娘拍着炕席说："可怜见！真把我愁死？这么个吃法，多咱才能长成个男人，哎？"

五星听懂了大芝娘的话，鼻子一皱，嘴一咧，"哇"的一声啼哭起来，脸更黄了。

大芝娘赶紧把五星揽进怀，撩开衣襟叫他叼奶头，那大而实的奶头。"委屈了我孩子！委屈了我五星！"她轻轻地摇着身子，摇着五星，摇得五星住了嘴。五星抽噎着，那奶头直在嘴里逛荡。

小池来了，看个小坐柜坐下，望着五星那一脸愁相，忽然对大芝娘说："婶子，我记起来了，这小人儿……怕不是也喜好辣的吧？"

大芝娘立时被提醒起来，抱着五星走进知青点，见了杨青，急得话都跟不上了。

杨青把大芝娘让进屋，问："婶子，这么急，有事儿？"

大芝娘说："有点儿事，找你，找点儿东西。"

"找什么你就说吧。"

"是这么回事。"大芝娘说，"花儿那工夫害口，不吃东西,不是找你讨换过辣椒酱?这孩子现时也不吃东西,莫非也随他娘?"

杨青明白了,赶紧从桌上拿起半瓶豆瓣辣酱,举到大芝娘眼前说:"咱试试。"

杨青用指尖从瓶里勾出一点辣酱,在五星眼前晃了晃,五星的一双小眼马上就亮起来。杨青把酱抹进五星嘴里,五星便咂磨着嘴,高兴地又举胳膊又弹腿,张开嘴还要。

大芝娘乐了,杨青也很高兴。一个女生跑进伙房掰了块饼子,抹上辣酱递给五星,五星使劲攥住那饼子,张大嘴就咬。

"瞅瞅,这么个没出息的货!"大芝娘乐着,拍着五星的屁股。

几个男生、女生都把自己的"存货"拿出来,交大芝娘带回家去。

五星胖了,笑时脸上连褶子都不显。小池来了,大芝娘对小池说:"忙抱五星进城照张放大相吧。挂在家里谁看着都喜兴。"

小池嘴里"嗯哪"着,抬头看见大芝娘那一镜框相片。镜框玻璃被烟熏火燎,里面的人很模糊,分不清谁是谁。只看见有人笑,有人不笑。不知怎么的,小池忽然觉得花儿也在镜框里,她身子很笨,最模糊。小池把眼从镜框上挪开,对大芝娘说,他正在家起圈,是出来找铁叉的。说完便起身出门。

老爷儿真的正南了。大芝娘松开五星,到院里麦秸垛上撕几把麦秸，回屋填进灶膛点着，火苗一哄而起。大芝娘趁着火势，再塞上一把棉花秸。被引着的棉花秸在锅底下噼噼剥剥直响，屋里显得很热闹。

五星仰着脸在炕上踢腿。

知青点传来练队的脚步声。尘土飞扬。

又过了些天，知青大院空了。分了红，每人又分了二斤棉花，十来斤花生，人们回城过年。

沈小凤不回家。

几个女生开始劝说。沈小凤还是不肯，说："我知道你们怕我出事。你们不是不放心吗？这么着吧，我先走，我有地方去。"

沈小凤真的卷起铺盖卷儿就往外走。女生们跟到街里，看见她进了大芝娘的门。

杨青说："既然她是进了大芝娘的门，咱们也就放心了。"

沈小凤走进大芝娘家，一眼就望见了冲门那个被掏空了一半的麦秸小垛。她不再往里走，声音哆嗦着叫起"婶子"。

大芝娘高声应着，从灶坑前站起来，看见是抱着铺盖卷儿的沈小凤。

"婶子！"沈小凤又叫。

"快进来，有话屋来说。屋来！"

沈小凤进了屋，仍然抱着铺盖站着。

"想和婶子就伴儿啦？"大芝娘去接沈小凤的铺盖。

沈小凤犹豫着松开手，站在当地不动。

"快坐下。我再多添一瓢水，咱娘儿仨压饸饹吃。"

大芝娘去添水，沈小凤依着炕沿坐下。她看见五星冲她笑，就去捏五星的脸蛋儿说话。

大芝娘在外间不停地拉风箱，伴着风箱的节奏说："一口猪杀了一百五，这集刚卖了半扇。剩下半扇，一半拿盐搓了腌起来，一半咱娘儿仨留着过年，打着滚儿吃也吃不清。"

沈小凤和大芝娘一起吃饸饹，谁也没有提那件事。

沈小凤在大芝娘家住下来，从年前一住住到二月二，闺女回娘家的日子。

晚上，大芝娘睡得很早，晚饭前就铺好了被窝。被窝里放一只又长又满当的布枕头。沈小凤盯了那被磨得发亮的枕头看，大芝娘说："惯了。抱了它，心里头就像有了着落。"

沈小凤并不完全能够体味大芝娘的"着落"，那个又大又饱满的枕头只叫她又想起自己那生涩、迷茫的爱情。她常常在半夜醒来，每次醒来都看见大芝娘披了袄，点着油灯坐在被窝里纺线，纺累了就再去和那枕头亲近，然后坐起来再纺。直到窗纸发白。

黑夜，端村人都见过大芝娘窗纸上的亮光，都听见过那屋里的纺线声，却很少有人了解大芝娘为什么不停地纺线。就像没人能明白那个大而饱满的枕头在她的生活中有什么意义一样。对于大芝娘来说，也许没有比度过一个茫茫黑夜更难的事了。她觉得黑夜原本应该是光明的。于是她才发现了自己那双能做事的手。

她不停地做着，黑夜不再是无穷无尽。她还常常觉得，她原本应该生养更多的孩子，任他们吸吮她，抛给她不断的悲和喜，苦和乐。命运没有给她那种机会，她愿意去焐热一个枕头。

纺车一次又一次叫醒了沈小凤，又一次次催她睡熟。有一夜她梦见和陆野明结婚，婚礼就在端村，一切规矩都是端村的老规矩。她被杨青搀着，踩着红毡，从女生宿舍走到男生宿舍，腰里掖了大芝娘塞给她的一本黄历。她牢记着大芝娘嘱咐过她的话，一进门就要将那黄历压在炕席底下。她照着做了，那炕席底下铺着麦秸。陆野明正对她笑，她终于看见了他的笑容。她很幸福。人们很快都不见了，原来他们给了他和她机会。他拥抱了她，那拥抱温柔而又有力，她的心颤抖着，用双臂绕住他的脖子……县"知青办"的干部冲进来了。

沈小凤醒了。醒着，哭着，紧闭起双眼。她想再做一次哪怕是同样的梦。

纺车吱吱地叫。

大芝娘说："闺女，快醒醒。准是做了噩梦。"

"婶子，不是噩梦，是好梦。"沈小凤睁开眼说。

"好梦、噩梦左不过是梦。梦见他了？"多少天来，大芝娘第一次提起他和她的事。

"嗯。"沈小凤说。

"人活一世，谁敢说遇见什么灾星。一个汉们家。"大芝娘停住话头，停住纺车，摘下一个白鸭蛋似的线穗子。那穗子已放满一小笸箩。

"婶子,那不怪他,怪我。"沈小凤说。

"他不知道要挨批判呀?让一个闺女家受牵连。"

"我不在意这个。"

"不在意也是闺女家。有二十啦?"

"过了年就二十。"

"看,二十岁的大闺女让人家审问。"

"我不怕。只要以后我是他的人,我不怕人家审问我。"

"闹不清城里怎么提倡,村里要是有了这事儿,那男的不娶也得娶。"大芝娘说。

"都得娶?"

"不娶算什么汉们家?叫闺女嫁给谁?"

沈小凤再也睡不着了。度过了被审问的日子,她仿佛掉进了一个无底洞。现在大芝娘才又给了她新的勇气。天明她给他涂涂抹抹地写了一封信。

写信费了半天时间,她不知道怎样称呼他。她不想连名带姓一块儿叫,那样太生硬;她又不敢另叫他的名字,也许他会恼她。于是她开头就写:"你一猜就知道我是谁。"她继续写:"发生了那样的事,我并不后悔。我爱你,这你最知道。我有时表现不好,喜好和人们打闹,但我是干净的,这你最知道。自从那件事后,更坚定了我的决心。我要永远和你在一块儿,这你最知道。平时你不爱答理我,我不怪你。都怪我不稳重。这你最知道。现在我和五星一起住在大芝娘家,我尽可能的每天都很高兴。真希望你们过完年就快点回来。给我写一封信吧,盼望来信。"

写完信,沈小凤借来小池的自行车,去县邮局粘牢信封,粘牢邮票,把信投进邮筒。她终于体验到寄信的愉快。

寄完信,她又去县城商店给大芝娘买了桃酥,给五星买了糖块,给自己买了漂白线和够做两对枕头的白十字布。

晚上,当大芝娘的纺车又开始响时,沈小凤蜷在被窝里问大芝娘:"婶子,我想问你个事。"

"就等你问哩。"大芝娘摇着右胳膊,甩着左胳膊说。

"我打算绣两副枕头,绣什么花样合适?"

"男枕石榴女枕莲。"大芝娘立时就明白沈小凤的用意。

"去哪儿找花样?"

"我给你替。"

第二天大芝娘就给沈小凤替来了花样。

一个正月,沈小凤坐在炕上绣枕头。在石榴和莲花旁边,她还组织下甜蜜的单词,用拼音表示出来。把大芝娘看麻了眼。

一个正月,窗纸上有时是阳光,有时有寒风。有时没有阳光,也没有寒风。

十

太阳很白，白得发黑。天空艳蓝，麦子又黄了。原野又骚动了。

一片片脊背朝着太阳。男人女人的腰们朝麦田深深地弯下去，太阳味儿麦子味儿从麦垄里融融地升上来。镰刀嚓嚓地响着，麦子在身后倒下去。

队长又派杨青跟在大芝娘后头拾麦勒儿捆麦个儿。大芝娘边割麦子边打勒儿，麦勒儿打得又快又结实，一会儿就把杨青丢下好远。

杨青不再追赶大芝娘。她只觉得这麦田、这原野，大得太不近人情了；人在这天地之间动作着，说不清是悲是喜。

人们又向前拥去，前头一定是欢乐。新上任的队长又朝后头喊话："后头的，别茶懈着！前头有炸馃子、绿豆饭汤候着你哩，管够！管饱！"

杨青索性坐在一个麦个子上。大芝娘也没跑过来接应她，她们离得太远了。如今她觉得离她最近的是平易市。她把那个天地想得很具体：马路边上每一棵中国槐，每个商店门窗的颜色，甚至骑车上学时，车轮在哪里要轧过一个坑洼……那里，那一街一街的旧门窗里，终将是他们的归宿。他们会在那里搭个窝儿。

他们，她是指她和陆野明。

春节过后,陆野明一直没回端村。人们说他正在外地伺候他生病的父亲——一个害风湿病的退休干部。

春节时,杨青找过陆野明。还邀他出来去过一个被大雪覆盖着的公园。开始陆野明不去,推托家里有事,推托自己感冒,推托要等一位同学。后来那些推托在杨青面前到底变成了推托。他跟她去了那公园。

杨青想和陆野明并肩走,陆野明总使自己落后一步,仿佛是对杨青的忏悔。

雪很厚,他们那深陷下去的脚印十分明确。脚在深雪里陷着,发出咯吱吱、咯吱吱的声响。陆野明走在杨青身后,朝那一路新雪狠狠地踩着。他愿意把那咯吱吱、咯吱吱的声音变成对她的诉说,他一时一刻也没有喜欢过沈小凤。有了那一夜对她的厌恶,才有了对她永远的厌恶。终于,脚下的"咯吱吱"变成了愤怒的语言:那个人、那个人!

杨青理解那"语言",却小心地在前边踩。她脚下的声音很小,像在劝慰着陆野明:我懂,我懂!

雪地的行走才使杨青彻底放下心来。在端村,他们默默驾驶起的那条小船,终于到达了彼岸。她和他完整无损,她和他都没有失掉什么。日子报复的不是他们,她还深有所得。现在他到底是属于她的,那来自身后的声音便是证明:

咯吱吱、咯吱吱!

那个人、那个人!

咯吱、咯吱!

我懂,我懂!

一个轻柔的回答。

……

镰刀又在杨青的不知不觉中挥动起来,男人女人的腰们又朝着麦垄深深地弯下去,一片脊背向着太阳。脊背们红得发紫,有的爆着皮。

那脊背的虔诚感动了蓝天,蓝天忽然凉爽下来。远处滚起雷声,雨丝也开始在田野里织罗。人们直起脊背,抱住双肩,朝着刚刚戳起的新麦垛奔去避雨。

杨青选了一个最近的麦垛。那个由横三竖四的麦个子摞成的小垛,容纳了她。身后是麦秆,头上是沉甸甸的麦穗。雨水顺着麦穗往下滴落,在杨青眼前形成一片闪烁着的珠帘。杨青用手接雨水,很难接满一捧;然后就用脚接,雨水顺着脚面流到脚腕,再溅上小腿。她发现自己的脚丫儿很宽、很白。细碎的汗毛稀稀疏疏地贴在小腿肚子上,雨点溅上去,很惬意。

后来有个人站在她跟前。这个垛离有人的地方分明很远。

杨青先看见一双男人的脚,又看见一张男人的脸。是陆野明。

"我看见你在这儿避雨。"他说。

"你回来了?"她问。

"嗯。"他答。

"刚到？"

"刚到。"

"没想到下雨。"

"没想到下雨。"

陆野明站在雨中，背对正在淅沥着的原野，脸朝着这个充实而又无声的堡垒。雨水顺着他的眉毛往下滴。

雨水把他的眼睛冲刷得很亮。那眼睛像对杨青说：我能进来避一下雨吗？你看，我正站在雨里。

杨青放下裤腿往旁边挪了挪身子，也用眼睛对他说：这还用问，这儿有的是地方。

陆野明闪过那面闪烁着的珠帘，一弯腰，坐在杨青旁边。

他们眼前更加朦胧起来。四野茫茫，一时间仿佛离人类更远。

这里分明就是一个世界。

杨青又想起那个使她苏醒的黄昏。充实和空旷都能激动起人的苏醒。她想，发生点什么，难道不正是这个时候？她微微闭起眼，切盼起来。

她像在熬日子过。

一切的一切都告诉她，没有发生什么。什么也没有发生。雨停了，雨滴仍然顺着他们头顶上的麦穗闲散地溅落。这儿那儿，他们四周是一整圈小水坑。

陆野明在距杨青一拳的地方抱腿坐着。杨青发现，有几个脚趾头从他那双黑塑料凉鞋里探出来。杨青觉得它们很愚昧，就像几个弯腰驼背的小老头。她莫名其妙地怨恨起它们，仿佛是它们的愚昧，才使得陆野明忘记了她的存在——多好的淅淅沥沥的细雨。

太阳很快就出来了。人们的脊背又从四面八方的麦秸垛里露出来。他们吆喝着，感叹着，怨那雨的短促，怨那雨的多余。

大芝娘又在招呼杨青，那声音在雨后的原野上格外迅速，格外嘹亮。

杨青站起来，抻抻自己的衣裳，转身对陆野明说："叫我呢。你先回点儿上换件衣服吧，我包袱里有你的背心。钥匙在老地方。"

杨青说完扑着身子向前边的欢乐奔走，刚才的遗憾被丢在那个横三竖四的小垛里。

找到大芝娘，杨青又回身向后看。陆野明正在麦茬地里大步走。

"看，陆野明回来了。"杨青对大芝娘说。

大芝娘看着陆野明的后影，一时找不出话说。她想起沈小凤那两对枕头。

杨青身上有了劲，她决心跟紧大芝娘。

第二天陆野明回队割麦子，一天少话。收工时沈小凤在一片柳子地里截住了他。陆野明想绕过去，沈小凤又换了个地方挡了他的去路。

麦茬地上升起一弯新月，原野、树木正在模糊起来。

"你就这么过去？"沈小凤说，口气就像通常那些对着自己男人的女人。

"不这么过去，怎么过去？"陆野明索性站住，面对沈小凤。

"我以为你不回来了。"她说。

"不回来到哪儿去？"他说。

"我不希望你对我这么说话。"

"怎么说？"

"像那天晚上一样说。"

"那天晚上我说了好多话，你要哪句？"

"要你最愿意说的那句。"

"我最愿意说'你走开，我过去'。"

"你没说过这句。"

陆野明不言语，两手插在裤兜里，眼睛死盯住那越来越模糊的地平线。脚下有一群鹌鹑不知被什么惊起，扑扑拉拉飞不多远，跌撞着又落下来。

"我那封信呢？"沈小凤又开始追问起陆野明。

"我收到了。"

"收到了为什么不回信？让我好等。"

"你愿意等。我不能一错再错。"

"你错了？"

"错了。你没错?"

"我没错。"

"没错写什么检查?"

"那是不得已、不情愿。不情愿就等于没写。"

"我愿意写。"陆野明说。

"这么说,你不爱我?"

"不爱。"

"不爱,为什么把我变成这样儿?"

"所以我错了。"

"你回来就是要对我说声错了?"

"就是。"

"那以后,我还是你的吗?"

"不是。"

"我是,就是,就是!"

黑暗中,陆野明又感受到了那双小拳头的捶打,比平时要狠——那双雪白的小拳头。接着,那头亚麻色的头发也泼上了他的胸膛。

"你……"陆野明站着不动。

"你什么?你说,你说。"沈小凤死死抵住他的胸膛。

"你是你自己的。"陆野明到底推开了她。

他绕过一蓬柳树棵,踏着沙土地,大步就走。

陆野明疾步走,想赶快逃出这片柳子地。他用心听听后面的动静，沈小凤好像没有追上来。陆野明这才放慢脚步，无意中却又来到那个麦秸垛旁。当他意识到这是个错误路线，沈小凤早从垛后转出来截住他。

顷刻间沈小凤已不再是刚才的沈小凤。她扑到他的脚下，半卧在麦秸垛旁，用胳膊死死抱住他的双腿，哆嗦着只是抽泣。陆野明没有立即从她的胳膊里挣扎出去。他竭力镇静着自己，低头问她："你……你还有什么话要说吗？"

"有。"沈小凤说。

"那你说吧。"

"听不完你不许走。"

"我不走。"

"你真不走？"

"真不走。"

"我……不能白跟你好一场。"

"我不懂你的意思。"

"我想……得跟你生个孩子。"

"那怎么可能！"陆野明浑身一激灵。

"可能。我要你再跟我好一回，哪怕一回也行。"

"你！"陆野明又开始在沈小凤胳膊里挣扎，但沈小凤将他抱得更死。

"我愿意自作自受。到那时候我不连累你，孩子也不用你管。"沈小凤使劲朝陆野明仰着头。

"你……可真没白在大芝娘家久住。"

"就是没白住,就是!"

"我可不是大芝爹。我看你简直是……"

"是不要脸对不对?"

"你自己骂出来还算利索。"

陆野明趁沈小凤不备,到底从她那双胳膊里抽出自己两条腿,向旁边跨了一步,说:"我希望你和我都重新开始。"

陆野明走出麦场,沈小凤没再追上去。

她没有力气,也不再需要力气。她只需要静听。她又听见了"乳汁""乳汁",再听便是那彻夜不绝的纺车声:吱咛咛,吱咛咛……那声音由远而近,是纺车声控制了她整个的身心。

当晚,沈小凤没回知青点。大芝娘家没有沈小凤。

第二天有人为沈小凤专程去过平易市,平易市没有沈小凤。

端村,太阳下、背阴处都没有沈小凤。

远处,风水在流动,将地平线模糊起来。

又是一年。

知青们要选调回城。那知青大院就要空了。临走前,人们又想起那好久不喝的薯干酒。晚上,有人领头敲开供销社的门,打来一暖壶。女生们也参加了,还托出她们保存下的冻柿子、冰糖块、榆皮豆。人们只是喝酒、吃柿子,没人开始一个话题。

后来,不知谁起了个头,大家便齐声唱起那个电影插曲:

咱们的天，
　　咱们的地，
　　咱们的锄头咱们的犁。
　　穷帮穷来种上咱们的地，
　　种地不是为自己，
　　一心要为社会主义，
　　嗨，社会主义！

他们一遍又一遍地唱着，唱到最后只剩下了男生，并且歌词也做了更改：

　　咱们的天，
　　咱们的地，
　　咱们一大群回平易。
　　上来下去为什么呀，
　　你问问我来我问问你，
　　一心要为社会主义，
　　嗨，社会主义！
　　……

陆野明没唱。
杨青也没唱。

陆野明抄起煤铲添炉子。他狠狠地捅着炉子，狠狠地添着煤，像是要把那一冬的煤在一个晚上都烧掉。

杨青端着茶缸喝了一口薯干酒，没觉出那酒的过分刺激。接着她又喝了一口。

陆野明扔了煤铲，蹲在墙角吃冻柿子。墙角很黑，柿子很亮。

第二天又是个霜天。一挂挂大车载着男生女生和男生女生的行李，在万籁俱寂的原野上走。牲口的嘴里喷吐着团团白色哈气。

近处，那麦秸垛老了；远处，又有新垛勃然而立。

十一

四月柳毛飘，卖鱼儿的遥街叫。

大芝娘又在院里开地。栓子大爹隔着半截土墙问："把院子都开成地？"

大芝娘说："他叔，你说辣椒这物件，莫非咱这片水土就不生长？"

"学生们都吃，想必这不远的地方就有种的。"栓子大爹说。

"我估摸着也是。是种子儿，是种秧？"大芝娘问。

"兴许是栽秧。"栓子大爹说。

"你不兴打问打问？"大芝娘说。

"莫非你想试试？"栓子大爹问。

"你给我找吧。"大芝娘说。

栓子大爹背了荆条筐，赶了几个近集，又去赶远集。走在集上他不看别的，单转秧市。葱秧、茄子秧、山药秧他都不眼生，见了眼生的便停住脚打问。

栓子大爹终于从远集上托回两团湿泥，两团湿泥里包裹着两把辣椒秧。

大芝娘在菊花畦边栽下辣椒，栓子大爹留出几棵，栽在麦场边。

麦子割倒，辣椒秧将腰挺直。

棒子长棵，辣椒也长棵。

棉花放铃，辣椒开花。

后来辣椒花落了，显出一簇簇豆粒大的小生灵，都朝着天。

有人隔着半截土墙问大芝娘："莫非这就是辣椒？"

大芝娘说："由小看大，闻着就像。"

有人在场边问栓子大爹："莫非这就是辣椒？"

栓子大爹说："也不看看谁买回来的秧子！"

大秧谷黄了，辣椒红了。东一点，西一点，仿佛谁在绿地随意丢上的红手印。

菊花白了，辣椒更红了。红白一片。

五星串着畦背儿乱跑，不掐白菊花，只捡红辣椒揪。

第二年，栓子大爹从干辣椒里削出籽儿，种出秧，逢人就说："栽几棵吧，栽个稀罕。"

端村人在菊花旁边种起辣椒。秋天，端村的原野多了颜色。

十二

春日春光有时好，
春日春光有时坏，
有时不好也不坏。

在端村时，点儿上一个男生写过这么一首诗。杨青觉得那诗既滑稽又真切，止不住常在心里背诵。

如今，写诗的和背诗的都回了平易，杨青依然重复着那首诗。平易市悄悄地接受了他们。

杨青也说不清为什么要用"接受"二字来形容这伙人的复归，他们原来就是平易人。现在见了面还要互相打问：哪里接受了谁，或者谁不被哪里接受。直到杨青像平易人那样骑车上了班，才觉出眼前的豁亮——春日春光有时好。

那时车轮碾轧在不算平坦的马路上，不算稠密的旧商店从她眼前缓缓滑过，小胡同里还不时传出对于香油或豆腐的叫卖声。她觉得这才是平易人应该享受到的。就连过十字路口不小心闯了红灯，警察把她叫上便道罚款训话时，她也能生出几分自豪。假如你不是个平易人呢，假如你还在端村呢？端村没人为了走路罚你的款，端村也没有红灯。

你付给警察五角钱，警察撕给你一张收据。你又开始骑车，店铺又从你眼前滑过——有时不好也不坏。

有时，豁亮也能从你眼前消失。一走进接受了杨青的那家工厂，一走上那间水泥铺成的潮湿、滑腻的车间地面，她立刻就想起那诗的第二句——春日春光有时坏。

那是一个不算大的造纸厂，在离车间不远的一片空地上，挺挺地戳着几个麦秸垛。那旧垛的垛顶也被黄泥压匀，显出柔和的弧线，似一朵朵硕大的蘑菇；新垛的垛顶只蒙一张防雨帆布。那布的四角被绳子拉紧，坠着石头。

新垛很快就变作了纸浆，变作了纸，总是剩下那几座老垛。垛顶的黄泥慢慢变成了青泥，碎麦秸在檐边参差，不再耀眼，不再像一轮拥戴着它的光环，像疯女人的乱发。

它们诱惑了她，又威慑着她；唤醒过她，又压抑着她。如今，它们仿佛是专门随了她来到这里，又仿佛，她本不曾离开端村。

世界是太小了，小得令人生畏。世上的人原本都出自乡村，有人死守着，有人挪动了，太阳却是一个。

杨青常常在街上看女人：城市女人们那薄得不能再薄的衬衫里，包裹的分明是大芝娘那双肥奶。她还常把那些穿牛仔裤的年轻女孩，假定成年轻时的大芝娘。从后看，也有白皙的脖梗、亚麻色的发辫,那便是沈小凤——她生出几分恐惧,胸脯也忽然沉重起来。

一个太阳下,三个女人都有。连她。她分明地挪动了,也许不过是从一个麦场挪到另一个麦场吧。

冬天,人们把自己裹得很厚。杨青在街上仍然盯了人们看,骑车的人,步行的人。

一日,三个步行的人走出长途汽车站,往火车站走。两个大人牵着一个小人,那小人扁脑袋,奓耳朵。杨青立刻认出了他们,还认出了那双大皮鞋:牛皮、翻毛、硬底。走在城市的便道上,城市的声音虽然淹没了它的声音,但那声音一定比在黄土小道上清晰得多。另一个男人背上斜背一只花土布包袱。包袱很沉,赘得那人脊背向一边倾斜,弓着。

杨青骑车绕到三人面前,紧紧刹住闸,故意不言语,让他们辨认。

老少三人迟疑了好一阵,显得很慌张,以为是他们走错了这个世界的规矩。杨青笑了。

"栓子大爹,小池大哥,你们不认识我了?我是杨青。这是五星吧?"她低头盯住那个死攥住小池衣角的小人儿。

"可不是杨青!"栓子大爹恍然大悟,一脸的喜出望外。他万没想到在这个人挤人的大地方,还有人能认出他们。

"你们这是……"杨青打量着小池的包袱。

"出趟远门。"栓子大爹说。

小池规规矩矩地把说话的机会让给了栓子大爷，他牵着五星的手只是笑。笑时嘴角两边多了几条皱纹，"括弧"一般。

杨青猜出了他们的去向。端村人不做大买卖，不攀大单位、大干部，通常没什么远门可出。

"是不是去四川？"杨青问。

栓子大爷没有立时回答。小池涨红了脸。五星怯生生地看着杨青，将头靠在小池腿上。

"我送你们去车站吧，来，快把包袱夹在后衣架上。"杨青去摘小池的包袱。

小池说："不沉，不沉。"

杨青还是摘下那包袱，夹上后衣架。他们在杨青的带领下，慌恐地躲着车辆和行人。

到了火车站，杨青替他们看好车次，让小池排队买票。栓子大爷这才跟杨青说起去四川的事。

"你看，说话间五星都长大了，可那边还有咱端村的骨肉。叶落归根，好比命该你们还得回平易一样，那边的骨肉终得归咱们端村。"栓子大爷说。

"那，五星呢？"杨青问。

"先让五星见见娘，再看花儿的意思。花儿也是个底细人，亲的热的，就是亲的热的。"

栓子大爷说得很婉转，但杨青还是听懂了那意思。她想，五星就要留在花儿身边了。她不知道应该高兴还是难过。

五星的两眼很茫然。杨青又想起他小时脸上常有的那种愁苦相儿。

小池买来车票。杨青从站前小摊上给五星买了两根膨香酥，一包江米条；给栓子大爹买了一包黄蛋糕。

五星将那两根拐棍似的膨香酥使劲搂在怀里，那俩"拐棍"一红一黄。

栓子大爹双手捧着那包蛋糕。

五星的那包江米条，被小池用小拇指勾住，悬得很高。怕有人撞在上面。

上车的人很多，栓子大爹和小池挟着五星，旋即就被挤车的人卷走。他们憋红了脸，不惜力气地挤着，栓子大爹那皮鞋踩着别人的鞋，也叫别的鞋踩着。

后来站台上只剩下杨青。她想起刚才他们向她打问了所有的男生女生，唯独没提沈小凤，也没提陆野明。

陆野明和杨青不常见面。离开端村，杨青便失却了驾驭谁的欲望。陆野明也不再得到那种激动和那种安静。见面就是见面，如同上班、吃饭。但每次见面他们都能给对方留下恰如其分的印象，似乎都想对得起在端村的日子。晚上，他们走在一条条有着稀薄林荫的林荫道上，注视着装点在那里的男女，寻找、模仿着他们应该做出的一切。

陆野明像所有男者一样，把自行车支在路灯不照的地方，半个身子斜倚在后衣架上，有分寸地抽烟。杨青站得离他很近，又不失身份地显出点淡漠。谈话也总是由远而近。

"我们厂定了新规矩，出门、进门都得下车。"陆野明说。

"噢。"杨青说。

"你们厂呢？"陆野明问。

"我们厂随便走。"杨青说。

"你说有必要吗？"陆野明问。

"麻烦。"杨青说。

两人愣一会儿，杨青又说："热了。"

"越来越热了。"陆野明说。

"反正厂里得防暑降温。"杨青说。

"我们车间发了茶叶、白糖。"陆野明说。

"我们厂还没信儿。"杨青说。

又愣了一会儿。

终归，他们接触到那个不可少的实质性问题，又是陆野明吞吐着先开口。他用了最微弱的眼光看杨青，语气里带着试探和要求。端村，"尼迈里"访问过的那个黑夜，仿佛留给了他永远的怯懦。

杨青没有说过"行"，也没有说过"不行"。

他们还是如约见面，听音乐会，看话剧，游泳，划船，连飞车走壁都看。每次，陆野明总是把一包什么吃的举到杨青眼前。陆野明托着，杨青便在那纸包里摸索着，嚼着，手触着食物，触着包装纸。那包装纸总是分散着杨青的注意力。她想，她触及的正是她们厂生产的那种纸,淡黄,很脆。那种纸的原料便是麦秸。

每天每天,杨青手下都要飘过许多纸。她动作着,有时胸脯无端地沉重起来。看看自己,身上并不是斜大襟褂子。她竭力使活计利索。

一个白得发黑的太阳啊。

一个无霜的新坑。

午后悬崖

最近几个月里，我接二连三地到殡仪馆去。一些人相继离世了，先是我的奶奶，这位活了九十岁的老太太，上世纪50年代做过我们这个城市的市长。四十年过后，这个城市知道她的人已经不多，但在她的遗体告别仪式上还是来了不少人。大部分人我都不认识，多是她从前的战友、部下吧。遗体告别之前，他们轮番到休息室向我们家的人表示慰问。作为遗属，我们家的人都流着泪——除我之外。我不是不想流泪，我奶奶生前是很疼我的。我有一只和平鸽牌袖珍闹钟，就是我奶奶于上世纪50年代末访问苏联时专为我带回的，尽管那时我还不识字，时间对我还不具备什么意义。我之所以无法流泪，是因为我奶奶的长子——我父亲流了太多的泪，一个将近七十岁的男人，就那么当着众多的熟人生人，咧着大嘴放肆地号哭，鼻涕眼泪以及他那因悲哀而扭曲的脸都使我感到难为情，也许是难过。后来《哀乐》响起来了，告别仪式开始了,我们站在灵堂一侧,继续接受慰问和握手。我以为我会在这个时刻流泪,但眼泪它还是下不来,因为我的精神一直不能集中。我盯着玻璃棺材里我奶奶的遗容,发现她居然被化妆师给涂了两个边缘明显的红脸蛋儿。化妆师当然是好意,是想让死者看上去和活着一样。问题是我奶奶活着的时候从不这样,她一生不用化妆品,绝想不到死后会被化妆师在脸上大做文章。她的红脸蛋儿阻止了我的眼泪,《哀乐》也使我走神儿。因为这一曲举国上下沿用至今的《哀乐》,本出自我奶奶的小叔子、我父亲的二叔,也就是我的二爷爷之手。抗战时期他在贺龙领导的西北战斗剧社当指导员兼作曲,他创作的小歌剧《新旧光景》在当时可说是脍炙人口,《哀乐》便是取材于其中的一段插曲。当然,它后来之所以能流行全国,想必是又经人做过了加工整理,才更加丰富和完整。但《哀乐》的主创者是我的二爷爷,这是个事实。这个事实逗弄得我在有《哀乐》的场合总是三心二意。不止一个人告诉我,《哀乐》的成功就在于它能使所有听见它的人要哭,不管你眼前有没有一个活生生的死人。于是我就想,正因为有了《哀乐》,人类才没有了判断眼泪真伪的可能。《哀乐》是要唤起人所有的悲伤细胞为之活跃的,我仿佛因为与其作者有亲缘关系,才逃离了这种被唤起。我常在应该悲哀的时候刻意欣赏《哀乐》作为一首"经典"乐曲的成功之处,我还想起我那位创作了《哀乐》的长辈,当他去世前是怎样叮嘱家人千万不要在他的遗体告别式上播放《哀乐》。他真是聪明,他愿在死后还原成一个生活中的真人吧,那便用不着让人拿他创作的《哀乐》再为他增添些戏剧性的悲伤。

后来几次的殡仪馆之行,我都没有眼泪。有一次适逢省内一位文化界资深官员逝世,因了他的德高望重,佳绩昭彰,前来告别的人空前的多。百十辆汽车堵塞了殡仪馆门前的道路;拥挤在院内等待告别仪式开始的人们寒暄着互问近况,说着该说的或不该说的,让人爱听或不爱听的话。诸如"老刘啊可要多注意身体啊"——仿佛下个就轮着老刘了;诸如"老马呀多日不见,你脸色可不好,该去医院检查就得去,别犹豫"——仿佛老马也很危险。更多的人则说着与死者告别全无关系的家长里短、社会新闻。人声嘈杂人头攒动,像集会,又像某个新开业的酒店等待剪彩。若不是《哀乐》猛地响起,这嘈杂还不知要继续到哪里。我敬重这位官员,他生前鼓励过很多年轻人的创作,本人也在被他鼓励关怀之列,以至于在当年能从一名普通下乡知识青年被调入作家协会,成为半职业作家。我又有什么理由不在这大庭广众之下、这记者云集的场面表露我的哀伤呢(注意:此想法已属做作)。我踏着《哀乐》的节奏排队走向灵堂,《哀乐》又使我开始走神儿,我为我的泪水迟迟不来感到焦虑。这时乐曲忽然中止了,是录音机接触不良所致。人们都停了步子,仿佛没有音乐他们就无所适从不知以怎样的节奏向死者鞠躬。我的眼泪本来可以在这片刻的空白中涌上眼眶的,但是录音机被人捶打了几下又恢复了正常,于是《哀乐》继续,人们的行走便也继续。这当儿我走近了灵堂门口，门口举着大把假花的殡仪馆工作人员向每一位进厅者发放假花，给人感觉是以赢利为目的的强迫性行为。我被迫接住了一枝脏乎乎的白尼龙绸假花（不知被用过多少回），花梗的铁丝扎破了我的手。我的手流了血，我的眼就流不出泪了。

有时候我会想起我那天举着一枝铁丝毕露的脏绸花，有些恼火地献到死者遗体旁的尴尬样儿，幸亏《哀乐》掩饰了这尴尬，《哀乐》的功效还在于，它不仅能激发人的悲伤，也能掩盖悲伤之外的所有其他。但，我仍然没有眼泪。走出灵堂时我听见两个眼熟的记者对我的议论，他们说起向我奶奶遗体告别那一回，说那回我就从始至终没落一滴泪。

记者们好眼力。在这样的场合我不仅无法哭泣，我甚至说不清自己的心绪：慌乱，空洞，烦躁，惶惑，无明火……也许都不是，也许兼而有之。我因此常常愿意在离开殡仪馆之后一个人到烈士陵园去。

我们这座城市的烈士陵园是整个华北地区最大的墓园，占地近三百亩，埋葬着在抗日战争和解放战争中捐躯的烈士。陵园内树木很多：雪松，银杉，丝柏，法国梧桐，白丁香，紫丁香，还有那些将陵园分割成棋盘状的整齐油亮的冬青。树木簇拥着烈士的墓碑，墓碑下是他们的墓穴，一排排隆出地面的长方形墓体从东向西，从南向北一望无际，像士兵整齐的列队。除了清明，这里可能是整个城市最安宁的地方。当我从嘈杂的殡仪馆踏入烈士陵园的大门，当我坐在随便哪位烈士那半人高的墓碑之下，墓道两侧巨大的法国梧桐枝叶交错搭起蔽日的天棚，为我和烈士们遮着阴，这时候我的心便豁啦啦静下来，眼泪常常不期而至，我任凭它去流淌，因为这时我的泪水可靠从容，没有雕饰也不暧昧。不像在殡仪馆里，那地方即令有泪也给人一种来得急去得快之感。在烈士陵园这样的地方，地面上没人认识我，墓中的人又是那么谦虚那么善解人意，我流泪就用不着为了什么。我只看见这里的树很壮美，我还坚信墓中人个个年轻英俊。这里没有哀乐，也没有我奶奶被化了妆的红脸蛋儿，也没有那么多活人的寒暄，因此这里也没有死亡。引人上心的，都是些活生生的对生命的想念。我经常在条条墓道之间走来走去阅读碑文，阅读那些生命和他们短暂得有些残忍的历史。我曾经在一块墓碑上读到过一名烈士的简介，这烈士名叫王青，冀中第××军分区年轻的副司令。1945年"八一五"日本投降第二天，王青在全区百姓庆祝抗战胜利的大会上作了鼓舞人心的报告之后，归途中被一冷枪击中牺牲，年仅二十六岁。每次我读王青的墓碑，总是莫名其妙地坚信那个打他黑枪的人物还活在世上逍遥法外。这想法让人毛骨悚然但并不荒唐：人世间，我们真正知道的事实又有多少呢？这种打黑枪的人，他们比战场上与我们面对面拼杀的敌人更叫人仇恨，他们在茫茫人海里也有可能隐匿得更深。

坐在烈士的墓前，我找回了我对离世的那些亲人、熟人准确真实的想念，我也能比在其他任何地方都更加明晰地想我的奶奶。我的童年是在奶奶家度过的，小学时班里同学问我怕不怕我的市长奶奶，我不回答他们，只是想起我爷爷对我奶奶的不怕。我爷爷是个给地主扛长活出身的大老粗，战争年代也流过血负过伤的。他不仅敢打我的奶奶，还撅折过她的眼镜腿儿。他的口头禅是："白天谁怕咱，晚上咱怕谁！"——他打我奶奶一般在晚上。长大之后我才逐渐地弄清他这口头语的含意，我不喜欢我的爷爷。有一回我读到过一段有关丹麦女王玛格丽特1972年登基的描写：在王宫阳台上，站在玛格丽特公主身边的丹麦首相大声喊了三遍："国王已经去世，女王玛格丽特二世万岁！"聚集在王宫广场的两万名丹麦市民沉浸在悲喜交加的情绪中。这时新女王的丈夫亨里克来到阳台上，彬彬有礼地吻妻子的手，对她表示尊敬。这一事先并无安排的举动感动了成千上万的国民，他们把这看成是自豪、感激和信任的标志。这描写令我想起了我的爷爷，尽管我奶奶不是女王，可我爷爷在人前人后实在是对她缺乏起码的尊重。如果不是后来的"文化大革命"，我会厌恶我爷爷终生的。但是"文化大革命"开始了。红卫兵小将到我家揪斗我奶奶时，我爷爷将我奶奶护在身后，和那些小将大打出手。据一位目击者回忆，当时我爷爷邪劲十足，只几分钟便将数十名小将打倒在地躺了一院子。后来我爷爷就是因此被红卫兵打死的，慢慢地，你一皮带、我一拳头地被打死的。不能不说我爷爷是为我奶奶而死，他一生不会去吻我奶奶的手，但他却能不假思索地为她豁出生命。若是我爷爷早死二十年，或许他也会被安葬在烈士陵园这苍松翠柏之间的，他本来就和长眠在这里的人们是一代人。

也许这是我亲近烈士陵园的另一个原因。有一回我听说陵园管理处因为经济效益不好（参观者一向很少，门票才五毛钱一张），欲在园内辟出一块地方开办歌舞厅，顿觉怒火中烧。幸而此设想被陵园的上级主管——省民政厅及时否定，陵园才得以继续一如既往地庄重和清静。

当我来陵园的次数多了，我还发现这庄重和清静吸引的不止我这样的人。这个中午，我坐在墓碑前读着一本闲书，有一男一女从我眼前走过。他们所以引起我的注意，是因为他们与这园内的一切格格不入。女的二十岁左右，身材臃肿，卷发湿淋淋（保湿摩丝所致）地堆在耳边；脸上涂抹着很厚的劣质化妆品；一条黑呢长裙，裙裾上缀着一些金属亮片。男的三十多岁，头发上明显地蒙着尘土，穿一身棕色西服，拎着大哥大包，像来自乡镇。他们渐渐地走近了，一路说着话。我下意识地低头把视线落在手中的书上，却分外留意着他们的声音。我听见女的说，二十不行。男的说，门票和可乐还是我买的呢，再添五块，二十五。女的说，五十二你也是做梦。男的说行了吧，也不撒泡尿照照你那脸。女的说那你别跟着我呀。可是那男的还是跟着那女的，看来他是决心在价格上做些让步的。

这一男一女，借了这里的苍松翠柏僻静安宁，就光明正大地走在烈士的墓道上谈着皮肉生意。他们走着，"嚼清"着，行至墓道尽头停住脚犹豫着，像在选择合适的交易地点，又仿佛价格还没有最后谈妥。过了一会儿，我抬头向墓道尽头张望，那里没了他们。又过了一会儿,我听见身后一阵窸窸窣窣,我转身向后看,原来那一男一女绕到了我身后的那条墓道上。借着墓碑的遮拦,透过低垂的柏枝的缝隙,我看见这一男一女选择了一块枝叶掩映的墓基,在距我仅五六米的那块地方,巴掌大的梧桐叶片几乎将那座墓遮住一半。然后他们做了他们想要做的:在阳光下,在那座光洁柔润的汉白玉烈士墓上,女的撩起裙子四仰八叉,男的将脖子上那根廉价的"一拉得"领带转到脖子后头,便扑在女人身上。然后女人站起来数钱——大约比五十二要多,男人头也不回地走了,他那根领带——转向脖子后头的领带也没顾得再扭到胸前来,这使他的背影显得滑稽而又愚昧。我很惊奇我居然能注意到这个细节,很久以后,当我看到街头小商店挂着的那些"一拉得"领带,还能清晰地想起那个领带耷拉在后背上的脏头发男人。

我羞于将这件事说给任何人,包括我的丈夫。只想着当时我若冲上去突然向他们大喝一声该会有什么结果。我千百次地想着冲上去,可生活中的我并不是冲上去的那种人,我不是我的爷爷。

那个中午,当那一男一女离开后,我很想走近去看一看那是什么人的墓。但是一种气味和颜色阻止了我,不洁的,丑陋的,浊恶的……我坚信我嗅到了看见了它们,或者说我的皮肤先于我的视线嗅到了看见了墓上那浊恶的气味和不洁的颜色——有科学证明皮肤不仅能嗅到气味,也能看见颜色。我没有立刻上前并非由于我有多么高尚，是由于什么呢？我只记牢了如林的墓体中那座墓的方位，第二天我才专门来到那座汉白玉墓前读了墓碑上的文字。我知道了这墓中葬着一位八路军敌工部的女除奸科长，她是在五一大"扫荡"中由于叛徒告密，被日本人从一堡垒户中抓出活埋的，活埋前敌人挖去了她的双眼和双乳。她叫刘爱珍，牺牲时年仅二十二岁。为她撰写碑文的人怀着对烈士的景仰之情，运用了一些与碑文文风明显不符的形容，譬如言及刘爱珍性格倔犟且貌美时，还用了"大眼睛双眼皮"这类的句子。但这没有妨碍我对刘爱珍的钦佩，还有哀伤——每当我想起仰躺她墓上的那一男一女。

当我读着刘爱珍的墓碑时，一个对我久已有过观察的女人冲着我走过来。若不是这个女人，也许我会隔很长时间再来烈士陵园的，直到那一男一女在我脑子里淡下去。可我认识了这个女人，并且出于某种原因，和她连着几天在陵园里会面。

这是春天的一个下午，我站在刘爱珍烈士的墓前，读着她的英勇事迹，读着有关她"大眼睛双眼皮"的描述，一个女人从墓地尽头款款地向我走来。她身材高挑儿，穿一件长及脚踝的"97"欧洲款乳白色风衣，戴一副品牌为佐佐木系列的"十级方程式"太阳镜，椭圆形的灰蓝色镜片把她的脸衬得神秘、冷俏。她的走动没有运用时装模特儿在T型台上夸张的猫步，但她行进在烈士墓道上的整个姿态，却给人感觉她是行进在时装展示会的

T型台上。她款款地、却是不容置疑地向我走来,她并且在走到我跟前时停住,摘下太阳镜顺畅而肯定地叫了声我的名字,就像所有熟识我的人那样的叫法。但我不认识这个女人。

这女人站在我的对面,她说你不必怀疑自己的记忆力,你的确不认识我,可我知道你,也读过你写的几本书。我知道作家协会在哪儿,还跟踪过你几回,知道你常来这儿,为此我买了烈士陵园的月票。她问我:"这儿埋着你亲近的什么人么?"她说着,问着,一屁股坐在刘爱珍的墓上,从质地柔软的咖啡色麂皮大手袋里拿出一包骆驼牌香烟,抽出一支用一只细巧的状若小号口红的打火机点上,抽起来。"我只服'骆驼'的味儿。"她说,"虽然这烟粗俗,在美国属于搬运工那样的劳动人民。"她一只手很潇洒地托着烟,两只眼有些神经质地然而绝无恶意地看着我。她的指甲修剪得很精致,指甲油是漆光浅豆沙色。她的举着烟的那只手的无名指上有一枚白金钻戒,钻石大似黄豆,在阳光下闪烁着泛青的错综复杂的锋利光芒。她的指甲、钻戒,与腕上那价值三万块钱的深灰色特种陶瓷表带环绕的方款永不磨损雷达表呼应成一种贵重不俗、可也谈不上大雅的格调。她长得不难看,一时难以看准年龄,可能是四十二岁,也可能是二十八岁,或者是这两个年龄之间的任何一种年岁。她留着齐肩的直长发,发印由正中分开,头发顺前额两侧垂下,清水挂面式吧——在这个年龄留这种头发需要胆量和时间,不过看上去这两样她都不缺:时间和胆量。换另外与她同龄的人留这种发式,可能会显得十分委靡苍老。

我对这个陌生女人说不上反感，但也不打算与她深谈。我对被一个陌生人熟练地叫出名字有一种本能的提防，尽管她说了她是我的一个读者。我因此就犯不上回答她抽烟之前的提问："这儿埋着你亲近的什么人么？"我对她说我只是随便到这儿走走，她马上对我说，她是决心要告诉我一些她本人的事情，才特意来和我会面的。她还说她忘了把她的名字告诉我，这很不礼貌。她告诉我她叫韩桂心。在我听来这名字不像瞎编的，但是用在这女人身上有点不老不少，似欠妥帖。当我知道她叫韩桂心时我们已经离开了刘爱珍的墓，我朝陵园大门的方向走着，一边敷衍地问她想说什么事情，一边有意加快着步子，想以此叫她感觉到，其实我对她——韩桂心的事情没有兴趣。她也随我加快了步子，她说是这样，是关于她杀过人的事。这话果然奏效，我站住了，注意地看了她一眼（职业性的）。她脸上闪现出瞬间的满足。为了终于引起我注意，也为她在此情此景中制造的气氛：墓地，跟踪，杀人。她说她知道我和她一样，是在这个城市出生；她还知道我奶奶做过这里的市长。她问我上幼儿园时玩过滑梯么，不等我回答她又说你肯定没玩过，因为自从1958年以后这个城市所有的幼儿园都拆除了滑梯，拆除滑梯的命令就是当时的市长——你奶奶颁布的。知道为什么要拆滑梯么？韩桂心又问我，不等我张口她又说，拆除滑梯是因为1958年的某日下午，在本市北京路幼儿园，一个中班男生玩滑梯时不慎从滑梯上跌下致死……

我听着韩桂心的讲述，走着，不知不觉掉转头离开大门的方向，又走到了刘爱珍烈士墓前。只见韩桂心很习惯地坐住墓体一角，又一次从麂皮手袋里掏出一支"骆驼"点上。也许她这种坐法是出于无意，仅仅因为刚才她就坐过它。但我却不打算让她在这儿坐下去，我提议我们换一个地方说话，她马上服从地站起来问我"去哪儿"，她说她特别高兴我能对她提出建议，这说明我已经打算听她的事情了。她不仅站了起来，还迫不及待地补充说1958年某日的那个下午，中班男生从滑梯上跌下去的时候她正站在他的身后，她，韩桂心，当时五周岁，和那个男生是北京路幼儿园中班的同班小朋友。

也许我的确对她的事情产生了兴趣：1958年，北京路幼儿园，滑梯，男生的死亡，市长颁发的命令……这些句子于我并不陌生，我本人就是北京路幼儿园的孩子，不过比韩桂心晚几年罢了。由此推算，她已年过四十。我记得我上幼儿园时，园内的确没有滑梯，后来我的确也听说过，一个男生从滑梯上摔下来当场死亡，这是当年这座城市里一个妇孺皆知的事件。特别当我奶奶颁布了拆除全市幼儿园滑梯的命令，这命令和男生死亡事件相继在报纸上出现之后，我和同我一起入园的小朋友们都被阿姨领着，在园内参观过曾经矗立着滑梯的那块旧址。阿姨领我们参观是要告诫我们注意安全，在任何地方也不要做攀高活动。那时的我对滑梯这种东西的确产生过恐惧，但也有渴望，甚至应该说恐惧越深，渴望越大，直至长大成人。成年之后在一些游乐场所我试着滑水、滑沙或滑别的什么，我想这些运动带给成人的刺激一定如同滑梯带给幼童的刺激，我为我终于补上了这幼年空缺的一课感到心满意足。于是从前的一切遥远了，我看重前边的景观。可是这位韩桂心，显然她还陷在从前的死亡里不能自拔。是因为她亲眼所见，是因为死者就是排在她前边的同班小朋友，还是因为——前边她说了她杀过人？总之，我打算静下心来听听韩桂心的讲述，也许一切没什么意义，可又能坏到哪儿去呢？我想。

　　我引韩桂心离开刘爱珍的墓，我们来到正冲大门的一条宽阔的鹅卵石甬路上，在路边的梧桐树下，选了一把有着巴洛克风格的墨绿色铁制长椅坐下来。韩桂心再次打开麂皮手袋，拿出一只TRC55DM型号的三洋录音机，又拿出一大盒排列整齐（饼干似的）的微型录音带。她对我说你最好把我的话录下来，用这个。她这种准备有序的行为使我有点不舒服，好像我在一步近似一步地钻入她的圈套。再者，她这种不顾对方习惯张口就要求录音的做派也刺激了我的那么点自尊心。我对她说用不着，一般情况我不动用采访器（我有意以此称谓来蔑视她的"TRC55DM"）。但是韩桂心向我声明说她不是一般情况，她请我录音正是为了证明她的郑重，她会为她的话负责。我于是作了让步说，那么我们明天开始谈吧，明天我带自己的工具来。

　　第二天上午我和韩桂心如约在老地方——那只巴洛克风格的绿椅子上见面，我带来了自己的三洋TRC500M，打开，它记录了韩桂心的话。

录音之一

我这个人，说来你也许不信，我生下来五分钟之后就长大了。我想这原因要归结于我母亲。从我能听见声音，我听见的就是我母亲的声音。她像对一个大人那样对我说话，说的也都是大人的事，也不征得我的同意，就认定我能听懂。她的长篇大套的话一般在给我喂奶时进行。她怀抱着我，我的嘴含满她的奶头，脸蛋儿贴住她温暖的乳房，她就开始说话。她主要的话题是跟我骂我父亲，她对我说："韩桂心啊（我刚出生我母亲就这么称呼我），不是我不想让你有爸，我实在是跟他一天也过不下去了。按说我怀着你的时候不该跟他提出离婚，这时候跟他离婚咱们娘儿俩今后的日子该有多难哪。可是不行，我实在是等不及了，你还没有体会过什么叫等不及，听我说说你爸的为人你就明白了。我怎么会爱上他怎么会跟他结婚？想来想去当初我就是爱上了他一双手。我们俩是在公共汽车上认识的，当时我坐着，你爸站着，一手抓住我前边那把椅子上的扶手。我一直盯着那只手，从我眼前有了那只手直到终点站。开始是没有意识，到后来，我觉得我的眼睛已经离不开那只手了。那是我见过的最好看的手：干净，修长，灵秀，有力量……总之我迷上了它。也不知过了多长时间，当它突然从扶手上拿开，我才发现车上的乘客都走光了。我急忙下了车，那手的主人——也就是你父亲，他正站在车门口等我。后来我才知道,当我盯着他的手的时候,他也正低头盯着我。我们俩就这么认识了,而且很快就结了婚。结了婚,我才发现你爸脾气太大了,并且一只耳朵有点聋——谈恋爱的时候我怎么没觉出他耳朵聋?说来他也有他的不幸:他的耳聋是小时候让你爷爷给打的。用你爸的话说,你爷爷是个汉奸,年轻时留学日本,回国后定居北京,在日伪时期的'华北政务委员会'当过官。那时候他们家住按院胡同,几进的四合院,汽车,花园,都有。你爸挨的那个耳光,就是住在按院胡同的时候挨的。那时候胡同里住着一家日本商人,商人家有个和你爸年龄差不多的孩子,十一二岁吧。用你爸的话说,那时候全北京,全中国,除了你爷爷那样的人物,谁不恨日本人哪。这样,你爸和他的大哥二哥就盯上了那个日本孩子。有一天中午放学回来,哥儿仨坐在家里接送他们的包车上,看见那日本孩子正独自在胡同里走,就从车上跳下来,让车夫先回了家。然后他们跟着那孩子,看准了胡同再无别人,就一人上去给了那孩子一个耳光。打完,哥儿仨一口气跑回家,插起大门,溜回自己房间,慌得连午饭都不敢去吃。没过几分钟,那孩子的母亲就找上门来了。后果是什么我不说你也猜得出,你爷爷恭敬地把那日本女人让进上房,又差用人单把你爸喊了来,当着那女人,给了你爸一个耳光。你爸说那个耳光打得实在是有技术,整整把他打得转了一个三百六十度的圈儿,好比当今舞台上那些舞蹈演员转的那样的圈儿。从那儿你爸的左耳听力明显下降,那时候他正迷恋钢琴,做梦都想当大音乐家。他恨你爷爷,他跟我说其实他早就预感到你爷爷欠着他一个超级耳光,因为你爸自小就不讨你爷爷的喜欢。这耳光今天不来,明天、后天、大后天也会来的。让你爸感到憋气的是,他的耳朵,不是因为别的,而是因为那么个日本小孩就给聋掉了。你爸他音乐家是当不成了,大学毕了业,他分配到咱们这个城市。你知道他现在当什么?有个音乐杂志叫《革命歌曲大家唱》的,他在那儿当编辑。你猜怎么着韩桂心,我觉得是不是耳朵有毛病的人脾气都坏?像你爸这种人,他真是心比天高,哪儿甘心在一个小小的音乐杂志做编辑啊。他的目标原本是那些世界级的大人物,他连自个儿的缺点都愿意跟大人物一样。比方我说他脾气太坏,他便对我说:'就跟贝多芬似的。'比方我说他丢三落四,他便对我说:'就跟爱因斯坦似的。'比方我劝他少吃去痛片(开始用于抑制神经性头疼,后来吃上了瘾),里边含吗啡,快和吸毒差不多了,他便告诉我:'就跟陀思妥耶夫斯基似的。'

"我们结婚以后,几乎没有一天不吵架的。有时候为一点儿小事,有时候什么都不为。比方有一回,就因为我一不小心站在了他的左边跟他说话——平时我已养成习惯跟他说话时站在他右边,他便攥起拳头——那双漂亮的手攥成的拳头,狠打我一顿。他打我时一般我不吭气,因为我觉得当男人打你时就已经是在解他最大的气,我盼着挨打之后的平静。可是你爸他不是这样的人,我渐渐发现他打我只是一场恶战的序幕,打完他还要我开口,而他要我开口的最终目的是让我永生永世向他认错。他不断地问我：'为什么你非得站在我左边跟我说话你想看我的笑话？你想让所有的人都知道我耳朵有毛病是不是？你说你说是不是是不是是不是？！'我说不是我只是一下子忘了我以后会注意的。他马上说：'你拿什么证明你是忘了？几点上班几点吃饭你怎么忘不了呢？你想用忘了来减轻这件事本身的分量么，你！'我说这件事到底有多大的分量我实在看不出来你不是已经打了我么你还要怎么样！他就提高嗓门儿重复我的话说——'你还要怎么样，啊，我总算听到了你这句质问。你敢质问我，可见你前边的承认错误全是假的，你想让我知道是我用武力才使你被迫认错而你本来没有错是不是！'我对他说我只是不想再吵下去了，我认为你嚷你打我都是对的我真的会好好想想我的……我的错误的。哪知他立即抓住了一个'嚷'字，他说：'你说我嚷是不是？你凭什么说我嚷，我为什么会嚷？凡事要追根寻源你不站在我左边我会嚷么，现在嚷倒成了万恶之源。我嚷我光明正大道理充分，你嘴上没嚷可你心里正在嚷我看见你心里嚷了你连嚷都不敢你虚伪透顶！'韩桂心你知道吗？每逢这时我便生出一种绝望之感，我已知道我开口即错——如果我真嚷起来他会说：'瞧啊本性大暴露了是不是早知道你憋不住。'如果我坚持着沉默他便说：'假文明一种假文明，不开口不算本事今天你不开口咱们谁也别想走。'你爸他说到做到，有好几回他阻拦我正点上班。韩桂心你还不知道我的职业，我的学历不如你爸高，幼儿师范毕业后，我在北京路幼儿园当老师。我热爱自己的职业也应该按时上班，可是你爸他自有他的钟点，他闹不够钟点决不放你走。他插上门，抓过一只大暖壶，倒上满满一杯白开水大口地吞咽着，喝一口水，便猛地把茶杯往桌上蹾那么一下，水花肆无忌惮地溅在桌面上。他的大暖壶，他那蹾来蹾去的茶杯，他那无限放大的咕嗒咕嗒的咽水声，和他那铁定了心要拿我来消磨时光的一脸亢奋是那么强烈地刺激着我的神经，我没有由来地浑身发抖，牙齿磕得砰砰响，我下意识地攥紧拳头仿佛不把它们握紧它们就会自行从我的胳膊上飞出去。我想一个人在决定是不是自杀或者是不是杀人的时候也不过就是我这副样子吧。我抖着，每到这时你爸才从抽屉里摸出纸来说：'写保证书，写了保证书就让你走。'我在纸上写下一行字，无非是保证今后不在他左边站着说话之类的句子。他拿过纸扫上一眼便会轻蔑地撕掉说：'你以为我会信你的鬼话？凡事不挖出思想根源是不会印象深刻是不会保证以后不犯的。你应该写出根源——你忘了应该站在我右边，为什么你会忘了？肯定是你心里在想别的。为什么跟我说话时会想别的？是因为当时你想的那件事比我本人更重要。那么还有什么能比咱们这个二人家庭中重要的一半更重要的呢？今天你忘了站在我右边，明天你就可能连我说话都听不见了，你到底是怎么了在外边碰什么人了吗挖出来都挖掘出来我挺得住……'我在你爸那永不厌烦漫无边际的絮叨声中重新书写保证书，毫无道理地挖掘着那并不存在的思想根源，比信徒向上帝忏悔更加一万倍地绞尽脑汁。我觉得大地就在脚下咔咔地开裂，我就在黑暗中写着看不见的字,一边随着屁股底下的椅子向绽裂的地心下沉。有一瞬间我忽然觉得我不是你爸的妻子,在他眼中我其实是你爸的爸,是你那个汉奸爷爷。一定是你爷爷被镇压枪毙之后他的魂儿附在了我身上,可叫你爸找到了报仇的对象。我笑起来,我告诉你人在彻底无助的时候才能明白什么叫自由,什么叫真正获得了自由。以往我和你爸所有的争吵都因为我老想求助于什么,求助于我们能吵出个道理彼此达到沟通。老想求助于什么本身就是不自由的。现在我笑着,人在彻底无助的境况下才会有这么坦荡的无遮无拦的大笑。我一定笑得声音非常大,因为我看见你爸忽然跳起来奔到门口打开门上的插销,用他一只灵活有力的手捉住我的后脖领说:'出去!'我于是立刻止住笑,脸上一派平静地出门上班去了。连我自己都惊奇我为什么会一派平静,我哪儿来的这戛然而止的本事呢?我是不是精神不正常了我?后来我想明白了,我太爱面子了,爱自己的面子也替你爸撑着他的面子,因为他对外人一向和颜悦色,在单位里从没跟人红过脸。这说明他完全有控制自己的能力,他是有意隐藏着积攒着他在这个世界上所有的郁闷不快,回到家来关起门向我宣泄。等你长大了自己去印证一下,大凡在单位里温文尔雅的那些男人,十有八九在家里都像凶神恶煞。有一阵子我特别害怕下班回家,我经常盼着幼儿园有家长接不走的孩子,那样我就可以陪他们一直待下去。韩桂心啊你不吃奶了,唔?我让你受了惊吓是么……"

我靠在我母亲的胸上吮着她那有点甜有点咸的奶汁,竭力分析着她的语言的含意。我想我一定是听懂了,因为我记得我那一直闭着的眼睁了开来——就在听到那声"出去"之后,我还把嘴从我母亲的奶头上移开,我仰起头看着她,紧接着我感到有大滴冰凉的水珠砸在我脸上,是我母亲哭了。她哭着,把怀里的我掉个过儿,把我的脸从她的左奶移到右奶,她试图把奶头塞进我的嘴,可我扭扭脸,仍然怔怔地盯着她,似乎告诉她我明白她有多么苦,我也愿意继续听她讲。就为了我那时的表情,我母亲好一阵把我狠抱,她一定是受了我的感动吧,她搂抱着我,继续讲下去,她说:"我就知道你能听懂韩桂心,在这个世界上,能有你跟妈一条心,妈还有什么可怕的,哪怕是跟你爸离了婚——我们的确离了婚。自打那回他抓住我脖领子让我'出去'之后,我的后脖梗便经常莫名其妙地红肿一片。我去医院看医生,医生说可能是神经性皮炎。我用了医生给的药,卤甘石水剂什么的,不见效。以后我才明白,这皮炎的因由不是别的正是你爸那双手,那双漂亮得可怕、可憎的手,我一看见它脖子就立刻肿起来,奇痒难耐。有一次我痒得没有办法几乎大声喊起来,我想冲你爸说只要你再胆敢伸手抓我的后脖领我就剁掉你的手!我心里喊着,简直由从前的害怕吵架到盼着他寻机闹事了,简直由从前的不愿回家到一下班就准点奔回家来了,那真是一种恶意的企盼阴毒的快感啊!我多么想剁掉你爸的手。终于有一天,我和他再次大吵起来,那时候我已经怀上了你,四个多月了吧,为一点儿小事:早晨我给他煮鸡蛋时把四分半钟错当成了三分半钟,三分半钟是他的煮鸡蛋的最佳火候儿,三分半钟的鸡蛋,蛋黄不软不硬,是半透明的溏心儿,可那天早晨的鸡蛋,蛋黄已经熟透,很硬,吃起来沙沙的。你爸对煮鸡蛋的火候一向要求严格,那个早晨,当他把鸡蛋小头朝上地放在他的专用鸡蛋杯上,用不锈钢小勺磕开顶端的蛋皮,一勺舀到蛋黄时,我不等他发话,就抢着说这鸡蛋我多煮了一分钟。他问我为什么,我本想实话实说,说我记错了时间,可我却有点故意地说'不为什么',心想反正也没什么好了。果然他把勺子啪地往桌上一拍说:'实在是新鲜,你竟敢向我挑衅。'他说完忽地站起来奔到我跟前,向我扬起那只令我千百次诅咒的手,我闭起眼睛想着:我的机会就要到了。这时候有人敲门。你爸垂下胳膊去开门,来人是我们的邻居,他们杂志的主编,跟我们借白矾的,说是要煮绿豆稀饭。我去给主编找白矾,你爸他去干什么了呢?他手忙脚乱地给主编找茶杯沏茶,尽管大清早的这完全没有必要,主编不是登门拜访,他不过是来要一小块白矾。你爸他却是那么热情忙乱,热情到有点卑下,忙乱到把一只茶杯掉在地上摔碎了。我心想他是多么惧怕主编啊,可他凭什么要惧怕呢?他为人正派历史清白,他爸爸是汉奸可他不是,难道主编会把他也镇压枪毙了不成?但你爸他真是害怕,在这个世界上他除了不怕我,什么都有可能叫他产生害怕。主编走了,我蹲下来收拾地上的碎茶杯,以为你爸会接着提起鸡蛋的事,我想错了,你爸他已经忘掉了鸡蛋,刺伤他自尊的是主编的到来吓得他摔了茶杯,而他的这种被吓,完全彻底地让我给看见了。他让我放下碎茶杯，他说：'你少给我装模作样地收拾，你以为缺了你我连个茶杯也收拾不了么，你不要高兴得太早.'我争辩说我有什么可高兴的，他说：'你当然高兴，高兴高兴你就是高兴，我早就知道你天天盼着我在外人眼前出丑，我就是出丑了就是害怕了你能把我怎么样？你要把我怎么样？你说你不说别想出这个门！'他说完就像从前那样拽过一只大暖壶，他坐在桌边，倒上满满一杯开水大口吞咽着，咽一口，便猛地把茶杯往桌上那么一蹾，水花肆无忌惮地溅在桌面上。他的大暖壶，他那在桌上蹾来蹾去的茶杯，他那无限放大的咕嗒咕嗒的咽水声，和他那铁定了心要拿我来消磨时光的一脸亢奋，使我的后脖梗顿时一阵阵热痒难耐，我知道我的脖子正在发红发肿，汗毛孔张开好比厚硬的老橘子皮。如果说刚才他在主编眼前打碎茶杯让我有那么点心酸，那么现在，愤怒和仇恨压倒了一切。我两眼直直地瞪着他，我冲他第一次也是唯一一次毫不含糊地说：'胆——小——鬼！'他愣了，接着便扑上来薅住了我的头发，第一次也是唯一一次打起我的耳光，正像他的父亲当年打他吧。我被他打着，清醒地引他向厨房走，我们扭打着进了厨房。我伏身扑在案板上看清了菜刀的方位，我右手抄起菜刀，左手以平生之力搂住你爸的右胳膊，把他的右手按在案板上，我不等他反应过来就举刀砍去，我闭了眼，刀落下去，当我睁开眼时我看见我砍断了你爸右手的小拇指。"

录音机停了。我换录音带，韩桂心说："今天就到这儿吧，我晚上有个约会。要是你方便，我愿意明天继续。明天咱们可以早些来，上午九点怎么样？如果你方便。"我说可以，不过我很想知道你父亲……你父亲——我在选择合适的词，韩桂心替我说："你是问我父亲小拇指掉了之后作何反应吧？"她停顿了一下，很过瘾地深吸了一口烟："出人意料，他给我母亲跪下了，他叫她停止，STOP！他摆动着他那缺了小拇指的血淋淋的手，像根本不觉疼痛似的。他央告我母亲今生今世停止吵架，他愿意先发誓，为了我母亲肚子里的我。可我母亲不答应，那阵子她像着了魔，非离婚不足以平心头之怨恨，哪怕今天离婚明天等着她的就是死她也得离。他们离了婚，我母亲腆着肚子搬进幼儿园的单身宿舍，我就生在那儿，北京路幼儿园。"那么你父亲没有为手指的事对你母亲采取什么行动？我问韩桂心。她说没有，她说她父亲一直跟外人说是自己不留神弄伤的，就这点讲，他还像个男人。韩桂心说着，手袋里的手机响了，她接了个电话，对我说她真得走了。我也随她站起来，我们一块儿出了陵园大门。我看见她走向停车场的一辆白色"马自达"，掏出钥匙打开车门，钻进车里娴熟地开车拐上大街，汇入了拥挤的车流。

第二天在陵园，韩桂心继续她的讲述，从上午九点一直讲到下午六点。这天她穿得比较随便，套头羊绒衫，牛仔裤，平底帆布鞋，手里拎个长方形带盖子的柳编篮子。她的心情也不沉重，好像昨天讲的全是别人的事。她的装束和她提的大篮子，给人感觉她就是来做一次文明轻松的郊游。近中午，当我觉出肚子饿时，韩桂心便打开篮子，托出两套保鲜纸包好的自制三明治，她递给我一套，又忙着拧开不锈钢真空保温壶，往两个纸杯里冲咖啡。"意大利泡沫咖啡。"她一边告诉我，一边殷勤地把一杯热腾腾的、坚挺的泡沫已经鼓出杯口的咖啡递给我，并不忘在杯底垫上一小块餐巾纸。咖啡的香气和它那诱人的弹性形状，以及三明治的松软新鲜，都引起我的食欲。联想起她昨天讲过她父亲对于煮鸡蛋火候的严格要求，我想他们父女可能从未在一起生活过，但他们的生活习惯却有着血缘带来的抹不掉的痕迹。吃完喝完，她又拿出几粒大若牛眼的据说是智利的葡萄请我品尝。我尝着智利葡萄，虽然觉得比当地的"巨丰"之类的品种也好不到哪儿，却还是客气地表示了欣赏——我感觉韩桂心这种女人比较希望听到别人的欣赏。果然她挺高兴，她说："谢谢你这么耐心听我说话，已经有很长时间没人听我说话了。"韩桂心讲这话时神气比较诚恳，甚至可以说软弱，这一瞬间不太像从昨天到今天我认识的她。

录音之二

我母亲名叫张美方，从我会说话那天起，我就对我母亲直呼其名——我想是她教我这么叫的。我叫她张美方妈妈，她叫我韩桂心女儿。听上去既欠礼貌又少教养，但细细品来，你会觉得这恰是我们母女关系最真实的写照：平等，散漫，再加几分不容置疑的同心同德。我必须和张美方妈妈同心同德，因为这世界上没人能帮我们。这道理从小我就明白，而且让我明白这道理也是我母亲的愿望。自从她失掉了丈夫，就把注意力完全集中到我身上，她死心塌地地爱我，爱得让我起疑：我认为这里有和我父亲——她的前夫较量的成分，她要让他看看，她并不是离了他不行，她单枪匹马也能把我抚育成人。为此她尽可能让我生活得愉快。可什么是愉快呢？我有我的理解。我是一个追求特殊的孩子，做梦都想出人头地。对我来说，只有特殊，只有出人头地才是愉快。到了上幼儿园的年龄，我被母亲领着进了北京路幼儿园。其实所谓进幼儿园，在我不过是从幼儿园后院转到了前院。北京路幼儿园你是知道的，在当时可说是一所贵族幼儿园。明亮的教室、游艺室和幻灯室，香喷喷的专供小朋友淋浴的卫生间，干净的宿舍和每日一换的床单枕套，由营养护士严格把关的营养配餐，还有花园、草坪、秋千、转椅、滑梯、木马，以及跷跷板、攀登架……这所有的一切都展示在前院里，后院则是厨房、锅炉房和两排教职工宿舍，我们就住在后院。据我母亲说，我能进北京路幼儿园是不容易的，全靠了她在这里当老师——类似今天所讲的走后门。北京路幼儿园通常只接收本市范围极小的高级干部、高级知识分子的子女。我母亲的话应该使我知足，但我却觉得反感，因为自此我知道了我不是属于那一小部分中间的，我比他们低，我本不该被这里接受的，我连从正门走进幼儿园的权利都没有，我只配每天从后院绕到前院去。特别当我看见有的小朋友是乘坐大人的小汽车由大人陪着来考幼儿园，是坐着大人的小汽车被接走又被送来时，我吃惊得差点号叫起来（笔者感到惭愧，因为笔者小时候也乘市长奶奶的汽车上过幼儿园），差点儿冲我母亲大叫"张美方妈妈我恨你！"我承认我的血管里流着我父亲的血。我是多么不愿意像他啊，我应该对我母亲好。我终于没有号叫，因为我母亲握住了我的手，领我从后院出来，走上了幼儿园绿茸茸的草坪。我闻见她手上廉价蛤蜊油的气味，一股子西药房加肥皂的混合味儿，黏黏歪歪的——直到我上中学，我母亲还擦这种三分钱一盒的蛤蜊油，却一直给我买两毛钱一盒的"万紫千红"雪花膏。当我走上草坪的时候，是我母亲手上的气味平静了我小小的混乱的心。我做出格外有礼貌的样子和同班小朋友互相问好，最后还特别问候了我的母亲——张美方妈妈——我幼儿园中班的张老师。我向她鞠了一下躬，大声说"张老师好！"然后我抬起头，看着我母亲的脸。我看见她的两眼泪光闪闪，她竭力向后仰了仰头，仿佛要眼泪顺着泪腺倒流回去。然后她弯下腰对我说："韩桂心小朋友好！"

　　我和我母亲就这样开始了我们初次的共同面向社会。在幼儿园我从来不喊她妈妈，小朋友谁也不知道我们是母女。这正是我擅自做主规定下的一个小秘密，而我母亲她完全同意。我不想让他们知道我是幼儿园老师的孩子，一个照顾他们，侍候他们的人的孩子。

　　一年的幼儿园生活是我认识世界的开始，也是我嫉妒心成长、发育的开始。我在三四岁的时候就体味到了嫉妒的滋味，它是那么强烈，那么势不可当。它不是一种情绪，就我的体会，它完全是一团有形的物质，我常常感到这团物质在我脑子里和肚子里撞来撞去。长大之后看见菜市场出售的一种名叫芥菜疙瘩的菜，我忽然地找到了嫉妒这种物质的形状，它就像芥菜疙瘩，并且它也有颜色，像芥菜疙瘩那样黄不黄绿不绿的。芥菜疙瘩形容古怪好像全身四面八方都生满小脚指头，我真难相信世界上还有这么丑的菜。芥菜疙瘩有多么丑陋嫉妒就有多么丑陋；芥菜疙瘩有多么巨大的生命力嫉妒就有多么巨大的生命力。在我三四岁的时候，我心里就经常堵着这种名叫嫉妒的芥菜疙瘩。我不能容忍别的小朋友比我穿得好——而她们一般都比我穿得好。有一次班里有个女生头上别了一枚湖蓝色软缎蝴蝶结，那真是一个美丽无比的蝴蝶结，那么光滑，那么巨大，那么前所未有。当我一看见那个蓝蝴蝶结，我的心就开始发疼，我难受得要命，芥菜疙瘩在我心里一分一寸地胀大起来，它身上那四面八方的小脚指头开始中伤我。当时小朋友们都在夸那只蝴蝶结，甚至连张美方妈妈也在夸。我听见那女生说蝴蝶结是她外婆从一个叫上海的地方寄来的。"上海在中国吗？"有一个小朋友还问。我躲在一边不问什么也不夸什么，但我脸色一定很难看。我多么希望张美方妈妈能看出我的心情，能猜出我也想要一个蓝色软缎蝴蝶结。她应该能猜出来，她必须猜出来，因为我不能主动对她提出来，那样我就太不懂事了。我知道我们没有这种去上海买蝴蝶结的能力，可我又是多么想要那个来自上海的蝴蝶结啊。结果我母亲她什么也没观察出来。在那天晚上我发烧了，40多度，把我母亲吓坏了，她把我背在身上去医院，打针，输液，吃药，医生却查不出任何原因。我高烧三天才退，我知道这要花去我母亲一些钱。我有点惊奇那时我的心情就是如此阴暗，我想假如我得不到蓝蝴蝶结我也得叫我母亲从另外的地方为我花一笔钱。可我怎么能够想发烧就发烧呢？直到今天这也是个谜。

不久以后我开始仇恨同班一个名叫陈非的男生，这是我有生以来恨的第二个人，第一个是我父亲。我们都知道陈非是印尼华侨的孩子，50年代我们这座城市接纳了不少从印尼归国的华侨。当时我们不知道印尼和华侨是什么意思，但我们都看出陈非很奇特。他梳小分头，穿西式吊带短裤，皮鞋，还有齐膝的白袜子。他衣兜里总有外国糖果，他每剥一次糖，小朋友们就围住他抢糖纸。和我通常吃的一毛钱九块的白薯干似的水果糖相比，与这种水果糖粗糙、简陋的糖纸相比，陈非的那些糖纸是多么华贵不凡，那完全是来自另一个世界的信息，那就是童话。为了能得到陈非的糖纸，小朋友们对他极尽阿谀奉承之能事——原谅我对一些四五岁的孩子使用这样的形容词，不过你若是和我同上过这样的幼儿园，你就会觉得我的形容并非那么过分。陈非因此而趾高气扬，他让小朋友们排队等糖纸，今天张三，明天李四……你或许能猜出我不会做这种排队等糖纸的事,陈非也发现了,他对我说,韩桂心你见过我这样的糖纸吗?我对他说,我们家有满满一抽屉!他说别以为我不知道你们家住在哪儿,你敢现在领我们去你家看外国糖吗?他的话把我给说蒙了,我为我的谎话无地自容,我为陈非对我的揭穿而更加憎恨陈非。第二天,仿佛是为了故意气我,陈非从家里带来一个名叫"小猴要钱"的电动玩具。事隔近40年,如今当我想起那个"小猴要钱",仍然有着极为深刻的印象。那是一只15厘米高的长尾铁皮猴,穿着红衬衫蓝裤子,头戴一顶黄草帽,双手端着一只铁脸盆,脸盆里固定着几枚代表钱币的金属片。陈非一按开关,小猴便蹦跳着双脚,转着圈开始向大家讨钱了。它的长长的尾巴随着身体的节奏摇摆着,脸盆里的"硬币"也随着它蹦跳的节奏发出叮叮咚咚的音乐声。"小猴要钱"震动了我们整个幼儿园中班,大家在游艺室地板上参观着、追赶着那只精灵一样满地蹦跳的猴子。陈非高声告诉大家说,这个玩具是英国生产的,英国。

我要说这次陈非彻底把我打败了,我的矜持、我的不屑和我的故作清高被这只铁皮猴打得落花流水。我央求陈非让我单独玩一会儿铁皮猴,我尤其对小猴手中的铁脸盆里那几枚"硬币"感兴趣。我要摸一摸它们,我要知道为什么它们能在盆里舞蹈却掉不到盆的外边去。陈非说他同意让我玩一会儿铁皮猴,不过我必须答应捡起他的一张糖纸。他说完吃了一块糖,把糖纸扔在地上等待我捡。这种交换条件是我不曾料到的,一时间让我不知所措。但结局只有一个，那就是我没有去捡陈非的糖纸，也不再看我正在"热恋"的铁皮猴。我独自向排在窗前的那排奶黄色小木椅走去，双手紧紧攥成拳头，就像我在襁褓中吃奶时听我母亲讲过，她也会在某种时刻紧紧攥拳。这时我又与我的母亲相像了。我沉默了一个上午。午睡时我做了一个梦，我史无前例地梦见了我的父亲，我梦见我父亲拎着一只蒙着丝绒的洋铁桶到幼儿园看我来了，他是那么和蔼可亲，那么高大完美，那么十指齐全，双手的小拇指都好好地长在各自的位置上。他向我走过来，掀去丝绒，顿时从桶里蹦出一群叮咚作响的铁皮猴。我欣喜若狂，高声叫着陈非陈非你睁眼看看，你有这么多铁皮猴吗……可惜的是陈非没有睁眼，而我自己却被自己的声音喊醒了。

那是一个刻骨铭心的下午，太阳很好，我的心很疼，为了美梦的惊醒，也为了铁皮猴的消失。我们午睡起来洗过脸，喝过橘子汁，在张美方妈妈的带领下去做户外活动。我们排队来到滑梯跟前，又排队逐级登上滑梯。那个下午我排在陈非身后。按我们中班的惯例，我本不该排在陈非后边，陈非身后再有两个女生才轮到我。但是那个下午，我不知道为什么我要排在陈非身后紧挨着他，更不知道为什么谁都没有发现我排错了队。我就那么紧跟着陈非，一步一步地登上了滑梯，踏上了连接着滑槽的那块平坦的木板，经由这块木板，我们才能开始滑行。我的妈妈张美方，此刻就站在滑槽底端接应着每一个从高处滑下来的孩子。经常的日子，每当我踏上这滑梯的最高点，都会有一种又喜又怕又想撒尿的感觉。我喜欢向高处攀登，也喜欢从高处快速向深渊滑行，滑行的瞬间给我快感，我整个的生殖系统都会因之而阵阵眩晕。我还会以一些别人做不了的姿势从滑梯向下滑，比如趴在滑槽里像青蛙那样滑下去；比如侧着身子，用一条胳膊枕住脸，像睡觉那样滑下去。那时我闭着眼，心里得意得不行。为此张美方妈妈批评我，她说姿势不正确是要出危险的，我必须双腿紧并向前平伸，坐得端端正正向下滑。我接受了张老师的意见，但每当我下滑开始的一瞬间，总是快速改变主意。我依旧按我的姿势滑下去，心里想着，请让我保留这个自由吧，这是我在中班唯一能展示自己出色的地方。但是在那个下午，我并不想打滑梯，也不想以此赢得小朋友们的羡慕。那个下午我登上滑梯似乎就为了挨着陈非跟住陈非。排在他前边的小朋友已经蹲下准备滑了，再有几十秒钟就轮到陈非了。陈非扬扬得意，打滑梯时还不忘拿着他的英国铁皮猴。正是陈非手中的铁皮猴坚定了我的决心——这时我方才明白当我午睡醒来，当我排在陈非身后走向滑梯的时候，我是有一个决心的。现在我的决心就要实现了，也许还有一秒钟。我环顾四周，阳光透过银杏树扇形的叶片洒向我们的幼儿园，草坪上有斑斑驳驳的光影；我母亲张美方正专心致志地在滑槽尾巴上弯腰接应陈非前边那个小朋友。我觉得嗓子很干，我向陈非左边移动了一小步，我伸出了右手……陈非在我眼前消失了。我看见他头朝下地栽了下去，他没有落进滑槽，他从滑槽右侧翻向半空，落在一堆废铁上。我听见了"噗"的一声，我看见陈非头上冒出血来，我想他是死了。当我把视线转向滑槽时，我看见我的母亲张美方瞪大双眼正仰头看着稳稳地站在滑梯上的我。就在我们母女眼光对撞的一刹那，我知道我母亲什么都明白了，她是真正的目击者，而在场的其他任何一个孩子都无以对此事产生作用。她冲我竖起右手的食指，把食指紧紧压在嘴唇上。我立刻意会那是一个信号，一个叫我别做声、同时也强令她自己别喊出来的信号。从此我母亲瞪着大眼把食指压在唇上的那个姿态几乎终生陪伴着我。那是1958年的一个下午，我五岁。

韩桂心讲到这儿便开始神经质地抖动双腿，这与她的衣着打扮不太相称。但我愿意原谅她这个失控的小动作，那个名叫陈非的五岁男生的死亡使我逐渐对韩桂心认真起来。我向她提出了几个问题，我说当时滑梯上其他小朋友是否看到了你推陈非，他们有什么反应？韩桂心说她不知道别的小朋友看见了什么，但当时四周安静极了，滑梯上下的孩子没有一个人吭声，也没有一个人哭。似乎所有的孩子都知道事关重大，又似乎所有的孩子都被这重大的事件吓蒙了。这些四五岁的孩子既没有叙述一件突发事件的能力，也没有为一个死亡事件作证的资格。韩桂心说和她同班的那些男生女生，如今她已经完全不记得他们，即使见面彼此也不相识。几十年前与她同班的陈非死亡的目击者们，几十年来没有一个人曾经对当年的韩桂心小朋友提出质疑。也许他们的确不记得她了，有哪个成人能够把幼儿园同班小朋友的名字牢记在心呢？韩桂心说她有时会从心里感谢那些终生不再谋面的小朋友，她不知道那究竟是一群孩子的大智若愚，还是他们真的对她当时的行为浑然不知。我又问韩桂心说，你刚才讲到陈非从滑梯上栽下去落在一堆废铁上，依据北京路幼儿园的优美环境，怎么能容许一堆废铁堆在滑梯下边呢？韩桂心说这正是我要对你讲的。那是1958年，全中国都在大炼钢铁，全中国都在盼望十五年内超过英国。当时赫鲁晓夫的目标是十五年内赶上美国。咱们这座城市，开始了全民炼钢，全民修水利，对了，还有全民写诗，这段历史你应该了解（对笔者）。那两年几乎全中国的人都成了诗人，或说都有可能成为诗人。诗每日的产量在乡村是以车为单位计算的，听我母亲说，那时候报纸经常报道郊区某村农民拉着一车一车的诗作往市作家协会送。城乡上下，几乎每个单位都垒起小高炉，街道号召各家各户贡献废铁，幼儿园老师和阿姨也四处搜罗园内工具房里的旧铁管、旧铁车、三角铁，甚至报废的秋千链、铁转椅……至于为什么会有一堆废铁堆在滑梯底下，我从未与我母亲作过探讨，我只知道幼儿园后院也垒起了小高炉，老师和阿姨分作两班日夜守在炉前炼钢。我私下猜测废铁堆在惹人注目的游乐区内，多半是给来参观的人看的吧，那时北京路幼儿园经常接待各级参观者——包括你奶奶（韩桂心突然指着笔者）。幼儿园领导愿意让参观者进得园来便立即看到幼儿园并不是个世外桃源，这里和全中国一样也满是"大跃进"的气氛。哪一个领导者不懂得制造气氛的重要，他就不是一个称职的领导。那么，还有什么比废铁堆在游乐区的草坪上、堆在小朋友上上下下的滑梯旁边更具热气腾腾的"大跃进"氛围呢？难道那仅仅是废铁么？无论幼儿园领导还是前来参观者，都会从这堆废铁中看见一炉炉好钢，因为小高炉就在后院。当眼前的废铁源源不断地投入小高炉之后，我们离英国佬美国佬为时不远矣。到那时制造一只小小的"铁皮猴要钱"又算得了什么——韩桂心说这最后一句话是她过若干年之后才想起来的。

录音之三

在我五周岁以前，我和我母亲的生活是比较轻松、简单的。我们清苦，没有多余的零花钱，粮食和全国城市人口一样也是限量的，而且在定量里有一定比例的粗粮，比方红薯面要占据成人定量的百分之五。我母亲是个粗粮细做的巧手，她会把红薯面外边包一层白面擀成饼来吸引我的食欲。在冬天，她还会做一种名叫"果子干"的大众冷食。她把柿饼、黑枣、杏干、山里红用凉开水泡成糊状，盛入搪瓷小锅放置户外，吃时搅拌上奶粉和白糖，"果子干"就成了。每天晚上我们从幼儿园回到家里，吃过晚饭，洗过脸洗过脚，我们围坐在炉边，我母亲往炉盘上烤几粒红枣，为的是熏出一屋子枣香。我守着热炉子，吃着冰凉的果子干，我们娘儿俩再一块儿说一阵子我父亲的坏话，然后刷牙，然后就上床睡觉。一般是由我母亲开头说我父亲的坏话，我是坚决的随声附和者。我母亲说我父亲是天下少有的暴君,我就说:"暴君!"我母亲说我父亲和她打架的时候那种抓起什么摔什么的行为简直能把人气死,我就说:"气死我了!"我母亲说像他这样的人谁还敢再跟他结婚呢?我就说:"谁还敢呢?"我母亲说什么人跟他结婚也不会好的,我就说:"不会好的!"每到这时我母亲反而冲我笑起来,说我是个傻孩子。我也冲着我母亲笑,虽然我弄不清我笑的是什么。到后来,每天说一会儿我父亲的坏话成了我们娘儿俩一个雷打不动的固定节目,我母亲的那些坏话也说得越来越轻描淡写,越来越充满一种恶毒的善意和排斥的亲近,给人觉得她是在用这种形式想念我的父亲。这种形式也使没有父亲的我自觉从来就没有离开过父亲,他一直固执而强大地生活在我们的坏话里。

这样的生活终于在我五周岁的时候结束了。那个下午,当滑梯上的我把右手伸向陈非,当陈非跌落在一堆废铁上,当我和我母亲的目光对撞的一瞬间,当我母亲瞪大双眼将食指紧紧压在唇上之后,嫉妒这种物质暂时从我体内排出了,我变成了一个懦弱的鬼鬼祟祟的孩子。陈非之死在相当一段时间内,是这座城市一个妇孺皆知的话题。新闻报道说北京路幼儿园中班的陈非小朋友不慎在打滑梯时从梯上跌下因头部撞在地面一块三角铁上当场致死。

这是一场意外死亡,所有的人都这么看。

在那些日子里,去我们家串门的人很多,因为我母亲是这个事件的唯一目击者——串门的人从未把那天在场的孩子放在眼里，包括我。我深知我母亲在那些日子里的艰难，她必须一遍又一遍地回答各种来访者的各种询问，甚至别人不问她也加倍主动地诉说并且说起来滔滔不绝。仿佛只有主动地光明磊落地大讲陈非的死亡过程才可能转移所有人的注意力，才可能保全我永远的不受怀疑。她的诉说一般是以这句话为开头："太可怕了！"然后她长叹一声，接着便讲起她怎样先听见"噗"的一声闷响，然后就看见陈非满头是血地倒在地上，手里还拿着一只铁皮玩具猴。我母亲特别强调了玩具猴对陈非安全的妨碍，她一般在结束讲述之前提到玩具猴。她说陈非不应该拿着玩具上滑梯，这样他的精神便缺乏必要的集中。我母亲侧重对玩具猴的讲述，起初让我以为她是暗地里替我鸣不平，因为玩具猴的确是导致陈非死亡的原始理由。但我又想起我并没有跟我母亲说起过玩具猴对我那不可遏制的吸引力以及由此引发的我对陈非的仇恨，我把这一切藏进心里仿佛已预感到它的事关重大，它与前次的蝴蝶结事件不同，它们不属于同一量级。到后来，很多年之后我才明白我母亲在1958年大肆渲染玩具猴在陈非死亡过程中所起的作用是多么精明，就像很多年之后她也能更改叙述角度，避开玩具猴，又大肆叙述滑梯下的废铁与陈非死亡的紧密关系。我发现我们有些中国人真是本领高强，像我母亲，她几乎无师自通地知道哪些话是时代要她说的，哪些话她应该避开时代的不高兴。1958年她本可以针对滑梯下边那堆废铁发表看法的：一个孩子从滑梯上摔下来，如果他没有落在废铁上而是落在草坪上，或许他不会死亡。但恰恰是废铁导致了他当场死亡，却没有人对废铁堆放的位置提出异议，提出异议就等于否定一个时代，或者简直就等于阻挠中国人民在十五年内赶上英国。于是我母亲和有关领导有关新闻媒介本能地淡化了废铁，转而向陈非坠地时手中的英国铁皮猴提出质疑。我母亲说陈非为什么会抱着玩具猴上滑梯呢？因为他太喜欢这件玩具了，不仅他喜欢，班里很多小朋友都喜欢。这是一件时髦的外国玩具，它来自老牌资本主义英国。众所周知，二次世界大战之前垄断玩具市场的一直是欧洲，不可否认我们中国到现在还不具备生产这种玩具的条件，因此我们不得不羡慕英国，连他们的玩具都羡慕，羡慕到不分时间场合地爱不释手。假如我们自己可以大批生产这样的玩具，一只英国铁皮猴就不会对陈非小朋友产生那么大的吸引力，那么他的死亡就说不定是可以避免的。由此更加看出了全民大炼钢铁以提高综合国力的必要，只有我们的国家强大了我们的一切才有保障……然后我母亲再检讨一下自己，她说作为中班老师这也是她最失职的地方，她事先竟然没有看见陈非手中有玩具，为此她无论如何不能原谅自己。这时她多半会流下泪来，流着泪的时候她开始夸陈非的聪明和干净，好像他要是不聪明不干净死了就不可惜似的。我躲在角落里，装得像个局外人似的一遍又一遍听我母亲念经一般的絮叨。她的嗓子嘶哑，嘴唇爆着白皮；她的脸色憔悴，眼珠在眼眶里永远无法稳定似的移动着。她的絮叨延续到后来竟由有不知情的外人偶尔到我家小住——某次我的姨姥姥路过此地住在我家，我母亲也迫不及待地向她（完全没必要）讲起陈非的死。啊，那时我是多么无地自容羞愤难当。与其说这是我母亲对我奋不顾身的保护，不如说她是为了我的平安在虐待自己。当来人散尽家中只剩下我和她时，我们相对无言。我母亲居然还会对我流露出一点儿尴尬和愧色，仿佛因为她的表演并不尽如人意，而这不尽如人意的表演让我点滴不漏地看了去。然后她再一次向我重复那个下午的动作：竖起食指紧紧压在唇上。我立刻为这个动作感到一种沉重的寒冷，因为这是一种充满威胁的爱，一种兽样的凶狠的心疼。我将在这种凶狠的被疼爱当中过活，我，一个五岁的罪犯，靠了我母亲真真假假神经质的表演才能得以平安度日。我本应为此对我母亲感恩戴德，我本应为此与我的母亲更加亲密无间无话不谈，但是你想错了，我没有。我为我这"没有"感到深深的内疚，内疚着，却非要"没有"下去不可。我对我母亲出乎寻常地冷漠，我甚至由此拒绝她的拥抱。我对她给予的巨大庇护越来越毫不领情，她那一遍比一遍啰唆的"死亡叙述"直听得我头皮发麻双手发麻。因为她每说一遍我都会在心里告诉自己一遍"这是假话"，而我母亲正是由于我的存在才不得不如此作假。她的假话使我有一种强烈的要脱离她的企望，可我之所以无法脱离她，正是因为她手中有我一生的罪证。我有时也会惊奇我在五岁时就有这种分析自己的能力，我还感觉到正是陈非的死更加亲密了牢固了我和我母亲的关系。我母亲在虐待自己的同时是否也感到些许快乐呢？她丢弃了丈夫，从此把我当成她的唯一。如果陈非不死她便没有为我献身的机会，现在她如愿以偿：我失掉了，她得到了。她的絮叨便是在告诫我牢记我的罪过，我为此快要发疯了。

我的"发疯"基本上是以少言寡语和沉默来体现的。自那个下午之后我们母女的生活便再无乐趣可言——我们甚至不再说我父亲的坏话。这时我才明白说人坏话也是需要情致的，而我们不再有从前那种积极而又单纯的情致，哪怕是小市民式的。我母亲似乎也有意避免单独和我在一起，她向幼儿园领导提出要求，除了白天的正常上班，她还要求每天晚上参加炼钢。园领导说你的孩子还小晚上怕不方便吧，我母亲便说大炼钢铁赶超英国是第一位的，孩子是第二位的。园领导答应了我母亲的请求。从此她每天晚上在火光熊熊的小高炉前一守就是大半夜。她和其他一些大人往炉子里添着废铁，她额前的一绺头发都被烤焦了。有一天我从家里偷偷跑出去看她炼钢，我看见她从废铁堆里拣出了陈非那只英国产的玩具猴子，勇猛地扔进了小高炉。那时她的表情有一种如释重负之感，似乎因为陈非留在北京路幼儿园的唯一痕迹已彻底被销毁。我看见了她的这种表情，她也看见了正在看她的我。不知为什么在一些关键时刻我和我母亲的眼光总能相遇。那一刻她非常不高兴，她涨红着脸跑过来对我说："你应该在家睡觉，回去！"我扭头就往家走，一进家门我就把自己藏了起来。我用我的被子裹住我自己，钻到床底下去睡。我不知道我为什么要这样，可能是故意要让我的母亲着急。后半夜我母亲回来了，当她发现我不在床上，果然急了。幸好她及时看见了露在床边的我的被子角，赶紧从床底下把已经昏睡了很久的我抱出来，要不然她一定会歇斯底里狂呼大叫的。她抱我出来把我晃醒，她摇晃着我，一边小声地然而怒气冲天地对我说："韩桂心你为什么要跟我过不去，你什么时候才能知道生活有多么艰难，你什么时候才能让我不再担惊受怕呀你！"我紧紧闭着眼不说话，耍死狗一样全心全意和张美方妈妈作着对，从小我就有这种在必要时一言不发的本领。当我练就了这种本领，我和我母亲的位置就颠倒了一下：陈非的死仿佛是我母亲一手制造，而我反倒根本与此事无关。

我相信我这个人从本质上就是一个坏孩子，不然我为什么会如此不近人情？陈非死亡近一年的时候，这件事在大家心里已经淡了下去，幼儿园的滑梯也已经拆除，不仅北京路幼儿园，全市幼儿园都不再有滑梯这种东西。但我却渐渐不甘心起来。第二年，临近六一儿童节的时候，女市长——也就是你奶奶，陪外省一个妇女参观团来北京路幼儿园参观，这时我们中班已升级为大班。我们大班的小朋友被告知，当市长和客人来到游艺室时，由一位小朋友给客人讲一个故事。这种出风头的事是轮不到我的，我对此也就漠不关心。但是，当市长陪同客人走进游艺室，那个被指定讲故事的小朋友却由于过度紧张，怎么也说不出话了。张美方老师蹲在她眼前启发诱导，并且替她把故事的开头讲了出来，小朋友低着头一声不吭。我忽然感到我的机会来了，我搞不清那是一个什么样的机会,是出人头地的机会还是恐吓张美方妈妈的机会,总之这是一个机会。我于是走到客人面前大声说:"我给大家讲一个故事。"我说:"在一个中午,我午睡起床之后来到一座山上……"我一边讲一边看张美方妈妈,我看见她的脸"刷"地变白了,我还看见她几乎站立不住,她的身子微微晃着。她仿佛知道我要讲什么,她一定猜出了我要讲什么。我高兴看到她这种样子,我继续讲:"我来到一座山上,山很高,比天还要高,我就……我就……"我看见张美方妈妈的脸已经成了一张白纸,我终于看见她艰难地把食指竖在了苍白的唇上。几秒钟之内我妥协了,我应该向张美方妈妈表明我的妥协,我继续讲:"我就……我就从山上下来了。"讲完这句我就闭了嘴。我的故事肯定让客人们莫名其妙,但大家还是很客气地鼓了掌。有人称赞了我的想象力,说"山比天高",这就是想象力。市长还抱住我吻我的脸蛋儿,并送给我一盒十二支装的彩色蜡笔。

又有一次,幼儿园园长到我家来,我母亲给她沏了一杯茶,她们很亲切地说着话。我知道客人是我母亲的领导,是领导就能掌握我母亲的某种命运。这时我又突发奇想地站在园长跟前,我对她说我要给你讲一个故事:"在一个中午,我午睡起床之后来到一座山上……"我开始讲,我母亲端着茶杯的手开始发抖。我继续讲:"我来到一座山上,山很高,比天还要高……"我母亲突然放下茶杯——她以为她把茶杯放在了桌上,但是她放空了,茶杯落在地上,碎了。这使我想到了我父亲,我在我母亲怀里吃奶的时候就听我母亲讲过，当我父亲的杂志主编到我家要白矾时，我父亲是怎样慌张得打碎了茶杯。难道今天我对我母亲的威力就像当年那主编对我父亲一样？茶杯碎了，我母亲蹲在地上，双手抓挠着地上的碎杯子，两眼却直直地看着我。我还要继续讲么？我心里斗争着。其实我并不像自己以为的那么胆大，我真正要看的，不过是我母亲的恐惧表情罢了。她恐惧着我就主动着，我常在这时觉得我能操纵我们的命运。碎茶杯打断了我的故事，我不往下讲了。园长本来就似听非听，我不再讲，她也就不再听了。不久以后我母亲升做副园长，我得知那天园长到我家就与这件事有关。

我不明白我母亲为什么会被提升，谁都知道一年前在她负责的中班死过一个孩子。后来我猜测也许因为她炼钢太积极了吧，她毫不利己，昼夜加班，把几岁的孩子（我）扔在家里一扔就是一夜。她炼钢不仅烧焦了头发，有一次还被炉中火燎去半条眉毛。炼钢是第一位的，对一个孩子的生命负责，在"大跃进"的年代对一个幼儿园老师来说，也许并不那么举足轻重。

慢慢地，我知道了我今后该怎样达到自己的目的。当我需要一件灯芯绒罩衣而我母亲不给我买时，我就开始讲："在一个中午，我午睡起床之后来到一座山上……"我母亲立刻会满足我的要求。遇到我不爱吃的菜，比如芹菜，如果我母亲非要我吃不可，我就放下筷子说："在一个中午，我午睡起床之后来到一座山上……"我母亲便不再劝我。上小学之后我经常逃学，因为我不合群，我不喜欢和同学们在一起。每个班里都有"王"的，男生里有男王，女生里有女王，这些"王"威力无比，同学们要看他们的眼色行事，兜里有什么零食要首先贡献给他们吃。"王"说和谁玩就和谁玩，"王"说不理谁大家就都不理谁。我讨厌我们班的女王。其实不仅在小学，在成年人里，在生活中，你总会发现有些人是与你终生不合的，也没有什么特别的理由，只是一见面就觉得你们彼此看着都不顺眼。我和班里的女王之间便是这样，我因为不喜欢她也不愿服从她的命令而逃学。我早晨不起床，我母亲一遍又一遍催促我，我就慢条斯理地开始说："在一个中午，我午睡起床之后来到一座山上……"我母亲不再吭声，班主任家访时我母亲还替我撒谎说我病了。

我觉得那几年我一直以折磨我母亲为乐事，因为没有人来折磨我。童年的我虽然还不懂法律，不懂"杀人偿命，欠债还钱"这最简单的人生常识，但我本能地知道我本应受到惩罚的，我本应受到我该受的折磨。我母亲不遗余力地阻挡了我的被折磨，我不折磨她又折磨谁呢？直到"文化大革命"开始。

有那么一会儿，我没有听见韩桂心的话，因为打我们眼前走过的一男一女引起了我的注意。我认出那女的就是前两天在刘爱珍烈士墓上做皮肉生意的那位，男的已经换了他人。我目送着这一男一女，直到他们行至甬路尽头让大树掩住。韩桂心问我在看什么，我说没看什么。韩桂心说我刚才说的话你听见了么？我说听见了，你说"文化大革命"。

录音之四

"文化大革命"中我和我母亲被弄到乡下去了，原因还是陈非的死。北京路幼儿园一些想打倒我母亲的老师说出了她们的怀疑。她们本来就不满意我母亲被提拔为副园长，她们说为什么张美方在工作中出现了那么严重的失误还能当副园长？为什么中班别的小朋友都没从滑梯上掉下去，偏是华侨子弟陈非掉了下去呢？有谁能证明这不是一起迫害华侨子弟的恶性案件？进而又有人论证说，假若真是如此，这恶性案件将会造成多坏的国际影响张美方你担待得起么？也许不是"将会造成"而是已经造成，众所周知那些年中国和印尼关系本来就欠好，陈非之死简直就是给两国关系、给中国人民和华侨之间再造阴影……还有人竟举出我母亲的前夫我父亲为例，说，经查，张美方的公公是个汉奸，张美方能跟汉奸的后代结婚足见其思想意识的反动。我母亲于是被批斗被责令重新交代陈非死亡过程。我母亲死不改口，坚持了从前她"看见"陈非死亡的所有说法。但她的公公是汉奸，这是确凿无疑的，由不得我母亲瞎编。我母亲她一定是快要承受不住这压力了，于是她说她公公的确是汉奸，但她不是和汉奸的儿子离了婚么。她说就因为前夫是汉奸的儿子所以她恨他，从一结婚就恨，恨到拿起刀来剁掉了他的小拇指。不信你们可以去调查，看他是不是少了一根小拇指。难道这还不能说明我的阶级阵线是分明的么——若不是当时他躲得快，我早就剁掉了他的右手——汉奸儿子的右手！

对于我母亲的同事来说，这倒是个新闻。这个只有我父母和我，我们三个人知道的事实被我母亲公开了，我母亲的那些同事，她们第一次知道她们的女副园长竟能举刀砍人。那么，如此凶狠的女人谁又能保证她真的不会把一个孩子推下滑梯呢？问题转了一个圈，又回到了开始：陈非之死。一切都没有凭证，但在那时，怀疑本身就可以是凭证。总之张美方被打倒了，我们母女跟随市政府（这时我才知道北京路幼儿园属于市政府系统）的一批有问题的干部下放到深山，我们在一个名叫黑石头的村里住了一年。一年之后，有消息传来——是北京路幼儿园倾向我母亲的一些老师传来的有利于我母亲的消息。消息说1958年那个死去的陈非的父亲是华侨却不爱国，他其实是个美国特务，前不久因偷听敌台被公安局抓起来了，在他家里搜出了美国军用毛毯和军用罐头，以及刻有U·S·A字样的美国军用刀叉。也许这些物品已经是惊人的罪证了。我们这座城市的居民，并不知道50年代初期，在北京的隆福寺市场，美军的一些军需用品是以低价公开出售的。以此类推，当年买过这些用品的顾客，在"文革"中均有可能被打成美国特务。那么，张美方副园长凭什么还要为一个美国特务的儿子的死亡没完没了地负责，并且下放到深山呢？于是我和我母亲卷起铺盖，离开"黑石头"重返我们的城市。

那年月我真感谢陈非的爸爸是美国特务，因为他成了美国特务，我和我母亲才得以逃离黑石头村的彻骨的寒冷。要是你没有在黑石头村的破土地庙里住过，你根本不会知道什么叫寒冷。我们进村时正是初冬，被分配住在村口一座土坯垒就的破土地庙里。庙里土地爷和土地奶奶的泥塑已被村里造反派砸烂，除了一扇关不紧的破木门和两扇没有窗纸的窗户，庙里什么也没有。我们抱来几撂砖，把随身带来的一块铺板支上，这便是我们的家了。没有煤，也没有炉子，晚上睡觉我们从来不脱衣服，我们和衣而眠，盖上我们的所有，仍然冷得打战。那情景令我想起儿时母亲给我讲过一个讨饭花子们聚在一块儿比穷的故事，好像是四个人，每人用四句话来形容自己的穷日子，看谁穷得厉害，穷得彻底。第四个人讲得最精彩，前两句我忘掉了，后两句他形容自己晚上睡觉的情景时说："枕着砖头睡，盖着大胯骨"。枕着砖头睡还略嫌一般，叫人难忘的是"盖着大胯骨"。当我和我母亲睡在黑石头村土地庙的铺板上，我充分体会到了什么叫"盖着大胯骨"。我知道了我的胯骨在哪儿，我由衷地恐惧这种"盖着大胯骨"的日子。我还想起1958年的那天深夜，当我母亲从小高炉上回来，把我从床底下拽出来摇晃着我，对我说的生活艰难的那些话。现在我冷着，手脚和耳朵长满冻疮。沟壑里的野风恣意地呼啸着钻进破门破窗，像刀子一样削我们的脸，我们的脸生疼生疼。这种刀割似的疼痛一直延续到我长大，有一回我和我丈夫开车去五台山玩，台怀镇上那些卖刀削面的铺子，那些做出种种花样儿，表演一种"噌噌"地削面进锅的把式让我的脸和我的身上一阵阵跳疼。那不是刀削着面，那本是风割着人肉啊。人肉割尽，剩下的就是骨架子，我看见了我的白生生的胯骨。

我冷着，冷使我初次真正明白了我母亲的不容易。我记得有一天晚上我忽然抱住她，我对她说，我再也不讲那个故事了，那个午睡起来登上一座高山的故事。我以为我母亲会有很强烈的反应，似乎许多年来她盼的就应该是我这样一个知情达理的表态。我的这个表态，对我母亲来说甚至应该有点雪中送炭的味道。但是她没有什么强烈的反应，她只是没头没尾地对我说："反正是没有证据的，你记住。"我立刻明白了，以我的分析能力，我有能力弄明白我讲故事的徒劳，儿童式的幼稚计谋吧。即使我像"文革"中盛行的"天天读"那样每日每时地讲下去，即使我讲的不是上山，就是上了一座滑梯就是向陈非伸出了手，证据呢？谁看见了？即使有一个××小朋友看见了，谁来为我判罪呢？法律不会为一个五岁的孩子判罪。我的母亲，其实她早于我明白了这一切，因此她已不在乎我是否还要继续把午睡起来上山的故事讲下去。现在她冷，冷压倒了一切。冷后来使她成了一个终生的热爱棉被狂。

"文化大革命"结束后，我母亲重返北京路幼儿园，并很快升为园长。老师、阿姨大部分都已换了新人，新颜旧貌一同呈现在人们眼前，我母亲感慨万端。这是一个思想解放的时代，我母亲自觉她苦难深重，她必须说话，她要找到一个突破口申冤报仇宣泄自己。在这个时代我母亲仍然选择了1958年陈非的死，因为幼儿园新来的老师和阿姨都曾向园长提及园内为何不设滑梯。这正好给我母亲提供了机会，她在大大小小各种会议上讲述三十多年前那个倒霉的下午，她不再提及陈非手中的英国铁皮猴，她只说堆在滑梯下的那堆废铁。她说这分明是整整一个时代的荒唐导致了一个孩子的死。假如没有大跃进，幼儿园就不会大炼钢铁；假如不大炼钢铁，滑梯下的草坪上就不会有废铁堆出现；没有废铁堆，就算一个孩子不慎从滑梯上摔下来，也并不意味着非死不可。我母亲的听众都认为她的分析是深刻的，这是一个荒唐时代才有的荒唐悲剧，所有的人由此更加庆幸那个时代的终告结束。我母亲并且以此教育年轻的教师，幼儿园工作的中心只有一个，便是一切以孩子为中心，因为孩子是一个民族的未来。我决不想说我母亲在讲假话，可我又知道她说的不真。陈非死于我的妒忌之手，这件事却可以和每个时代紧密相连，唯独与我无关。我真不知这是上苍对我的厚爱，还是上苍对我的调侃。我慢慢长大起来，有时我憋得难受，我很想和我母亲摊开此事，但我们之间注定没有共同面对此事的可能：或者我也想临阵逃脱，或者我母亲也想终生回避。

我慢慢长大起来，知道了我母亲孤身一人的诸多苦恼。我很想让她组织一个家庭，找个好脾气的男人。可我母亲是个有传闻的人，许多人都知道她曾举刀砍断过前夫的手指。谁敢指望和这样的女人在一起生活呢？我母亲似乎也深知这点，她曾对我说过，要是再结婚，她还是跟我父亲最合适。可我父亲早就有了新家庭,并且他的新生活也不像我小时候和我母亲诅咒过的那样"好不了"。他的新家庭挺好,据说我父亲在他的新太太跟前从不大嚷大叫。这信息肯定让我的母亲失望,有时候她会突然冒出一句:"这真叫做卤水点豆腐,一物降一物啊。"我知道她在说什么,也不搭腔,意思是让她正视现实,用当时流行的说法叫做"一切向前看"。我不清楚我母亲最终朝哪个方向看的多,我只知道不久之后她便开始与棉被恋爱,她的业余时间都花在了采买棉花、采买被里被面和缝被子上。她告诉我说,这世界上什么都是靠不住的,能给你温暖的只有棉花。她说:"韩桂心你不知道啊,那年在黑石头村冷得我受不了时,我就想象以后我如果有了钱,就拿它全买了棉花全做了被子,做一屋子棉被,任凭咱们娘儿俩在被垛上打滚儿。任凭天再冷、雪再大,再需要咱们去哪个村儿,咱们拉上它一车被子!韩桂心你不知道我真是叫冷给吓怕了。"我对我母亲说现在不是从前了,没有人逼你到乡下去,做那么多被子有什么用呢?我母亲就像没听见我的话一样,继续她的"棉被狂"运动。她选择的被里被面都是纯棉的——百分之百COTTON,被套更要纯棉,她排斥现在流行的太空棉、膨松棉之类,她说它们不可靠。隔长补短她就做起一床被子,即使棉花是网好的网套,她也要以传统手法,每条被子绗上五至七行均匀的针脚。我曾出主意说买个被罩罩上会省很多事,我母亲鄙夷地说那也叫被子?90年代纯棉制品越来越少了,这还促使我母亲注意留神卖棉布和棉花的地方。有一回她在电视上看见一则广告,说是本市一家专营棉花制品的商店明日开张欢迎光顾,第二天我母亲就奔了去,买回几十米纯棉花布。那天她顺便还拐进了一家军需用品商店,见货架上摆着对外出售的军用棉被,便也毫不犹豫地买下两床。说起来也许你觉得不可思议,如今我们家有一间专门放棉被的房子,我母亲这些年积攒的棉被从地板摞到天花板,几百条吧,密不透气地拥挤在这间屋子里。我母亲还曾为了棉被的安置问题跟我商量要我丈夫给她买房——我丈夫是个做房地产生意的。我母亲说,现在的两间小平房(北京路幼儿园的小平房)每间才10平米多一点儿,可她至少需要一个很大的房间才够存放棉被。我丈夫特意给她买了个一大一小两居室的单元,或者应该说是特意给我母亲的棉被买房。大房间30平米,小房间12平米,如今我母亲的那些棉被就满满地堆积在那个30平米的大房间里。

我母亲还有一个记录棉被的账本,账本大约包括如下内容:购买时间、地点、购买商品名称、数量、价钱……比如:"1978年11月4日大众土产杂品店购买6斤被套一床,5.20元;在丽源商场购买单幅被里布1.4丈,6.60元,直贡缎银灰碎花被面一条5.20元共17元,于11月18日做成此棉被。因被套网得密实,故绗被子时由七行减作五行。"比如:"1995年3月30日在双凤街布店见宽幅(宽5.5尺)漂白布,大喜,购4.5米,花72元,可做被里两床;购6斤被套一床68元……"我母亲退休之后,闲来无事就乐意翻弄她这本记录多年的"棉花账"。在我看来这种记录毫无意义，既没有人要求她上缴她缝制的某床棉被，她也没有出售和租借棉被的意思，这账本的意义在哪儿呢？或者账本上呈现的一些数字会引起经济学家的注意，它记录了十余年间棉花棉布的价格差异和它们的上涨幅度，比如1978年窄幅（宽2.7尺）被里布0.44元人民币1尺，1996年已升至2.00元1尺；1978年做一床棉被需人民币17元，到1995年一床棉被所需人民币已升至100元至125元。棉被价格的上涨意味着棉花价格的上涨和棉花的短缺。华北平原本是中国几大产棉区之一，但如今我们的一些纺织厂却要从新疆大批购进棉花以完成生产指标。棉农越来越不愿意种棉花：风险大，生产周期长，投入多，令人头疼的棉铃虫害……还有那些急功近利、舍弃土地暴发起来的各色乡间人士，都时时影响着棉农的心思。我母亲自然想不到这些，手握一本棉被账簿，也许换来的是她心里的踏实，甚至可以说，那是一本她随时可以把玩的、比棉被本身还要确凿的温暖事实。有一天我回家看望我母亲，见她正在家中那间30平米的"棉被屋"门口，冲着半开半推的门一阵阵手舞足蹈、拳打脚踢，却原来她在试图把一床新做成的棉被塞进屋去，而那屋中的上下左右，棉被和棉被拥挤着已然没有空隙。我叫了声"张美方妈妈"，我母亲扭过脸来。她满脸是汗，头发上沾着棉花毛；她神色慌张，一副心永远塌不下来的样子。棉被们就在她的身后汹涌着，仿佛随时可能奔腾而出将我的母亲淹没；又仿佛我母亲已经生活在一个火药库里，只需一点点火星，那膨胀着棉花的房间就会爆炸。可我母亲她仍然顽强地和手中那条新棉被搏斗着,她推搡它挤压它,妄图将它塞进屋去。我深知她这一辈子是宁愿叫棉花淹没也不愿再叫寒冷淹没,我上前帮了她,两个人的力量终于使那条厚墩墩的新棉被进了屋。

录音之五

每座城市都有一些带斜面屋顶的楼房或者平房,站在城市的高处看这些屋顶,我常常感觉到心里很不舒服。后来我才发现因为这些屋顶像滑梯,好比一架架无限放大了的滑梯矗立在城市的空中,随时提醒我的注意,让我无法真正忘记1958年那个午睡醒来的下午。有一种洗涤剂名叫"白猫"的,瓶上印着两行小字"柠檬清香怡人,洗后不留异味"。每次我洗碗、洗菜时都下意识地把这两行小字在心中默念一遍,每次我都把柠檬清香怡人,洗后不留异味念成柠檬清香怡人,"死"后不留异味。为什么我一定要把洗后念成死后呢?是我要死,还是我盼望一个与我有关的人死后真的没有留下什么异味儿?若有,那异味儿便是我了,异味儿能唤起人的警觉和追忆。我还对公共汽车售票员的某些广播语言分外敏感,有时我身在车上,当车通过一些十字路口时售票员便会用扩音器向路人呼喊:"九路车通过请注意安全,九路车通过请注意安全……"声音枯燥而又尖厉,在我听来那就是一种让乘客防范我的暗示,和我在一起的人是须格外注意安全的,不是么?我竭力掩饰着我的不安,偷眼观察我前后左右的乘客,我和谁也不认识，也并没有人做出防范我的架势。我为什么要怕？证据在哪儿？我母亲已经说过了：没有证据。与我同班的那些孩子都已成人，大约很多都已不在这个城市，我为什么要怕？我母亲劝我结婚，我想，我真是该结婚了。

前边我说过，我丈夫是个做房地产生意的，这几年发了点财。但我认识他时他还没做生意，那会儿他刚从部队复员回来，可能正准备干点什么。我呢，没考上大学，在一个区办罐头厂当临时工。我们是经人介绍认识的，他的身高大约是1.60米，我的身高是1.72米。他比我大两三岁，属于老三届吧。不知为什么，当我们初次见面时，我首先对我丈夫的身高十分满意。我本能地害怕比我高大的人，从前经人介绍我也认识过一两个篮球运动员，他们总使我觉得自己处在危险之中，他们的力量和身高似乎随时可以置我于死地。这想法与一般女孩子的择偶标准完全相反，可我本不是一般的女孩子啊，我心中终有我的鬼祟。我满意我丈夫的身高和他仰脸看我的样子；我想我丈夫也满意我的身高，以他的身高能娶到我这种身高的人，他无疑应该是一个胜利者。不过，促使我和他结婚的，除了身高还另有缘由，那便是他向我袒露了他的秘密。我们认识之后，他为了取悦于我，常送给我一些在我看来十分奇特的东西，比如有一天他一下子送给我两块男式欧米茄金表。我问他为什么要送给我两块表，他说一块是给你母亲的；我问他为什么不买女表，他神秘地笑笑说，这表根本不是他买的，是"文化大革命"他当红卫兵时抄家抄来的，像这类手表他还藏着五六块呢。过了些天他又把一枚白金钻戒——就是现在我手上这只（韩桂心举起她那只戴着钻戒的手给笔者看）——戴在我手上，我知道这也是抄家抄的。我丈夫对我说，当初他不认识白金和钻石，他只认金子，还差点把这玩意儿扔了呢。他说后来他请人给它估过价，现在这钻戒少说也值12万人民币。就在那一天，我的手指套上了抄家抄来的钻戒那一天，我答应了和我丈夫结婚。他一高兴，领我到他家参观了他的百宝匣：一只貌不惊人的小箱子，像医生出诊的药箱那么大吧，白茬柳木的。他打开箱子，里边装着很多珠宝首饰，在箱底上，还码着一层形状不一的金条。我被惊呆了，心中所有的欲望都被唤起，我想起了1958年陈非死之前所有的日子。若在那时我就有这么一箱子珍宝，区区一个陈非又怎么能引起我的嫉妒呢，他便也不会死在我手中。啊，"柠檬清香怡人，死后（洗后）不留异味"。

我丈夫对我说从今以后这箱子就是咱俩的。他还说谁也不知道这件事，包括他的亲妈。他告诉我这是他父亲立下的规矩：有些事是终生不能让家里老娘儿们知道的；有些东西是终生不能传给家里老娘儿们的。"但是我愿意把什么都告诉你，"他补充说，"因为我有一种预感，你是一个什么也不会说出去的人。"他仰脸看着我，像一个孩子在看一个可信的大人。那一刻我真有点感动，我多想把我五岁的秘密告诉他，把这重负卸在他身上啊，可我没有。我丈夫告诉我，箱底的金条有一部分是他抄家抄来的，有几块金条和一包金牙是他父亲临终前秘密传给他的。但是据我所知我那未曾谋面的公公是一个老红军呀，解放后直至"文化大革命"之前他一直是这省里的厅级官员。一个老红军，一个党的高级干部他怎么会有金条和一包金牙呢，这太让人不可思议了。我丈夫对我说，他父亲参加红军（大概是红四方面军）之前当过绿林豪杰，经过商，充其量也就是一家杂货店。后来杂货店倒闭他走投无路才投了红军。我丈夫猜测金条金牙可能是他父亲经商时弄到手的。至于这个绿林豪杰出身的老红军怎样在几十年风风雨雨中保存下了金条和金牙，我这位公公至死也没告诉他的儿子。金牙使我恶心，后来我丈夫听从我的建议，在一次去温州的时候，找了个南方首饰匠用那包金牙打了个金锁。我丈夫用这金锁贿赂了一名当时对他来说至关重要的官员，从此我丈夫的事业起步了。他的起步就是由贿赂开始的，而他的贿赂又是那么不同凡响，他在上世纪80年代初期就敢以白金钻戒或翡翠镯子赠人。忘了告诉你，我后来清点我们的"百宝箱"时，发现除了我手上的钻戒，里边还有两枚白金钻戒，钻石均小于我这枚，十几年前的抄家物资为我丈夫的生意开路，他十分懂得怎样从银行贷出国家的钱来干自己的事。他以便宜得惊人的价钱买了城郊的一些土地，他在土地上建各种各样的房子又想方设法把它们出手。他不断遇到麻烦，但奋斗十年他已在这座城市织成了一张坚实的网。得意之时他跟我笑谈他的经历，他说：现在讲什么三陪、四陪小姐，我他妈十年前就是三陪。我望着我丈夫那张夸夸其谈的小瘦脸，忽然想起我读过的一本小说中的一句话："这人实在没有什么了不起，他趁的不过就是一点儿小聪明和一个大钱包。"我丈夫还不断跟我说起那包金牙，他说，他真正沾着光的还是他父亲的那包金牙，我丈夫事业起步的助跑器吧。他说就为这，他也得活出个人样儿来叫九泉之下的他父亲自豪。他一边感叹他父亲死得太早没赶上被他孝敬，每当我们因为生意而出入北京的"昆仑"、"长城"、"凯宾斯基"的时候，每当我们因为无聊而游荡新加坡、香港、泰国等等地方的时候，我丈夫便作这样的感叹。他一边又庆幸他父亲死在了"文革"之前。他说他父亲要是不死，"文革"开始他当过绿林那点儿老账一定会抖出来，红卫兵不把他弄个半死也得抄我们的家。那么金条呢？金牙呢？一切便不复存在了。我丈夫说："他死得好啊，正好轮到我去抄别人的家了……"他肆无忌惮地评价着他那死去的父亲，也从不为"百宝箱"里他昧来的那些东西而感到内疚。有一回我对他说，说穿了我们不过是发了横财的窃贼罢了，只有窃贼才会发横财。我丈夫说谁又能保证别人不是窃贼呢？在这个世界上凡是没被发现的都不能叫错误——话又说回来，真正被发现的错误又有几桩呢？我丈夫的话立刻使我闭了嘴，我恐怕我的丈夫会有所指，虽然我明知他根本无从了解我在五岁时的那件往事。若说窃贼，难道我不也是么？我在五岁时就敢窃取一个男生的命，以安抚自己的虚荣。后来，我丈夫为了强调他这一观点的精辟，还领我到他母亲家的一间地下室转了一圈。那是他父母住了几十年的一幢独院，有四间西式平房并设有一间二十平米的地下室。我随我丈夫走进地下室，见地上竟堆着一大片捆绑整齐的草绿色军便服，"六〇式"斜纹咔叽布的。我丈夫告诉我，"文化大革命"武斗最厉害那几年，他和几个同学初中毕业闲着没事到处闲逛，有一天晚上他们逛到一家被服厂，砸开窗户跳进一个大房间，打开手电照照，才知道他们是跳进了一间军服仓库，不知为什么这仓库竟没人看守。我丈夫他们心血来潮便开始偷军装，几个人往返十几趟，折腾了大半夜，扛着大包袱出出进进居然没被发现。我丈夫说现在他就盼着哪家电影厂拍"文革"当中军队的大场面，他们家地下室里这点儿老式军装足够装备两个营的吧。我对他说你真敢把军装交给电影厂？我丈夫说当然不敢了，没告诉你发现了就是错误了么。他说其实偷军装的时候他们谁也没想到拿它干什么，偷就是好玩，好玩就要偷。谁知道现在成了负担：又不能当礼品赠人，自己又不能穿，一把火烧了又怕目标太大。这些老军装存放在地下室，它唯一的意义似乎就是能告诉你"文化大革命"是真的，这一摞摞永不见天日的军装就是证明。

　　我丈夫滔滔不绝地对我说着，我望着他那虽然瘦小却充满活力的身子，心想绿林也未必都是彪形大汉一脸连鬓胡子，绿林也有如我丈夫这般小巧玲珑之人。他身上流着绿林的血，这或许是他能在上世纪80年代末期发达的重要根基，我望着他那瘦小却充满活力的身子，心中还感受到一种前所未有的轻松，因为我发现这世界上不为人知的事件太多太多，仅我丈夫的一只百宝箱和他们家地下室那几摞永远拿不出手的军装,就包含了多少隐秘啊。这些陈年的隐秘似乎冲淡了我在五岁的那个犯罪事实,和他们这些事相比,我在1958年那个下午的失手(我开始有意把我向陈非伸出的手形容成"失手")当真那么沉重那么真实么?我当真向一个同班男生的后背伸出过手么?

我想念我的丈夫,为了他向我暴露的这一切。从前我们做爱时我总是莫名其妙地紧张,现如今我慢慢学会了放松自己。我欣赏我的放松,放松能使我身心愉悦;我欣赏我的放松,我只有放松着才顾得上欣赏我的丈夫。我承受着他那并不沉重的躯体,我像一株树那样听凭他在上边攀来爬去。在他的身子下边我感觉不到风险和不安,我和他本是差不多的人,都不太光明,可也坏不到哪儿去。我想为他生个孩子,好好过我们的让许多人眼热的生活。我知道我丈夫频繁地在我身上劳动也是急着想要孩子,我们俩一有时间就做这事。我早就不工作了,我丈夫说过我用不着出去工作,我应该待在家里生孩子,养孩子,享福。但是这么多年过去了我们没有孩子,我们去医院做过检查,我和我丈夫都没问题。究竟是为什么呢?我几乎不愿想下去,因为我觉得我又拐到了1958年那个不可言说的下午:一个孩子死在了我的手下,上苍便不屑再赐孩子于我了吧?我偷着想,我偷着思量这久远的惩罚终于来临了:他们不让我有孩子。

我丈夫近两年开始疏远我,我自嘲地想他这是爬厌了我这棵傻高的直挺挺的大树,一棵不能开花结果的秃树。这时我才发现我不仅想念我的丈夫,我其实是爱上他了。结婚十几年来,不是没有男人想对我好,但他们顾忌我丈夫的钱和势力,不敢对我怎么样——假如我想对他们怎么样倒是可以的。但我的注意力越来越多地放在了我丈夫身上。我为他而打扮,投他所好,渴望引起他的注意和欲望。他却不再注意我,他在外边女人很多。他只是不断送给我比较贵重的东西,以此来安抚他的良心。每当他送我重礼时我就知道他又有了新女人,我名下那些礼物的件数便是他的女伴的人数。我感觉到他也许会同我离婚的,那些女人都有可能怀上他的孩子。我怎样才能引起我丈夫的注意,怎样才能让他重新正视我的存在?像我这么一个连孩子都生不出的女人。前些天我发现了一个机遇,这机遇恰恰又不可逃脱地联系着1958年那个死在我手中的陈非。

陈非的父亲,当年那个印尼华侨,"文革"中他曾被当成美国特务抓了起来。"文革"结束后,这"特务"的伯父在美国去世,他便去了美国继承了一点儿遗产,成了一个比较有钱的美籍华人陈先生。陈先生近期抵达这个城市,有点故地重游的意思:怀旧,伤感,炫耀,多种情绪兼而有之吧。他打算在北京路幼儿园附近买下一块地,兴建一座大型水上公园。话说到这儿我不得不再次提及你的奶奶(不客气地对笔者),当年就因为一个孩子死于滑梯,你奶奶便下令拆除全市所有滑梯,就剥夺了全市儿童打滑梯的乐趣。与其说这是为了安全,不如说这是一种历史的退步,是你奶奶他们那一代人的共有思维。陈先生懂得让历史进步，他不仅要在水上公园建造滑梯，水中滑梯、空中滑梯，蜗牛形的、波浪形的，他还知道在设计时充分考虑它们的安全性能，这就是进步，你说对不对（笔者不置可否）？也许你不便于表态，那么我接着说。陈先生此次的合作伙伴便是我丈夫的公司，他要建水上公园的那块地，现在属于我丈夫名下。只有我知道他为什么要在北京路幼儿园旁边建一座水上公园，那是他对爱子陈非的一种纪念形式吧。我终于找到了使我得以解脱的出口：我应该面对死者的父亲陈先生，告诉他1958年那个下午的全部真相，告诉他让他难受让他恨我。只有他恨起我来我才能真正解脱，我解脱了或许也才有可能怀上我丈夫的孩子。告诉他，我决心要告诉他。

春日的傍晚，烈士陵园比别处黑得要早，这里大树遮天，刚过六点钟，光线便一层一层地暗下来。我已觉出阵阵凉意，韩桂心却丝毫不显倦怠，她显然在为自己那个"告诉他、告诉他"而激动不安。作为局外人，我似乎没有必要鼓励她"告诉他"或者阻拦她"告诉他"，我只是暗自作了一个假设：假如我是韩桂心，我会选择"不告诉他"。既然法律并不能惩罚三十多年前一个孩子的罪行，既然法律也根本无以拿出对这孩子判罪的凭证，韩桂心如今的向死者亲属披露真相又有什么实际意义呢？为什么她要勾起一个男人（美籍华人陈先生）平复了三十多年的哀伤，有必要让这位陈先生打碎从前的结论，对爱子之死开始一个全新的让人心惊肉跳的猜想吗？对于陈先生这太沉重了，对于韩桂心这太轻佻了——我无意中用了"轻佻"一词，我很想叫韩桂心知道，正是她后来的叙述使我想到了这个词。我把录音带倒回去，我们重又听了一遍韩桂心准备告诉陈先生事实的理由："……我应该面对死者的父亲陈先生，告诉他1958年那个下午的全部真相，告诉他让他难受让他恨我，只有他恨起我来我才能真正解脱，我解脱了或许也才有可能怀上我丈夫的孩子。告诉他，我决心要告诉他。"

我对韩桂心说，你听清你这段话的主题了吧，删除所有枝蔓直奔主题这主题只有一个：说出往事以换取你的怀孕。韩桂心冲我怔了一怔，接着她说："你在研究我。"我说是啊，你不是正希望这样么？韩桂心说她不反对我研究她，但是我总结的主题未免太尖刻太冷酷，无论如何这里还有忏悔的成分。是忏悔就需要勇气，时间是次要的，无论事隔三十年，四十年，一百年，一千年，敢于忏悔本身就是勇气。我对韩桂心说你指望我赞颂你的勇气么？你错了。我们再假设一下，假设你婚后顺利怀了孕生了孩子，你的丈夫也没有对你失掉兴趣，你还会有这种忏悔的欲望么？无论如何你的全部录音给我一种这样的印象：四十年前陈非的死抚平了你的嫉妒心；四十年后陈非的父亲却得承担你的不怀孕。韩桂心马上以一种跋扈的，一种暴发户惯有的比较粗蛮的口气对我说，你尽可以随便研究我质问我，我不在乎。我还可以替你补充：除了怀孕，我还要引人注目，特别是引我丈夫注目，就像我从小、从上幼儿园就有的那种愿望。弄死一个人和承认弄死这个人都是为了引人注目,你能把我怎么样呢?你难道不觉得这件事有其独到的新闻价值么,你难道不愿告之你那些报界的朋友,叫他们在各自的版面抢发一条这样的新闻么,我连题目都替他们想好了——当然,在你面前这有点班门弄斧的嫌疑,不过我还是想说出来,这条新闻的标题就叫:

"四十年前本市男童滑梯坠死有新说,四十年后大款之妻墓园深处道隐情。"

韩桂心虚拟的小报新闻标题趣味不高,但正合那么一种档次,使我一下子游离了事件本身,想着这女人若是朝这类新闻记者的方向努努力,倒说不定是有发展的呢。标题中"本市男童"、"大款之妻"和"滑梯坠死"、"墓园深处"这类的词很有可能对市民读者产生招引的吊胃口的效果。

啊,这真是一个没有罪恶感的时代,连忏悔都可以随时变成噱头。

韩桂心见我不置可否,就说我肯定是在心里嘲笑她。我说没有,我说我可以答应她,介绍本市那张名叫《暮鼓》的晚报记者采访她。我说着,心里已经想要躲开韩桂心这个人和她的事了,有那么一会儿我觉得我自己挺无聊。韩桂心说:"那么我们约好,明天下午三点钟还在这里怎么样?明天中午陈先生和我丈夫有一个工作午餐,我丈夫邀请了我出席。我会在这个工作午餐上向陈先生宣布陈非之死的真相,然后我赶到陵园会见《暮鼓》的记者。"我说这又何必呢，邀请记者一起吃饭不就得了。他可以旁听，你也可以少跑路。韩桂心马上反对说："商人都有自己的商业秘密，记者怎么可以旁听。"我说那你可以在午餐之后约记者去找你。韩桂心说她就选定了烈士陵园。她说："你忘了我拟定的那个标题了么——四十年前本市男童滑梯坠死有新说，四十年后大款之妻墓园深处道隐情。叙述这件事我追求一种氛围，墓园深处就是我最理想的氛围。你不是也喜欢这儿的氛围么，你不喜欢你为什么总到这儿来？"我对韩桂心说我的确喜欢这儿，我喜欢这儿的大树；我喜欢这儿沉实平静的坟墓；我喜欢这儿永远没有人来坐的那些空椅子；我喜欢这儿的空气：又透明又苦。我还喜欢这儿正在发育的一切，丁香们抽新芽了你没看见么，那些小米大的嫩粉色新芽就像婴儿的小奶头，对，婴儿的小奶头……韩桂心打断我说："我更喜欢坐在墓园里的你——我要请你和记者一块儿来，你做见证人。你一出场，这事的新闻价值就变得更加不言而喻了。"我告诉韩桂心我已经没有再同她见面的必要，韩桂心说她要想找我就能找得到，她还知道我家里的电话。

天黑得更厉害了，我和韩桂心已经看不清彼此的脸。黑天和我眼前她那张不清不楚的脸使她刚才那番话更有了几分威胁的含意。我试着怜悯她，试着在心里承认这一切并不纯粹是无聊。我还想起了她的母亲，那位陷进棉被不能自拔的张美方女士……分手时我答应韩桂心，明天下午三点钟和《暮鼓》的记者一起在烈士陵园和她会面。

第二天下午三点钟,我如约来到烈士陵园,但是没有约什么记者。昨晚回家之后,我又把计划稍作了修改。也许我的世故使我本能地不愿意让别人借我的名义把他们自己的事炒得沸沸扬扬,我不想为此付出什么,也没有义务一定要付出什么。或者缘由还不止于此,我有一种预感,我预感到韩桂心的"告诉他"后面大约还有麻烦。她怎么能预测和把握陈先生和她丈夫闻听此事后的反应呢?她又怎么能保证事情会有板有眼地沿着她设计的轨道发展下去呢:怀上她丈夫的孩子并成为新闻人物。

远远地,韩桂心向我走过来。今天她穿了一身纯黑丝麻西服套装,裙子很短,鞋跟很高,这使她的行走显得有点摇摇晃晃。她的步履不再像我们初次见面时那种T型台上的风范,她有点像赶路,又有点像逃跑。她又戴上了那副灰蓝镜片的"十级方程式"太阳镜,让我看不清她的眼,但我却看清了她的嘴:她那夺目的口红已经很不均匀地溢出唇线,显然是饭后没有及时补妆,这使她看上去好似刚刚呕吐过带血的物质。她奔到我跟前,连坐都来不及就问我记者呢,记者来不来?我不置可否地说来又怎么样,不来又怎么样。韩桂心说记者最好别来了,事情有些麻烦。我对韩桂心说记者不会来的,因为我根本没约记者。韩桂心这时已经坐下,她点上一支"骆驼"问我:"你是不是什么都知道了?"我说我什么都不知道。韩桂心加重语气说:"本来你就什么都不知道。"

我忽然意识到我的预感应验了：韩桂心的"告诉他"并没有收到令她满意的效果。我于是连自己都没有准备地说出了带有挑衅意味的话："可是我知道了一部分。""那是我瞎编的，"韩桂心马上说，"就像编小说一样。""是么？"我说。我想我的口气是冷冰冰的，接着便是一阵不长不短的冷场。

韩桂心抽完一支烟，长叹了一口气，首先打破了冷场，就像决心说出一切似的请求我把所有的录音带都还给她。她说："你知道，刚才，吃午饭的时候我告诉他了，他们，陈先生和我丈夫。结果，陈先生一句话也不说。我丈夫，他走到我跟前扶我起来，他对陈先生道歉，他对他说我精神不太好，刚从医院出来，可能还要回到医院去。他说着，用他的双手攥住我一只胳膊，用他手上的力量令我站起来离开餐桌。他强迫我走出房间走进他的汽车，他让他的司机开车强迫我回家。你知道这意味着什么？这意味着我已经患有精神病了，我的话因此是不可信的，终生不可相信，这意味着他有了更充足的理由离开我，有更充足的理由让别的女人替他生孩子你明白么？为什么我就没有料到结果是这样的呢！所以请你把录音带还给我。"我说我可以把录音带还给你，不过我只想弄清一点：你的录音真是瞎编的，还是你丈夫说你有精神病才使你认为你的录音是瞎编的？韩桂心沉吟了片刻（笔者感觉是权衡了片刻）说："我想我的录音本来就是瞎编的，即便我在五岁的时候有过消灭陈非的念头，我也不可能有消灭陈非的力量，他是男生……他……总之我不会。我可能做过梦，梦是什么？有个名人说过梦想是这个世界上唯一不用花钱的享受。我五岁的时候我们家钱少，我们家钱少的时候我的梦就多。也许我享受过梦里杀人，是梦里而不是事实，所以我没杀过人。请你把录音带还给我你听见没有……啊？"

韩桂心语无伦次絮絮叨叨，但后来我渐渐不再听见她的絮叨，我只想着那个倒霉的陈先生，想着一个女人一次狂妄的心血来潮，就这样随随便便地摧毁了他已平复了半生的一个结论，然后这女人又能如此随便地否定她这残酷的摧毁。我还想尽快离开这个韩桂心，我站起来朝着墓园深处走，我不知不觉走到了刘爱珍烈士的墓前。午后的阳光透过巨大的梧桐叶，把柔和的沉甸甸的光芒斑斑驳驳洒向墓体。太阳和坟墓是这般真实，墓中的刘爱珍烈士是这般生机盎然。她赤裸着自己从墓中升起，我看见了她的大眼睛双眼皮，也看见了她那被日本人挖去了双乳的胸膛依然蓬勃响亮。那胸膛淌着血，一股热乎乎的甜腥气，有形有状，盖过了这陵园，这人间的一切气味，让人惊惧。我相信墓中这个女人她不会有太多的梦，她就是为了一个简洁单纯的理想而死，就为这，她使我们这些活下来的复杂多变的人们永远羞惭。

韩桂心追上我重复着刚才的话，要我把录音带还给她。我一边返身往回走，一边想起我其实早已把那些录音带带了来，就像我早有准备她会突然向我讨要。但我忘在椅子上了，那只巴洛克风格的绿椅子，录音带连同装它们的一只小帆布包。我对韩桂心说，我当然乐意还给你，不过我的包丢在椅子上了，你如果愿意可以自己回去拿。韩桂心说:"你这是什么意思,想支开我然后自己脱身?实话跟你说你就是不给我录音带,你就是掌握着那些录音带也没什么意义,说到底一切是没有证据的,说到底你不能把我怎么样,谁也不能把我怎么样。"我停住脚告诉韩桂心,请她不要把自己估计得过高,的确没有人能把她怎么样,也许从来就没有人想把她怎么样。我还说我对她的录音带根本没有兴趣,眼下我的注意力正在别处。韩桂心问我在哪儿,我伸手指向一个地方说:"在那儿。"

在那儿,在距刘爱珍烈士墓不远的一处灌木丛里,在低垂的一挂柏树枝下,有一个屁股,有一个赤裸裸的正在排泄粪便的屁股。灌木丛和柏树枝遮住了那屁股的主人,但谁也不能否认那没被遮住的的确是人的而不是别的什么的屁股,它就暴露在距我和韩桂心三四米远的地方。这个屁股在这世上存活的历史少说也有七十年了,它灰黄,陈旧,蔫皱的皮肤起着干皲的褶子,像春夏之交那些久存的老苹果。在那两瓣"蔫苹果"中间有一绺青褐色条状物体正断断续续地垂直向地面下坠并且堆积,他或者她正在拉屎,就在洁净的墓穴旁边。我想起了那个身材臃肿、与她的"客人"讨价还价的女郎,想起了那个将领带扭到脖子后头的脏头发男人,想起了我的沉默寡言我的无法冲上去。现在这个肮脏的屁股就在我的眼皮底下,如此没皮没脸如此胆大妄为。我应该走上去呵斥这个屁股制止这个屁股,我能够走上去呵斥这个屁股制止这个屁股。我像验证我自己似的向那个屁股走过去,我走了过去，我低了头，压低视线对着它说："请你站起来！"

我眼前的屁股在听到呵斥之后似乎惊悸了一下，然后它消失了。接着灌木丛一阵窸窸窣窣，从柏树枝下钻出一个身材瘦小、头发蓬乱、面目混沌的男性老者。他双手提着裤腰，一条黑色捱裆裤的白色裤腰；肩上斜背着一只流行于上世纪70年代的鼓鼓囊囊的黑色人造革书包。那书包已经十分破旧，几道拉链四处开裂，用"皮开肉绽"形容它是不过分的。奇怪的是在这只皮开肉绽的书包上，在书包上的那些永远合不拢的坏拉链上却锁着一些各式小锁，那些小锁煞有介事地垂挂在这破书包上显得悲壮而又无奈。或许破书包的主要目的是想以这些锁来表现书包本身的严密性和重要性的，可它们到底还能锁住什么呢？

我断定这老者是个乡下来的流浪汉，或者遭了儿女的遗弃，或者受了什么冤屈，或者什么也不是，他就是个好吃懒做的闲人。总之不管他是什么，我看见他在烈士陵园拉了屎，他的拉屎勾起了我所有的不快所有的愤怒所有的烦躁，我简直想跟他大打出手。现在他提着裤腰站在我跟前，他还一脸无辜地问我怎么了。我对他说你不应该在这儿拉屎。他说什么叫不应该呀他在这儿拉过好几回也没见有人说不应该，他一高兴晚上还睡在这儿呢，像在自个儿家似的有什么不应该。我说陵园里有厕所你为什么不去厕所。他说厕所是收费的去一回两毛钱，他没钱——有钱他也不会把两毛钱往厕所里扔。我要他跟我走，我逼迫他跟我走，我说今天你不跟我走你终生也别想出这陵园的大门。他竟乖

293

乖地跟着我走起来。也许他以为我是陵园的工作人员吧，大凡人在别人的地盘上犯了事，总会有几分不那么理直气壮。他在前，我在后，我把他领到陵园管理处，我向管理处的值班员介绍了押他前来的理由。值班员也很气愤，同时也惊奇，我想他惊奇的是我这样一个女性，何以能够对一个老流浪汉的拉屎如此认真。值班员立刻要罚老者的款：20元。老者说他没钱。为了证实他的没钱，他让值班员搜他的衣服，那身散发着酸霉气味的衣服。然后他又掏出一串小钥匙逐一打开他那个破书包的小锁们，打开他那原本用不着打开的一目了然的破书包让值班员看。我看着他在破书包上开锁，就好比看见一个人把我领到一幢已然倒塌的空屋架跟前，这空屋架打哪儿都能进去，可这人偏要告诉我："门在这儿。"老者的破书包里塞着两只瘪易拉罐；一条脏污的毛巾；几张报纸；三个素馅包子，其中一个已被咬了一口；还有一只塑料壳手电筒。没钱。值班员将一把扫帚和一只铁皮簸箕交给老者，要他清扫刚才他拉过屎的那条墓道。这也是惩罚形式的一种，我想。

老者收拾起他的破书包，又依次把那些勉强依附于书包的小锁们锁好，拿起扫帚簸箕出了门。值班员转向我问道："您是谁？"

我不想告诉值班员我是谁。我离开陵园管理处，一路走着一路想着，假若刚才我看的屁股不是那么灰黄那么陈旧那么干瘪，假若我看见的是一个健壮的咄咄逼人的屁股，我敢走上去叫它

"站起来"么？也许我不敢，即使再愤怒我也不敢。如此说，我呵斥这流浪的老者"押解"这流浪的老者，也不过是完成了一次没有危险的发泄而已。

我不知不觉走向我和韩桂心坐过的那只绿椅子，椅子上赫然地放着我那只装有录音带的帆布小包。我隔着帆布包摸摸，录音带还在。韩桂心呢？她为什么不把它拿走？当我押送拉屎的老头的时候我把她给忘了。

那天我也没有拿走丢在椅子上的那些录音带——连同那只帆布包。这仿佛使我和韩桂心在某种意义上成了同伙：面对那些录音我们有种共同的逃离感，或者因为它太虚假，或者因为它太真实。

我久久记住的只是墓中的王青烈士、刘爱珍烈士那永远年轻、永远纯净的躯体，还有我对这座墓园的不可改变的感受：我喜欢这儿的大树；我喜欢这儿沉实平静的坟墓；我喜欢这儿永远没人来坐的那些空椅子；我喜欢这儿的空气——又透明又苦；我还喜欢这儿正在发育的一切——丁香们抽芽了，那些小米大的嫩粉色新芽就像婴儿的小奶头……而我们，这些人间的路人，面对着所有这一切有时的确会感到一阵阵力不从心。

后来，我再也没有见过韩桂心这个人。